鬼哭《きこく》

帝銀事件異説

鳴海章

小学館

目次

本作は史実を元にした推理小説です。
フィクションであり、実在の人物・団体・事件とは一切関係ありません。

鬼哭

帝銀事件異説

序章　テイギンジケン

チンチーン――。

耳に馴染《なじ》みのある鐘の音を響かせ、重い音とともに都電が滝野川《たきのがわ》一丁目停留所をゆっくりと出ていった。低いホームに降りたった客は十人くらい。二手にわかれ、進行方向前後に向かって歩きだす。

踏切のわきに立った穂月沙里《はづきさり》は客たちを目で追ったが、父は見当たらなかった。スマートフォンを見る。午前十一時四十七分――約束の時刻まであと十三分かと思いつつトートバッグに入れて顔を上げたとたん、声をかけられた。

「おはよう」

すぐ目の前に立っている父が笑みを浮かべている。

「おはよう」

何とか声を圧《お》しだした。

ブルーの着古した半袖ポロシャツ、両腿《もも》に大きなポケットのついたベージュのカーゴパンツ、綿の白い靴下にくたびれたスニーカーをはいて、肩から斜めにショルダーバッグを吊《つ》っている姿を初めて見た。

父は照れ笑いを浮かべた。

「朝のルーティーンワークを済ませて、郵便局を回らなくちゃならなかったんだ。だから仕事着のままで来ちゃった」

父は高齢者の介護施設で働いている。

「大変ね」

「先週何日か休ませてもらっただろ。その上、今日もだから。まあ、事情はオーナーもわかってくれているけど。じゃ、行こうか」

二人は踏切に背を向け、並んで歩きだした。

十日前、祖母が入院先の病院で亡くなった。七十九歳。日本女性の平均寿命には届いていない。肝臓癌《がん》が見つかったのは半年前だが、躰《からだ》の変調はもっと前から感じていたのかも知れない。開腹手術を受けたときにはすでにほかの臓器にも転移していて手の施しようがなかった。

手術の前に祖母は担当医に訊《き》かれていたらしい。癌に冒された臓器をすべて切除する――もちろん可能な限りという意味で――か、何もせずに閉じるか、と。付き添った一人息子、沙里の父は息を嚥《の》んだが、祖母は落ち着いた声で答えたという。

『閉じてください』

祖母が亡くなったあと、相当な痛みがあったはずと担当医がいい、我慢強かったんですね、と言い添えたようだが、違うと沙里は思った。たしかに我慢強い人ではあった。だけど自分以外の誰か、たとえそれが一人息子であったとしてもあれこれ干渉されたくなかったのだろう。

自分のことは自分で決めるというのが祖母の性分、強い人だった。

病院から戻った翌々日、祖母の自宅で一日葬を執り行った。ちょうど一週間前だ。簡素な祭壇の前で経を上げたお坊さんの後ろに座っていたのは、沙里、父、母の三人だけで、その後ろに黒いスーツを着た葬儀社の担当がいた。

　葬儀社の担当は四十歳くらいの細身の男性でてきぱきと葬儀を仕切り、父、母ともに黙って従った。こぢんまりとした葬儀が最近の主流らしかったが、そもそも祖母が葬儀不要と父にいっていたらしい。父は一人っ子だが、母には弟がいて、兵庫県内にある実家の敷地に家を建てていた。母は弟と折り合いが悪く、祖母が葬儀不要といっていたことを理由に実家には何の連絡もしていない。

　お坊さんのお経が終わると、柩《ひつぎ》も載せられる葬儀社のワゴン車で火葬場に行った。四時間ほどかかるといわれ、その間、控え室で仕出し弁当の遅い昼食を済ませ、ぼそぼそ喋《しゃべ》りながらテレビを見ているうちに火葬が終わり、骨揚《こつあ》げとなった。

　あらかじめ告げられていた終了時刻にレンガ造りの炉が並ぶ火葬場に行ったときには、すでに銀色の台が引きだされていた。そばに立ったとたん、熱気に顔を打たれ、思わず目をつぶってしまった。怖々目を開き、息を嚥む。淡いベージュの灰の上に真っ白な骨がちゃんと人の形をして横たわっていたからだ。

　まず頭蓋骨に目がいった。肋骨《ろっこつ》は砕けて平らになり、背骨がつづいている。骨盤や大腿骨《だいたいこつ》は形が残っていた。両足のつま先を見た途端、朝の光景が浮かんできた。

　早朝から納棺師が来て、掛け布団の中に手を入れて祖母に経帷子《きょうかたびら》を着せたあと、布団をめくり、手際よく身支度を整えていった。手甲《てっこう》をつけ、白足袋《しろたび》の足にわらじを履かせて細い縄で固定するのがいかにも遠くに旅立つという感じだった。

　わらじを履いた足が子供のように小さく見えた。こんな小さな足でお祖母《ばあ》ちゃんはずっと歩いてきたのかと思った。白い骨になっても足はまだ小さい。

こんな小さな……、と思った途端、鼻の奥がきゅっと痛くなり、涙がどっと溢《あふ》れてくる。顔を見て、ひんやり冷たい頰に触れても泣けなかったのは実感がなかったからだ。それが骨になった小さな足が祖母に結びついた。

祖母は熱い灰の上で骨になっていた。

それから骨を白木の長い箸でつまみ上げ、ほかの誰かに渡す。箸でつままれたおかずを箸で受けとるのは、食卓では決してしてはならないと教えられた。それは骨揚げのときだけにすることだから……。

祖母の死に衝撃を受けていたんだなと実感したのは、葬儀後にネットで戦争のニュースを見たときだ。死者数が目につくようになった。数十人、数百人、ときには万単位になる。日本でも震災やコロナ禍のときには、何千、何万もの人が亡くなった。悲惨だとは思っても実感はなかった。

だけど今は何万、何十万だろうと一人ひとりに葬儀があるとわかる。

あの日、いっしょに骨揚げをした父、母、手伝ってくれた火葬場の係員もいつかは骨になって台に寝そべっているのだろうし、いつかは自分の番が来る。

必ず。

「どうした？　やけに深刻な顔をしてるじゃないか」

父に声をかけられ、我に返った沙里は、のぞきこんでいる父をしげしげと見た。火葬場での光景を押しやり、気になっていたことを口にした。

「お祖母ちゃんのお葬式のときに久しぶりに会ったじゃない？」

「二年……、いや、三年ぶりになるか。しょっちゅうＬＩＮＥでやりとりしているせいか、ご無沙汰という感じはなかった」

十一年前、沙里の大学卒業を待って両親は離婚した。横浜市内のこぢんまりとしたマンションから父が出ていき、母と沙里が残った。両親が離婚するというのはうすうすわかっていた。母から告げられるひと月ほど前、偶然、父と母が話し合っているのを立ち聞きしていたからだ。

一人暮らしをしている母親――沙里にとっては祖母――が高齢となり、父がそのままにしておくわけにはいかないと切りだした。母は何もいわなかったが、父が祖母の家での同居を考えているといった途端、母がきっぱりと告げた。

『それをいうなら離婚よ』

母の悪い癖で、ちょっとしたことで離婚よと宣言する。冗談めかすことが多かったが、頭に血がのぼっているときなど本気かと思うほど鬼気迫る声音になった。その夜、遅くに喉が渇いて水を飲もうとベッドから出たときのことだ。二人とも緊張した口振りだったため、ドアノブにかけた手を動かせなくなったのだ。

しばらく沈黙があって、父がわかったといった。

沙里の就職が決まり、大学卒業後、一ヵ月で離婚届を提出した。社会人になるのを待ってくれたのだが、会社勤めは三年ともたなかった。両親が共働きで購入したマンションは母の名義とし、代わりに父に対しては慰謝料、養育費を請求しなかった。すでに成人していた沙里は父、母のどちらの戸籍でも選ぶことができたが、あえて手続きまでして母の戸籍に移る理由もなかったので、そのままにしておいた。

不思議だったのは、母が新たに戸籍を設けたものの父と同じ姓を選んだことだ。

『だって名字に月が入ってるって、ちょっと変わってて、何となく格好いいじゃない』

母はあっさりといったが、実家の敷地内に家を建てた弟との確執があるのは間違いない。

「で？」

父に促され、沙里は訊《たず》ねた。

「久しぶりに会ったら、前より明るくっていうか、穏やかになったなって思って」

「そうかな」父が首をかしげる。「よく眠れるようになったからかも」

「薬、変えた？」

離婚する数年前から父が不眠を理由にさまざまな薬を服《の》んでいたことは知っている。もともと細身だったが、その頃はげっそりやつれて、目の下に隈《くま》をつくり、いつも青白い顔をしていた。

「いや、眠ろうとするのをやめたんだ。眠れない夜は眠ろうとするところから始まる。そもそも眠ろうとしなければ、眠れない夜というものが存在しない」

「出た」

父の趣味というか、癖というか、とにかく屁理屈《へりくつ》をこねるのが好きで、父が面倒くさそうなことをいいはじめるたび、いやな顔をした母が低い声で出たというのを聞いてきた。それが沙里にも引き継がれていて、思わず口に出してしまった。

苦笑した父が小さく二度うなずいた。

ＪＲ王子駅から祖母の家まで一キロもない。帰りなら王子駅まで歩く。所要時間はせいぜい十五分くらい。ところが、王子駅から歩いて祖母の家へ行こうとすると必ず道に迷った。細い路地が毛細血管さながら縦、横、斜めに交差し、両側にびっしりと住宅が建っていて、視界が遮られる上、どこも似たり寄ったりだからだ。都電の停留所を待ち合わせ場所にしたのはそのためだ。横浜から来る沙里と新宿経由の父とではちょうど反対の都電に乗ってくる。

信号のある交差点を左に曲がり、住宅街に入った。小さな戸建て住宅や二階建てのアパートが狭い通りの両側にびっしりと並んでいた。

「昔もアパートが多かったけど、こんな立派じゃなかったな」

二階建てのアパートに両側を挟まれた通りを歩きながら父が感慨深げにいう。どちらも古びていて、ちっとも立派には見えない。

「ガイダイがあった頃は学生の下宿とか間貸しとかばっかりだった」

東京外国語大学《ガイダイ》は二〇〇〇年に移転している。また、都電は早稲田《わせだ》に通じているので早大生も多かったようだ。外大のキャンパスを歩いたことはなかったが、跡地にできた公園には小学生の頃に何度か行った。

道路の左側にある和食店をしげしげと見やりながら父がいう。

「時代だねぇ。昔は小さな焼き鳥屋だった」

細い木を並べたしゃれた外観の店だ。

「おれが行ってた頃は、ちょっとヤンチャな感じの親父《おやじ》と奥さんがやってた。小汚い店だったな」

「代替わりしたんじゃない?」

「どうかねぇ」父が首をかしげる。「店の名前も変わってるし」

「わざわざこんなところに出店するかしら。親の店を継いだんでしょ」

「そうかも知れない」

「よく行ってたの？」

「大学生の頃に何回か入ったくらいかな。近所だったんで小学校とか中学校の同級生が集まるのに便利だった。あいつら、まだこの辺に住んでたから。今はどうかな」

「同窓会とかないの？」

「何となく縁遠くなってね。ほら、おれは大学があれだから」

父は京都にある私立大学に進学し、親元を離れた。東京の出版社に就職したものの実家には戻らず学生時代からの恋人――後の沙里の母――と横浜で同棲《どうせい》生活を始めた。翌々年、母が沙里を妊娠したのをきっかけに結婚して横浜市内に中古マンションを買っている。

横浜で生まれ育った沙里は地元の小学校、中学校に通い、高校も公立で自宅からそれほど遠くなかった。川崎市にある私立の女子大に入学し、都内の会社に就職してからも小学生の頃に仲良くなった友達二人とはしょっちゅう顔を合わせていた。しかし、二十代半ばを過ぎる頃、二人が相次いで結婚、さらに子供が生まれると気楽に顔を合わせるわけにはいかなくなった。それでも手書き年賀状のやり取りだけはつづけている。

住宅街を歩いた。戸建ての住宅が多かったが、三階建て、四階建てくらいのマンションもぽつぽつと建っている。

やがて左側が開けた。アスファルトを敷いた時間貸しの駐車場だ。

「ここには小さな家がごちゃごちゃと建ってたけど、皆引っ越したんだな。そういえば、小学校の同級生も一人いたっけ」

更地のままにしておくより駐車場にしておいた方が節税になるという話を聞いたことがあった。時間貸し方式ならいつでも駐車場をやめてマンションを建てられる。もっとも土地の所有者は不動産会社になっているだろう。祖母の家はどうなるのか。今、父は山梨県にある高齢者施設に住み込みで働いている。

「ここは変わらないな。昔も銭湯だった」小さな銭湯の前を通りすぎながら父がいう。「しばらく来てないけど、今じゃ番台じゃなく、フロントとか書いた看板がぶら下がってるのかな」

「ここもよく来たの」

「おれが小学六年のときに家を建て替えるまでは風呂なんてなかった。毎日通った」

二軒おいて並んで建っているのが祖母の家、つまり父の実家だ。一日葬のときに祖母の家に来たのは両親が離婚して以来だった。記憶にあるより古びて、煤《すす》けて見えた。モルタルの壁は白だと記憶していたが、わずかに紫がかっていた。長い間に変色したのかも知れない。

ドアの前に立った父がショルダーバッグから鍵を取りだした。ドアのわきにはボタンが白っぽくなった呼び鈴がある。父がドアのロックを外す音を聞いて、ふと思った。

お祖母ちゃん、本当にいなくなったんだ。

ドアを開けた父につづいて沙里も玄関に入った。狭い三和土《たたき》の右に腰高の下駄箱があるのは記憶のままだが、扉が両側に開かれ、中には靴が一足もなかった。靴を脱ぎ、下駄箱の上に鍵を置いた父が廊下に上がる。

「お祖母ちゃんの靴、全然ないけど?」

「ああ、お袋が入院するときに靴とか洋服とかは自分で始末していった。古いのばっかりだったから捨てるしかなかったみたいだ」

祖母には最後の入院とわかっていたのだ。胸がきゅっと痛くなる。ドアを閉めた沙里はノブのサムターンを水平にして、ロックをかけた。父につづいて廊下に上がった。スリッパがなかったので靴下のままだ。右にトイレがあり、突き当たりが台所になっている。歩きながら父がぼそぼそという。

「実をいえば、下駄箱だけじゃなく、家の中も大半片づいている」

「へえ、そうなんだ」

台所の奥が浴室、右が窓に面したシンク。システムキッチンなのでガスコンロはそのままになっていたが、台所用品は何も残されていない。シンクの下の扉が開いていて、やはり中には何もない。

父が左の部屋に入っていく。沙里は立ちどまった。父が部屋の真ん中で畳を踏みしめて立っている。部屋には何も置いていない。何気なく右に目をやってはっとした。畳の上に仏壇が置かれ、その前には白木の卓があって供物が載っている。

ショルダーバッグを下ろした父が仏壇の前に座り、沙里もトートバッグを置いて並んだ。

「お骨箱は？」

「寺に預かってもらっている。ここは誰もいないし、おれだってしょっちゅう来られるわけじゃない。一応、四十九日に納骨するつもりだけど、うちは墓がないから、そのまま納骨堂に入れるんだ。もう親父が入ってるし、お袋の両親もいるからね。骨になっちまえば、窮屈も寂しいもない」

供物は透明なプラスチックシートを被《かぶ》せたままだし、お鈴《りん》も線香立ても写真もない。仏壇には四本の位牌《いはい》が並んでいる。位牌を数えるときには、一本二本でいいんだっけとちらりと思う。とりあえず一本だけが白木で、ほかは黒い塗料で仕上げられていた。

手を合わせ、父と同時に下ろした。沙里はあらためて部屋を見まわした。

「この部屋、畳敷きだったんだね」

「家を建ててすぐお袋がカーペットを敷いて、その上にテレビとかソファとか置いた。畳が擦り切れちゃもったいないって。昔はどこでも似たようなことをしてた」

いわれてみれば、緑色のカーペットの上にテレビ、テーブル、ソファがあって、わきに座卓があった。父が立ちあがり、部屋の隅にあるドアに向かった。いつも鍵がかかっていて沙里は一度も入ったことがない。胸をドキドキさせながら立ちあがった。

父があっさりドアを開け、中へ入っていく。左胸で暴れる心臓を感じながら秘密の部屋をのぞいた。フローリングの洋間で、茶の間と同じように空っぽになっている。あっけらかんと明るいことに少し拍子抜けする。

「ここ、入れなかったよね」

「開かずの間になったのは、親父が死んだあとだ。その前は親父とお袋の寝室だった」

祖父は父がまだ大学生の頃、癌で亡くなったと聞いている。五十歳くらいだったらしい。若いといっていいだろう。

「ここには何が置いてあったの？」

「さあ、知らんなぁ。興味もなかったし」

空気が澱《よど》んでやがるといいながら父が窓の錠前に手をかけようとしたとき、携帯電話が鳴りだした。カーゴパンツのポケットからスマートフォンを抜き、ディスプレイをタップして耳にあてる。

「はい、穂月です」

父が沙里のわきを通って、茶の間に戻る。さらに声が遠ざかっていくので玄関の方へ行ったのかも知れない。

たしかにカビ臭さに満ちている。窓の錠前を解除して開けた。玄関わきの窓で道路に面していた。ふり返って開かずの間を見渡す。輪になった蛍光管が二本ついた照明器具が天井からぶら下がっているだけで見事に何もない。フローリングは重いものを引きずったような傷跡があちこちについていた。

戻ってきた父がスマートフォンを振ってみせる。

「お袋が使ってた信金からだ。口座を解約しなきゃならないんだけど、お袋とおれの戸籍謄本やら何やら面倒くさいことをいっててね。書類は一応そろえたんで連絡をしておいた。都電駅の前にある。おれが行って手続きしなきゃならない」

「わかった」

「お前、悪いけど二階を点検しておいてくれるか。一応、全部片づけたつもりなんだけど見落としがあるかも知れない」

「いいよ」

父はそそくさと出ていった。

開かずの間、茶の間、台所と片づけが必要なものは何もない。おそらく二階にも何もないだろうと思いながら玄関まで来たとき、いきなりチャイムが響きわたって思わず声をあげてしまった。

「うわっ」

三和土に脱いだままのスニーカーをつま先でひっくり返してつっかけ、ドアをそっと開けると小柄な老人が立っていて、いきなりいった。

「あんた、沙里さん？」

いきなり名指しされてフリーズしてしまった。まばたきし、何とか声を圧しだす。

「はい。そうですが……」

「よかった。ヒロヤから電話をもらってね。今日、あんたが来ると聞いてたんだ。穂月さんからあんたに渡して欲しいと頼まれてね」

父を名前で呼ぶ以上、穂月さんというのは間違いなく祖母だ。老人が沙里に封筒を差しだす。表に、沙里に、と書かれている。

「どちら様ですか」

「古本屋の親父だよ。半年くらい前か、穂月さんの本を引き取ったんだよ」

「本？　たくさんあったんですか」

「ざっと千冊かな。奥の洋間にあった。穂月さんにはかれこれ四十年ばかり贔屓《ひいき》にしてもらった。ずいぶん買ってもらったから洋間にあった本も大半はおれが売った」

沙里は眉根を寄せ、古書店主をまじまじと見た。

「どんな本ですか、小説とか？」

「小説もあったけど、ノンフィクションとか歴史書が多かったな」

見つめる沙里を見返し、古書店主がぼそりと付けくわえた。

「テイギンジケン関係の」

古書店主を見送ったあと、急な階段で二階に上がり、二部屋あるのだが、どちらも予想通り何もないのを確かめ、茶の間に戻った。仏壇に手を合わせたあと、封筒を手にした。厚さは二センチ弱ほどある。中をのぞきこむ。引っぱり出してみると表紙がひび割れた、古い手帳だ。

一枚めくるとそこにペンで書かれた文字があった。

穂月広四郎記

初めて見る名前だが、穂月姓なのだから親族、ひょっとしたら……。

はっとして顔を上げた。四つ並んだ位牌の内、白木で作られているのは亡くなったばかりの祖母のものだ。あとの三つは古びているが、もっとも左にある一つがとりわけ古そうだ。手帳をかたわらに置き、合掌したあと、左端の位牌を取った。表には南無阿弥陀仏《なむあみだぶつ》の文字。傷だらけで、消えかかってはいるが、何とか読める。裏に俗名穂月広四郎、昭和二十三年五月二十八日没とある。

亡くなった時期からすると曾祖父《そうそふ》だろう。コウシロウと聞いた記憶があったが、祖母にいわれたのか父だったか思いだせない。手帳をめくる。文字がいきなり横倒しになった。横書きの手帳に縦に字が書かれているのだ。小さく、几帳面《きちょうめん》な文字はやはりブルーブラックのインクが使われていた。字の太さ、濃さがかわらずつづいているところを見ると万年筆を使ったようだ。

私、穂月広四郎ハ一昨日、昭和二十三年一月二十六日、帝國《ていこく》銀行椎名町《しいなまち》支店デ行員トソノ家族十六名ニ毒ヲ服マセ、ソノウチ十二名ヲ死ニ至ラシメ……

手帳を開いたまま、供物のわきに伏せて置き、トートバッグからスマートフォンを取りだした。ネット検索の窓をタップし、テイギンジケンと打ちこみ、虫眼鏡マークをタップする。最初に帝銀事件と出てきた。手帳には旧字体で國と書かれてあるが、帝國銀行が帝銀だろう。項目をタップした。記事とともにモノクロ写真が出てきて、ぎょっとする。キャプションには事件発生直後の現場とあった。

記事を読むほどに眉間にしわが寄っていくのを感じる。

帝銀事件は一九四八年、昭和二十三年一月二十六日に豊島《としま》区長崎の帝国銀行、のちの三井住友銀行椎名町支店で起こった銀行強盗事件で、犯人は行員、用務員とその妻子、合計十六名に毒物を飲ませ、そのうち十二名を殺害、現金と小切手を奪った。事件発生から半年ほどで犯人が逮捕され、その後、死刑判決を受けた。しかし、死刑が執行されることはなく、逮捕から三十九年後、犯人は九十五歳で獄中死している。

検索サイトを閉じ、スマートフォンを下ろす。手帳を見て、ついで仏壇に置かれた祖母の位牌を見てつぶやいた。

「どうして、私に？」

しばらくの間、沙里は白木の位牌を見つめていたが、短く息を吐くと手帳を手に取って開いた。曾祖父の文章は手書きで旧仮名遣い、漢字も旧字体、おまけにカタカナを使っていたが、一字一字ていねいに書いてあるので読みにくいことはなかった。

衝撃の告白につづいて、曾祖父が太平洋戦争中、満洲《まんしゅう》に渡った様子が記されている。昭和十九年九月、曾祖父は満洲のハルビンにある日本領事館に向かっていた。

第一章　ハルビンへ

1

昭和十九年九月。

「三つ目、三つ目、三つ目っと」

まるで呪文のように口の中でぶつぶつくり返し、三つ目の交差点に立った穂月広四郎《ほづきこうしろう》は、右へと延びていく広い通りに目をやって独りごちた。

「あれか」

道路の右側、少し先に高さ二メートルほどもありそうなレンガ塀があった。一角をまるごと囲むほど長大で、いやでも目につく。交差点を横断し、さらに右へ、レンガ塀を目指して歩きつづけた。

三十分ほど前、満洲国ハルビン駅に着いた広四郎は、駅舎の角にある交番に行き、入口をのぞきこんで恐れ入ります、と声をかけた。机の前で茶を飲んでいた人の好《よ》さそうな小太りの巡査が出てきたので、領事館の場所が知りたいと告げると駅の真正面から延びる大通りをなぞるように手を動かしていき、その先を指さした。

『あそこに環状交差点が見えるだろ』

『カンジョウ……、ですか』

訊きかえすと巡査は両手の親指と人差し指で輪を作って見せ、さらに水平にした。

『こんな具合に輪っかになっとる。環《わ》だから環状、わかるか』手を下ろし、交差点に目を向けて言葉を継いだ。『ちょうど今、黒い馬が馬車を曳《ひ》いて、右に向かっておる』

馬が見えた。たしかに馬車を曳いている。馬子がくつわを取って前を歩いていた。

『ええ、わかります』

『あそこが環状交差点だ。あそこを直角に左へ行く。いいか、直角だぞ。手前に斜めに左に行く道路があるので、くれぐれも間違わんようにな』

直角に左へ行く通りに入ってから三つ目の交差点に達したところで右を見れば、すぐにわかると巡査はいった。環状交差点と接するように一つ目の交差点があるので、そこを勘定に入れて、三つ目だから間違わないようにと注意を与えてくれた。

『ありがとうございます』

礼をいうと巡査は制帽のつばにそっと触れ、答礼しながら付けくわえた。

『歩いて十五分くらいだ』

いや、はるばる来たんだよとレンガ塀に沿って歩きながら広四郎は胸の内で巡査にいった。歩道には点々と並木が植わっている。レンガ塀も高かったが、木のてっぺんはさらに上へ突き抜けていた。

広四郎の実家は千葉県中央部の畑が広がる地帯にあった。早朝、実家を出て、まずは東京駅に向かった。東海道線で大阪まで行き、そこから西へ西へと乗り継ぎ、門司《もじ》に到着したのは翌朝だった。

門司港で満洲大連《だいれん》港まで行く貨客船に乗り込み、船底に近い三等船室に入った。船室といっても中央廊下の両わきに板張りの床がつづき、それを縦に棚で区切ってあるだけで、ひと区画は二十畳ほどの広さがあった。そこへ十数名ずつ入るようになっている。どこの区画に入るか決められているわけではないので、空きのありそうなところを選んで靴紐《くつひも》を緩めて脱いだ。軍隊で支給された革の半長靴を大事にしまっておいたもので、岩乗なのはいいが、脱いだり履いたりするには手間がかかった。籐《とう》のトランクと靴を両手にさげて壁際に座りこんだ。

座れたことでとりあえずほっとした。

軍隊にいた二年ほどをのぞいて、実家を離れたことがなく、汽車で門司まで来るなど生まれて初めての経験だ。出がけに母にいわれた。

『いいか、人を見たら泥棒と思えよ。田舎者《いなかもの》丸出しでぼやっとしてたら荷物なんかすぐにかっぱらわれるからな。お前はそれでなくても間抜けな面してるから』

子供の頃から母親似だといわれてきた。

それでトランクと靴を持ってきたのだ。互いの靴紐を結び、さらにトランクの取っ手にくくりつけた。

仕切りを兼ねる棚にはたたんだ毛布が重ねてあって、好きに使っていいようだが、一人あて一枚と記された木札が棚ごとに掛けてあった。毛布を一枚取る。同じ棚にバケツがいくつも重ねてあった。毛布と同じように一人あて一個はありそうで、何に使うのかと首をかしげつつトランクのそばに戻った。

とにかく眠くてしようがない。千葉から門司までの車中、初めての長旅である上、母の忠告もあって緊張を強いられ、うつらうつらしてははっと目を覚ますというのをくり返していた。すでに船の機関に火は入っているらしく、床には低く、重い音と震動が伝わっていたが、トランクを枕に靴を抱えるようにして毛布をかぶるとあっという間に眠りに落ちた。

どれほど眠ったかわからない。広四郎は激しく揺さぶられ、床の上で躰が反転したことにむかっ腹を立てて、ぱっと目を開けた。

何しやがるといいかけ、途中で声を噤む。自分がどこにいるかわからなかったし、とりあえず目の前には誰もいない。二、三度まばたきをしてようやく自分が船に乗ったことを思いだした。

上体を起こしたところで、ぐらりと揺れ、床に右手をついて支えようとした。その右手をついた床が沈みこんでいく。

目を見開いた。

床が沈む。どんどん沈む。止めどなく沈む。転覆するのかと恐怖にとらわれかけたところで、右手が押しかえされ、床が持ちあがり始めた。だが、今度は上がる一方で止まらずついに左へ躰が倒れる。

船室のそこここから悲鳴が上がる。しかし、そこは日本男児、女子供でもあるまいし、泣きを入れるわけにはいかない。直後、ふいに床が真下にすとんと落ちた。落ちたとしか思えなかった。反動で胃袋の底が持ちあげられる。

「おわっ」

驚きのあまり思わず声が漏れただけで、決して悲鳴ではない、と誰にともなく言い訳をした。ふたたび床がすとんと落ち、胃袋の底が持ちあげられて、熱くて臭い塊が咽元《のどもと》をせり上がってきた。四つん這《ば》いで棚に行き、バケツを一個取るとあわてて顔を突っこんだ。

レロレロレロレロ……。

こうした状態が大連に入港するまでつづいた。一つだけ利点があった。船にはちゃんと食堂もあったが、料金の見当もつかず、腹が減れば、売店を探してパンでも買おうと考えていたが、固形物は胃袋が受けつけそうもなかった。揺れが少し収まったときに便所に行き、バケツの中身を捨て、用を足した。バケツのついでに顔を洗って口をゆすいだだけで船室に戻った。トランクや靴のことなどすっかり忘れていたが、どちらもそのままだった。おそらく誰もが嘔吐《おうと》に忙しく、置き引きする余裕などなかったのだろう。

不思議なことに港について上陸したとたん、船酔いは嘘《うそ》のように消えうせ、猛烈に空腹を感じた。考えてみれば、東京駅から門司に向かう途中、母が持たせてくれた六個の握り飯を三度に分けて食べて以来、何も食っていない。それどころか胃袋の中身をすっかり吐きだしていたのである。粥《かゆ》を売る屋台に人が並んでいるのを見て、広四郎も同じように並び、揚げパンを浸した熱い粥を三杯も食った。

食っておいてよかった。大連駅からハルビン駅までは十二時間もかかったのである。とにかく満洲は広かった。

こうしてハルビンの日本領事館までやって来た広四郎は石造りの立派な門柱の前に立った。埋めこまれた真鍮《しんちゅう》の銘板には、在哈爾浜《ハルビン》日本領事館とある。感慨はなく、巡査のいった通りだなと思っただけだ。門を入って石造りの階段を登った。入口の横には歩兵銃をわきに立てた兵士が立哨《りっしょう》に就いていた。会釈したが、前を向いたまま、微動だにしない。

中に入ると左に小さな窓口があった。座っているのは若い兵士だ。広四郎は近づいて声をかけた。

「失礼します。私は千葉県から来た穂月広四郎と申します」

兵士は返事もせず、目だけ動かして広四郎を見返す。左肩から斜めに提げた雑嚢《ざつのう》から封筒と軍隊手帳を取りだした。手帳の上に封筒を重ねて兵士の前に置いた。

「こちらを羽村《はむら》少佐殿へお取り次ぎいただきたく、よろしくお願いいたします」

兵士の眼光がきつくなり、封筒に視線を落とした。表は真っ白なまま、宛名は書かれていない。兵士は封筒を手に取り、ふたたび広四郎に目を向けた。

「そのまま待て」

「はい」

兵士が立ちあがり、背後にある衝立《ついたて》の後ろに入るのを見て、広四郎は溜《た》めていた息を吐いた。

脳裏に実家での光景が浮かんでくる。仏壇を置いた四畳半——座敷と呼んでいたが、それほど立派ではない——で父、兄、叔父《おじ》と向かいあっていた。

二ヵ月前のことだった。


「また、来たそうだ」

叔父がぼそりといった。父が目だけ動かし、叔父を見る。

「誰に?」

「山村《やまむら》んとこの茂《しげる》」

「茂って……、そんな馬鹿な話があるか」

父の声が大きくなった。

広四郎は目を上げ、仏壇の上、長押《なげし》に並べてある三枚の写真を見上げた。それぞれ額装されていて、もっとも左にある羽織袴《はおりはかま》で正座しているのが祖父、真ん中の留め袖を着てやはり正座しているのが祖母、どちらも古く、ひどくぼやけている。三枚目は、軍服姿の兄広三郎《こうざぶろう》で胸元から上が写っていた。十九歳のときだから、今の広四郎より九つも若い。目深に軍帽を被り、口元を引き締め、まっすぐカメラを見つめている生真面目《きまじめ》な顔はいかにも幼かった。広三郎は砲兵隊に配属され、訓練中の暴発事故で亡くなった。

山村茂は同じ集落の三男で広四郎も子供の頃から知っている。死んだ次兄と同い年なのだ。叔父は隣町で建設業を営んでいた。代々小作人だったが、兄弟で分けるほど畑は割りあてられておらず、農家は長男である父が受けつぎ、次男だった叔父は隣町の大工に弟子入りした。弟子入りといえば、聞こえはいいが、口減らしのため、丁稚《でっち》奉公に出されたに過ぎない。父の兄弟は弟のほか、妹が二人いて、どちらも農家に嫁いでいる。

「それじゃ、再召集だっぺよ」

父の言葉に叔父がうなずく。

仏壇の前には父、叔父、兄で農家を継いでいる広二郎《こうじろう》、そして広四郎が車座になっている。長男広太郎《こうたろう》は一歳になる前に病死した。

その日、すっかり暗くなった頃、叔父が訪ねてきた。迎えた父が広二郎、広四郎にも座敷へ来るようにいった。それだけで話の内容は察しがついた。

「茂はいくつんなってた」

訊ねるまでもなく父にはわかっていたはずだ。大正三年生まれの広三郎と同年だからもう三十歳を過ぎている。

広四郎は昭和十一年、二十歳で徴兵検査を受け、甲種合格、そのまま入営した。千葉県内の歩兵連隊に所属したものの、外地に出ることもなく二年間の兵役を終え、故郷に戻った。前年、日華事変が勃発していて、映画館では中国大陸における帝国陸軍の華々しい快進撃を伝えるニュース映画が連日上映されていた。あと少し時期がずれていれば、自分もあの一員になっていたのではないかと少々悔しい思いをしたものだ。

兵役の義務は一度きりといわれた。だが、戦況が悪化し、兵士が不足してきたために再召集がかかり始めていた。再召集でも地元の部隊に入営する点は変わらなかったが、比較的のんびりしていた八年前とは違い、部隊編成が終わると次々出動命令が下された。どこへ行くのかは軍の機密、いわゆる軍機に関わるので家族への手紙にも書くわけにはいかない。

だが、噂《うわさ》は流れてくる。同じ地域から召集された兵士は同じ部隊に配属されることが多く、兵役を終えたり、負傷して帰される者がいた。残された家族、とくに母親が息子の消息を知りたがった。帰還兵の話は家族を通じて集落に漏れ、広まっていく。

どうやら激戦がつづく南方の戦場に送られているようだった。

建前上、嫡男は兵役を免れることになっていたが、一家に男子が一人ならば、たとえ嫡男だろうと差しだすしかなかった。また、兄弟のうち、誰か一人が応召すれば、ほかは免除となる。ただし、いずれの場合も本人が志願すれば、話は別で入営が認められる。

もっとも免除が認められたのは、まだ勝ち戦がつづいていた頃だ。戦況の悪化にともない、徴兵検査の基準はどんどん緩められ、姓名を呼ばれて、はいと返事ができ、歩ければ合格、年齢制限も拡大され、三十歳を過ぎてから初年兵として召集されたり、十四歳になれば、少年隊員として志願できた。

広四郎は千葉県内の連隊本部で軍務を経験しているが、再召集の可能性は日に日に高まっていた。そうした中、叔父がやって来たのである。

父がまっすぐに広四郎を見て訊いた。

「満洲、渡ってみるか」

やはり、と広四郎は思った。

満洲には石井《いしい》閣下がいる。穂月家のある千葉県中部一帯では、立志伝中の人物として石井閣下の名はつとに知られていた。大地主の四男で京都帝大医学部から軍医に転じた。軍隊でも出世を果たし、満洲で大きな部隊を率い、ときの陸軍大臣にして首相――この順が権力の大小を表すことは田舎者でも知っている――を兼務する東条英機《とうじょうひでき》とも肝胆相照らす仲といわれていた。

軍医中将ながらそれほど強大な権勢を誇る大人物だった。

まだ中国での戦争が始まる前のことだ。石井閣下は満洲で自らの名を冠した部隊の建設に取りかかり、出身地である千葉県中央部の村々から人を呼びよせていた。大きな計画らしかったが、重大な軍機となっており、内容は一切知らされなかった。しかしながら石井閣下に召されて満洲に渡った人たちは高額な給料をもらい、中には実家に十万円もの仕送りをした大工もいたといわれている。七万円あれば、戦闘機が一機買えるといわれていた時期である。

今夜、訪ねてきた叔父も八年前に満洲へ渡り、石井部隊で働いた。月々家族へ仕送りをしただけでなく、満洲でも貯金に励み、帰国後建設会社を起《た》ちあげるときの資金とした。ただし、石井閣下の厳命によって満洲で何をしてきたか一切語っていない。

いずれにせよ、満洲、そして石井部隊には一攫《いっかく》千金の夢があった。

もう一つ、重要なことがあった。石井部隊の軍属になれば、召集されないといわれている。現今の状況からすれば、広四郎にとってはこちらの方が重要であった。再召集は激戦地へ送られ、死ぬことを意味する。

軍を除隊後、広四郎は穂月総本家で働くようになっていた。総本家は近隣の田畑を所有する大地主であり、召集や勤労動員で男手が足らず農家仕事ができなくなった小作人の家に広四郎をやって手伝いをさせていた。そうして三年がまたたく間に過ぎていったのである。

広四郎はうなずいた。

「渡ってみたいと思います」

「並大抵じゃないぞ」叔父が口を挟む。「満洲に渡ったからといって石井部隊で軍属になれるとはかぎらん。それに仕事はきつい。覚悟できるか」

「はい」

もう一度深くうなずいた。

うなずき返した叔父が父に顔を向ける。

「あっちへ行くまでの費用は自弁だが、何とかなるか、兄貴。おれもできるかぎりのことはするけど」

「儂《わし》と広二郎で金は工面するつもりだが、お前にも助けてもらうことになると思う」父は叔父に頭を下げた。「それと手続きやら何やら、その辺もお前の手をわずらわせるしかない。おんぶに抱っこだけど合わせて頼む」

くいっと下げられた父の頭はてっぺんが薄くなっていた。まばらで生気のない髪にまで父の心労が透けてみえる。

「わかった。今の助役はあっちでいっしょに働いてた奴《やつ》だ。あいつに一筆書いてもらうことにする」叔父がふたたび広四郎を見る。「軍隊手帳は持ってるな？」

「はい」

「そこにお前の軍歴と本籍があるだろう。助役の一筆に手帳を添えて提出しろ。二つがそろって、お前が穂月広四郎だと証明される」

「はい」

「実は、石井閣下の部隊で軍属として採用されるには絶対に外せない条件があってな。ここらの村の出じゃなきゃならんのだ。何をするにしても、一にも秘密厳守、二にも秘密厳守でな。信頼できるのは結局のところ血縁、地縁ということさ」

　叔父がつづけた。

「閣下は軍医中将だ。知ってるか。軍医で中将といえば、最高位なんだ。陸軍の軍医をすべて束ねる総監になっても階級は中将でな。だけど、石井閣下はこれが気に入らんといわれる。俺が軍医初の大将になってやると豪語されてたな」

　叔父が説明してくれたところによると、軍医は敵を倒すための作戦を行わず、傷病兵を治療し、戦線に復帰させるのを任務とする。軍隊において、もっとも重要な任務は何をおいても敵を倒すことにある。

「あまり大きな声じゃいえんが、石井閣下は、敵を殺す作戦を実行されておられる。医学を武器に、な。わが陸軍史上初めて大将……、ひょっとしたら元帥に列せられるやも知れない」

　叔父が声を低くしていった。

「閣下の作戦によって長くつづいた大陸での戦争に終止符を打つばかりでなく、露助どもも全滅させられる」

露助とは、いわずと知れたロシア野郎、ソ連軍のことだ。

それから半月ほどの間に父と兄がほうぼうに借金をして満洲への渡航費用を作り——叔父の援助を受けたかは広四郎には知らされなかった——、叔父は村の助役に頼んで紹介状を書いてもらった。

だが、封書には宛名がなかった。

「宛名は書けないんだ」叔父がまっすぐに広四郎を見る。「しっかり頭に叩《たた》きこめ。いいか、おれがいったことを忘れるなよ。ハルビン市内に日本領事館がある。あとで地図を描いてやるが、駅前の交番で巡査に訊いた方がわかりやすいかも知れん。初めての街だから迷わんようにするのが肝心だ。お前は領事館の窓口に出頭して、封筒を羽村少佐に渡して欲しいと頼むんだ。いいか、所属部隊名なしで羽村少佐、羽根の羽に村だ。万が一、封筒が誰かの手に渡っても宛名がなければ、閣下との関わりは誰にも知られない。いいな」

広四郎はごくりと唾を嚥み、うなずいた。

「封筒の中の手紙には、お前がこの村の出で、おれの兄貴の息子だと書いてある。それが何よりの身分保証になる。だから軍隊手帳は絶対に忘れるな」

「はい」

「くどいようだが、この手紙と手帳の両方がそろって、ようやく部隊の人と接触できる。たぶん……、いや、間違いなく領事館には同郷の人間が迎えにくる。その人間が村の様子なんかを訊くからちゃんと答えるように」

「大丈夫かな」

「そこは心配要らない。親父や兄貴の名前とか、総本家のこととか、お前は知ってて当たり前でも、この辺りの人間じゃなきゃわからないことだから。できるな？」

「はい」

そうして広四郎は日本を発《た》ってきた。

2

とりあえず窓口のわきに立った広四郎は、トランクを足元に置き、雑嚢は左肩から斜めにかけたままにしておいた。帽子を取り、手紙と手帳のほか、手拭いが入っているだけの雑嚢に入れた。帽子といってもハンチングなどとしゃれたものではなく、軍帽から徽章《きしょう》を外しただけだし、国民服にしても元々は軍服で母が作り直してくれていた。

ほどなく先ほど窓口にいた若い兵士が廊下から現れた。

「こっちへ」

「はい」

広四郎はトランクを持ち、兵士のあとに従った。左に曲がった。掃除の行き届いた廊下が延び、両側にドアが並んでいて、人の出入りが見えた。ワイシャツにネクタイを締め、黒い腕貫《うでぬき》をした者もあれば、軍服姿もいた。半々くらいかと思っているうちに若い兵士がもっとも手前にある部屋のドアを開けた。

「こっちだ。入れ」

ドアを開けたまま、中を手で示す。

「はい。失礼します」

さほど広くない部屋の真ん中に小さな机があり、窓側と入口側に簡素な木の椅子が向かい合わせに置いてある。入口のわきに同じくらいの大きさの机が壁に向けて、置かれていた。

「奥に座って」

「はい」

机を回りこみ、窓を背にして座った。もっとも窓は分厚いカーテンで覆われていて、天井から吊された蛍光灯が点《つ》いていた。トランクを置き、椅子を引いて浅く腰かけると若い兵士が机の上に罫線《けいせん》の引かれた用紙と鉛筆を二本、消しゴムを置く。

「ここで待つ間に用紙に必要事項を記入するように」

「はい」

若い兵士が出ていき、広四郎はあらためて目の前に置かれた用紙を見た。申請書と表題があった。その左上に線が引かれ、御中の文字はあったものの、宛先は空欄になっている。表の左側には、氏名、生年月日、本籍地などと書かれている。

最後の設問を見て、広四郎は下唇を噛《か》んだ。訪問事由とあるが、石井部隊の名前を出していいものかわからなかった。叔父には、くり返し軍機といわれている。

めくってみる。裏は白紙だ。もう一度表にして鉛筆を手にした。とりあえずハルビンに来た事由以外を記入していく。氏名、生年月日、本籍地と現住所は実家なので同じ、経歴のところには、大正十二年尋常小学校入学、昭和四年高等小学校に進級、昭和六年卒業、以降、農業に従事と記した。昭和十一年に徴兵検査を受け、甲種合格、同年入営、昭和十三年満期除隊と書き、ふたたび農業に従事と記入する。

資格、賞罰、特になしと書いて、いよいよ事由だ。

鉛筆の尻でひたいの生え際を掻《か》いた。叔父にはハルビンの日本領事館を訪ね、宛名のない封筒に軍隊手帳を添えて、羽村少佐宛に提出しろといわれただけだ。村の助役が書いてくれた手紙が入っていて、そこに石井部隊の軍属を希望すると書かれているはずだ。封がしっかり糊付《のりづ》けされていたので、中身は見ていない。

さて、どうしたものかと思案しているときにドアが開き、広四郎は半ば反射的に立ちあがって、直立不動の姿勢となった。

素早く襟元を見る。金線に星一つは少尉だから羽村少佐ではなさそうだ。階級章のすぐわきに金色の旭日六光《きょくじつろっこう》をかたどった憲兵徽章を見て、ほっと息を吐いた。

汽車がハルビン駅に到着する前にゲートルを巻いていたのだ。久しぶりなので最初は手間取ったが、すぐに要領を思いだし、きちんと巻きつけられた。思いだしたというより軍隊時代、いやというほど殴られ、憶《おぼ》えさせられたので手が自然と動いてくれた。軍服と違って国民服の場合は必ずしもゲートルを巻かなくてもよいのだが、規律を守らせることを任務とする憲兵の前ではきちんとした服装に越したことはない。

太腿の両わきに指を伸ばして手をつけ、一礼した。

少尉が机の向かい側に腰を下ろしていった。

「座れ」

「はい」

腰を下ろすのと同時にあとから入ってきたらしい兵士がドアを閉め、入口わきの机を前に座る。ちらりと見たところ、伍長《ごちょう》で、やはり憲兵徽章を着けていた。

少尉がまっすぐに広四郎を見た。まぶたが腫れぼったく、目が細い。それだけに眼光が鋭いように感じた。広四郎の手元に目をやって訊いた。

「記入は終わったか」

「はい……、いえ、実は……」

「いい。こっちへよこせ」

広四郎はあわてて用紙を反転させ、少尉の前に差しだした。入口わきの伍長がさっと立ちあがり、軍隊手帳を差しだす。

少尉は手帳を開き、用紙と見比べながら訊いた。

「姓名」

「穂月広四郎です」

そこに書いてあるだろう、といえるはずもない。

部屋はコンクリート打ちっぱなしの壁に囲まれ、天井が高かった。とくに張っているわけでもないのに少尉の声がびんびん響く。伍長は入口わきの机に戻り、鉛筆を手にした。二十歳前後に見えたが、元一等兵の広四郎からすれば、上級になる。

「出身」

少尉が抑揚のない声でぼそりと訊いた。

「千葉県香取《かとり》郡……」

実家の住所をくり返す。少尉の手元にある用紙と軍隊手帳の両方に記されているが、背中を見せている伍長がせっせと同じことを書いているのは見なくてもわかった。さらにつづく質問もわかっている。

本籍地——これは現住所と同じだから本当にくり返すのみ——、両親の姓名、広四郎の続柄、兄の名前、兵役の有無、軍籍番号……。つい先ほど用紙に書きこんだ内容をくり返し、訊かれ、答えつづける。

いよいよ事由に来た。

少尉が目を上げた。

「どうしてハルビンに来たのか」

ずばりと訊かれ、喉がぐっと狭まった。少尉がじっと広四郎を見つめている。背中に汗が吹きだした。何とか声を圧しだした。

「職探しにまいりました」

「ハルビンに知り合いでもおるのか」

「領事館を訪ねれば、相談に乗ってもらえると故郷《さと》で教えられました」

少尉は何もいわず、表情も変えずに広四郎を見返していた。

いっそすべてぶちまけてしまおうかと思った。だが、村の助役が書いてくれた手紙にはハルビンに来た理由が記されているはずだ。だが、相手は羽村少佐ではないようだ。少なくとも階級章は少尉であり、しかも憲兵、名前もわからない。

いっそ……。

少尉がにやりとした。

「職探しか。確かに職探しには違いない」

手帳を勢いよく閉じる鋭い音に、広四郎はびくりと背中を震わせた。少尉が口元の笑みを消した。

「貴様が何をしに来たかはわかっておる。添えられた手紙も読んだ。だが、何もかも思い通りになると思ったら大きな間違いだ。大方、ここに来て軍属にでもなれば、再召集や徴用から逃げられると吹きこまれて来たんだろう」

いいえ、といおうとしたが、口の中が乾いて声が出せなかった。すべて少尉のいう通りなのだ。

「情勢は逼迫《ひっぱく》しておる。軍属として部隊に潜りこめたとしても根こそぎ動員がかかれば、入営しなくてはならない。貴様の知り合いがおったのどかな頃とは違う。憶えておけ」

「はい」

かろうじて返事をした。声がひどくかすれ、弱々しい。少尉は書類の審査に二、三日かかるといい、あとは伍長の指示に従うようにと言い残して出ていった。

広四郎は立ちあがり、頭を下げた。少尉が出ていく音を聞きながら、一度も石井閣下の名前が出なかったな、と胸の内でつぶやいた。

ハルビン駅に到着し、領事館を訪ねてからあっという間に時間が飛びすぎていった。

初めて領事館を訪ねた際、面接——印象としては取り調べ——をした憲兵少尉がいった通り審査に三日かかった。その間、領事館の裏手にある寮に宿泊し、食事も寮内の食堂でとるように指示され、外出は許可されなかった。

審査とは、故郷の村役場に電報を打ち、助役の手紙について確認することで、さらに役場から実家へも職員が行ったようだ。一連の動きを察することができたのは、誓約書を見せられたからだ。そこには助役だけでなく、村長、実家が所在する区長、父の署名まで並び、それぞれ捺印《なついん》されていた。秘密厳守等諸規則に従い、万が一広四郎が違反した場合は、本人だけでなく、署名者全員が連帯責任を負い、法的処罰を受ける旨が明記されている。広四郎は最後に署名し、印鑑代わりに拇印《ぼいん》を押した。

　手続きが済んだあと、命令書、身分証を渡された。命令書を見て、部隊名が関東軍防疫給水部であり、通常は秘匿番号七三一で呼ばれることを知った。石井部隊というのは、あくまでも通称、それも広四郎の故郷一帯でひそかに呼び交わされているに過ぎない。

『前線で戦う兵士たちが疫病にかかるのを防ぎ、同時に安全な水を供給することを任務とする』

　少尉の言葉に驚き、感心すると、知らなかったのかと呆《あき》れられた。

　地元では石井閣下がどれほど偉い人かという噂は流れていたが、実際にどのような任務を遂行しているのか誰も知らなかった。広四郎にしても、軍医中将である以上、ハルビンにある大きな陸軍病院の院長でもしているのだろうくらいに考えていた。任務について誰も知らなかったのは、ひたすら軍機に関わるといわれていたせいでもある。

　命令書、身分証ともに第七三一部隊軍属技手《ぎて》見習いとなっていたが、（仮）と冠されている。

　見習いの上、仮って……。

『仮が取れれば、貴様の目論見《もくろみ》通り再召集を免除されることもあるかも知れないが、正式に軍属となるのは難しいな』

　少尉が淡々といった。

　基地は、領事館から南東へ十五、六キロ行った平房《へいぼう》地区にあるという。トランクを提げて歩いていくのかと思っていたら折良く領事館から基地に戻る軍医中尉がいて、乗用車に便乗させてもらえることになった。

中尉は須賀《すが》と名乗り、技官をしているといった。広四郎はさっそく技手見習いといったが、仮は付けなかった。もっとも二十分ほどの車中で、問わず語りに領事館で審査を受けたことを話すと、そうかとうなずき、これからいろいろあって大変だけど頑張りなさいと励まされた。

基地に到着すると立派な門と広大な敷地、何より中央にどんと構える巨大な建物――のちに本部棟だと知った――に度肝を抜かれたものだ。

まるで西洋の城か刑務所だと胸の内でつぶやいた。もっとも広四郎はどちらも実物を見たことはない。

門のそばにある警衛所には須賀が付き添ってくれ、領事館から来たといってくれたおかげで書類はスムーズに受領された。ハルビンに来て、初めて親切にされた気がして深々と頭を下げ、礼をいった。須賀ははにかんだような笑みを浮かべ、大したことじゃないと手を振って本部棟に向かった。

大変だったのは、それからだ。部隊に配属されるとまずは講習を受けなくてはならなかった。通常、講習は十日間にわたって行われるという。初日こそ部隊の歴史と任務について広四郎一人で授業を受けられたが、特別待遇はそこまで、翌日からは通常の講習に編入された。すでに十日間のうち三日が修了しており、追いつくために関連する教科書を一夜で読まなくてはならなかった。

講習内容は、基礎的な医学、衛生学、細菌学、免疫学などだった。使い回しの教科書を貸与されたのだが、ノートは自弁で購入しなくてはならなかった。また教科書、ノート、そのほか部隊に関する書類は外出が許されるようになっても基地の外へ持ちだすことは厳禁された。

とくに念入りに叩きこまれたのが疫病についてで、種類、それぞれの症状、初期の所見から死に至るまでの経緯などを図解や実際の写真を使って教えられ、授業の後半は教官による口頭試問に費やされた。生徒たちは競って挙手し、症状やその時々の対処法について答えた。高等小学校しか出ていない広四郎には難しい内容も多々あった。

部隊でもっとも身近にあるのがペストといわれ、病原菌は非常に危険なので取り扱い、感染防止には細心の注意を払え、さもなければ死ぬと叩きこまれた。

投げだすわけにはいかなかった。一日の講義が終わったあとに試験があり、六十点以上を取らなければ、追試に回される。追試に落ちれば、仮とはいえ、せっかく手にした命令書、身分証を返納しなくてはならないと宣告された。部隊から放りだされれば、故郷に送りかえされ、しかも旅費はあとで請求されるとのことだった。ハルビンに来るため、親兄弟が借金を重ねた。さらに迷惑をかけるわけにはいかないし、返済できなければ、軍の刑務所送りになる可能性もあるといわれた。

必死にならざるを得なかった。幸い七日間の講習中、追試を二度受けただけで無事に全課程を修了することができた。

ところが、これで終わりではなかったのである。十日間の講習はあくまでも基礎に過ぎず、このままでは雑役しかできない。具体的には、荷物運びや掃除、洗濯といった作業なのだが、そちらは少年隊といわれる十四、五歳の男子たちが担っている。十歳以上年上の広四郎が少年たちに混じって働くのは都合が悪いという。広四郎としては、まったく不都合を感じなかったが、教育係の技手が耳元でささやいた。

『仮が取れた方が貴様には都合がいいんじゃないのか』

そこからペトリ皿から培地を掻き取る猛特訓が始まった。訓練中は薄く延ばして固めたただの寒天だが、本番ではその上にペスト菌が培養されているので命がけとなる。実地試験に合格し、掻き取りの仕事を得なければ、いつまでも仮が取れず、再召集に応じなくてはならない。ペスト菌を扱う仕事はもちろん危険であり、些細《ささい》な失敗があっただけでも罹患《りかん》の恐れがある。それでも広四郎は挑戦する方を選び、何とか実技試験に通った。そうして培地の掻き取り班へと配属されたのだった。

　こうして二ヵ月が経過した。

　昭和十九年十一月。

　白いゴム手袋を着けた左手にはガラス製の透明なペトリ皿を載せていた。ペトリ皿は直径十センチ、縁の高さは二センチほどで底には薄く培地と呼ばれる寒天が塗ってある。培地は小豆《あずき》色をしていて、見た目は漉《こ》し餡《あん》で作られた羊羹《ようかん》そっくりだが、赤黒く見えるのは羊の血を混ぜてあるためだ。

　培地の上には、縁に沿って三日月型に白い斑点が散っている。広四郎は右手に持った竹べらを慎重に三日月の端にあて、少しずつそぎ取っていった。布製とガーゼ、二種類のマスクを重ねて着けているので息苦しかった。目元を覆う水中メガネのような防護面の内側が吐息と汗で曇り、視界がぼやける。

　クソッ——胸の内で罵りながらも慎重に竹べらを動かしていった。

　竹べらで斑点ごと培地を掻きとっていく。へらがペトリ皿の縁にぶつかったところでそろそろと引きあげ、目の前に置いたビール瓶の口へ持っていった。

　ここからがもっとも注意を要する。口の縁の内側にへらをなすりつけ、培地を中に落とすのだが、絶対に口の外側に付着させてはならない。唇を嘗《な》め、手が震えないよう祈りながら培地を瓶の中へ落としていく。瓶には三分の一ほど米——あらかじめ二、三時間水に漬けてあった——が入っている。

曇りのある防護面のガラスを動かし、子細に瓶の口を観察して培地がはみ出ていないのを確かめるとふたたびペトリ皿に竹べらを持っていく。

3

とにかく蒸して暑く、汗がとめどなく流れる。

頭まですっぽり覆うゴム引きのつなぎ——開閉用のチャックは背中側にあるので脱ぐときには仲間の手を借りなくてはならない——を着て、ゴム長靴、ゴム手袋、ガーゼマスクは二枚重ね、その上にゴム製防護面を着けている。すべて白に統一されていた。逃げ場のない体温がつなぎの内側にこもり、装備を着けただけで汗が吹きだしてくる。防護面のガラスは曇りがちで、だだっ広い作業場を動きまわる数十人もの白い人影はさながら霧の中に浮かぶ亡霊のようだ。

亡霊もあながち大袈裟《おおげさ》ではない。培地に散らばる斑点は、培養したペスト菌であり、触れても、吸いこんでも命にかかわる。

ペトリ皿一枚分の培地をすべてこそぎ落とし、ビール瓶に移したところで瓶の口にしっかりゴム栓をはめて、すぐ後ろのテーブルにある木箱に入れる。作業場の通路は台車を押した別の作業員——これが少年隊の仕事の一つで、掻き取り作業の実技試験に合格していなければ、広四郎も同じことをしていた——がつねに巡回していて、すぐに瓶を回収していった。

木箱の下の棚にはバケツが置いてあり、消毒液が入っていた。空になったペトリ皿と使ったばかりの竹べらをバケツに入れると次のペトリ皿を取って、蓋を取りのけ、わきのカゴに何十本も入っている消毒済みの竹べらをつまみ上げ、同じ作業をくり返す。

作業台は細長いステンレス製で一列に十人が並ぶ。一メートル後ろに同じような細長い台が設けられ、その向こうが通路になっていた。台はコンクリート打ちされた床に太いボルトで固定されていた。

作業は午前九時から正午までの三時間、昼食休憩の一時間を挟んで、午後一時から午後五時までの四時間――午後三時から三十分の休憩が認められていたが、つなぎと防護面は着けたままだった――の一日七時間だった。

もっとも午前八時には更衣室に入って、つなぎを着はじめなくてはならない。終業後の方が面倒で午後五時に作業が終わったあと、つなぎを着たまま昇汞水《しょうこうすい》のシャワーを浴び、班長に背中のチャックを開けてもらって慎重に脱いで消毒液をたたえた水槽に入れ、作業服、下着、褌《ふんどし》を指定されたカゴに放りこみ、素っ裸でもう一度昇汞水シャワーを浴びなくてはならなかった。冷たさに全身が縮みあがっても目に見えない細菌を扱う仕事をしていれば、指の股、爪の間まで丹念にこするようになる。寒さなど二の次だ。

背後で鈍い音がして、広四郎はふり返った。台車を押している作業員が倒れていた。近寄ろうとする作業員たちを班長が鋭く制する。

「そのまま、動くな」

次いで緊急対処班を呼ぶ。誰かが、やっぱりダメだったかというのが聞こえた。

倒れた作業員は、三日前にちょっとした事故を起こしていた。本当にちょっとしたことだ。

台車を押していて、作業台の縁に腰をぶつけたのである。そのときつなぎが小さく破れた。すぐに救護室に運ばれ、徹底した消毒を受けたあと、隔離病室に二日間留め置かれ、今朝はそこから作業場に来たのである。

仲間たちと明るく挨拶を交わした。発熱もないといっていたが、どうやら嘘をついていたようだ。昏倒《こんとう》したところを見ると昨夜から体調が悪かったのかも知れない。軍医や衛生兵なら変化に気づいても不思議はないが、作業場は慢性的な人手不足に陥っており、一人でも欠員があれば、ほかの作業員に負担がかかる。

「ダメだんべえな」

「ああ、たぶんな」

すぐ後ろで喋っている声が聞こえてきた。対処班が来て、倒れた男を担架に乗せ、運んでいった。ダメというのはおそらく死ぬということだ。年に二十人から三十人がほんのちょっとした事故で命を落としている。これは講習ではなく、作業場で働くようになってから噂として聞いた。

ペストの原因はペスト菌で、早い者で二日、遅くても一週間ほどで症状が現れる。全身の倦《けん》怠《たい》感と悪寒、発熱で、体温は四十度を超える。症状にはいく種類かあって、リンパ節が腫れる腺ペスト、菌をもつノミに刺された皮膚や眼球から発症するペスト、敗血症ペストなどがあった。

有名なのは敗血症ペストだ。菌が繁殖すれば、手や足が末端から壊死《えし》して黒ずみ、やがてミイラのようにからからになって、苦しみもだえながら死ぬ。ペストが黒死病と恐れられた理由がここにある。手足等が黒ずむといった症状が出ない場合もある。このときは菌が全身に回って、いきなりショック症状となり、その後、皮膚のあちこちに黒い斑点ができる。どちらも黒ずんだ部分から壊死していく。

厄介なのは肺ペストだ。咳《せき》やくしゃみによって菌が空中にばらまかれるため、感染が急速に拡大する。

広四郎たちが培養したペスト菌は実験用ネズミに注射され、血清を取りだすために使われると教えられた。兵士や開拓団の農民、満人たちがペストに罹《かか》った際、唯一の治療法が血清なのだ。

マスクの内側で唇を嘗めた。鼻の下に浮いた汗がしょっぱかった。

班長が大声で命じた。

「よし、作業に戻れ」

広四郎は作業台に向きなおるとペトリ皿を手にした。


一日の作業を終えた広四郎は、防護衣の上から一度、素っ裸になって二度目の昇汞水シャワーを浴び、出口でタオルを使ってよく拭き取る。タオルは更衣室手前の入口に置かれているカゴに放りこみ、中に入るとすぐわきに積みあげられているシャツと褌を手にして自分用に割りあてられている棚の前に向かう。

まずは褌、次いでらくだの股引《ももひき》と長袖のシャツを着て、その上に軍袴《ぐんこ》、制服を着ける。制服といっても陸軍の軍服と同じだ。違いは襟章と左胸に縫いつけた階級章にあった。襟章は丸形で赤地に銀の星がついており、軍属の中でも最低級の雇員を意味する。技手となれば、銀星が紫に染まった。広四郎の場合、銀星、それも一つ。星は五つまで付けられるようになっている。

しかし、（仮）の身分では技手になるどころか、星二つへの昇進さえ望めないらしかった。かつて二年間の兵役で金星二つになった身には格下げ以外の何ものでもなかった。関東軍でも兵隊であれば、星は金色なのだ。

関東軍司令部から俸給の一部を実家に送金する際、関東軍雇員の発令書を発行してもらった。そのときだけは（仮）が取れていて、ほっとしたものだ。とりあえず書類があれば、村役場に提出して再召集の免除手続きができるはずだ。どこまで有効かわからなかったが、親はひとまず安心するだろう。

また俸給の面もありがたかった。最初の月こそ、日数の半分以上を入隊手続き、講義に費やしたので手当は支給されなかったが、二ヵ月目からは初任給十五円に各種手当がついて、総額三十五円にもなった。そのうち二十円を実家に送っている。

関東軍司令部は、奉天《ほうてん》とハルビンの間にある新京《しんきょう》に置かれている。実家への送金、手紙のやり取りは、軍機保持のため、すべて司令部気付けで行うことになっていた。

着替えを終えると綿入り、毛皮で裏打ちされた分厚く重い外套《がいとう》と、同じく毛皮で裏打ちされた耳当てつきの帽子を取って、わきに抱え、更衣室の出口にある下駄箱から取りだした軍靴を履いて食堂に向かった。食堂は本部前の給食棟にあった。

教育期間をふくめ、かれこれ二ヵ月になるが、本部棟には初日に一度入っただけで以降は教育棟、作業棟、給食棟、宿舎を循環する日々を送っている。生活に必要な日用品などは給食棟内にある購買部で買える。

夕食を終え、玄関で外套を着て、前をきっちりと閉じた。帽子を被って耳当てを下ろし、顎紐を締めた。ふっと息を吐き、気合いを入れると給食棟の二重になった引き戸を開けて外に出た。

覚悟を決めたつもりだが、寒気に思わず背中が縮こまる。外套のポケットから手袋を取りだして着けている間に同じ作業場で働く若い男が二人出てきたので声をかけた。

「寒いですね」

顔を見合わせた二人に、広四郎は言い添えた。

「でも、まだこんなもんじゃないんですよね」

十一月に入り、朝晩の冷え込みは氷点下十度を下回っていた。それでも日中、陽《ひ》が射《さ》すと七、八度くらいまでは暖かくなる。広四郎が生まれ育った土地は、わりと気候が温暖で気温が零度を下回ることはほとんどなく、地面も霜柱が立ち、たまに池の表面にごく薄い氷が張るくらいでしかない。

「はい」一人が答えた。「自分も初めて来たときにはびっくりしました」

二人とも少年隊に所属する雇員であり、十八歳に満たない。七三一部隊では十四歳から少年隊として働くことができた。とはいえ、まずは地縁があって、厳しい審査に合格しなければならない点はほかの隊員、軍属と変わらない。親元にいて、高等小学校に通っていたとしても昨今では無給の勤労奉仕に駆りだされるばかりで授業はほとんどない。雇員になれば、俸給がもらえる。

三人は凍った道を歩きはじめた。

あらためて二人を見て、若いと思った。若いというより幼いといった方が合いそうだ。徴兵年齢が年々下がり、広四郎の時代は二十歳だったものが、一昨年十九歳に下げられ、去年十八歳になった。満十八歳になれば、故郷に戻って兵隊になる。少年隊の大半が帰国していったが、中には雇員から技手になって残っている者もいた。

陸軍士官学校へ進学することもできるといわれているが、少なくとも広四郎が聞いた範囲では一人もいなかった。

「零下三十度まで下がると息を吸っただけで鼻の内側がぴたっとくっつくんですよ」

一人がいった。負けじともう一人が言いつのる。

「凍傷になると悲惨です。手や爪先が壊死して、Pにかかったみたいに真っ黒になる」

部隊内ではペストとはいわず、たいていPと呼んだ。あからさまにペストというのは機密漏《ろう》洩《えい》防止の意味があるのだが、何より不吉な響きを嫌っているためだろう。

やがて右手に警衛所が見えてくる。三人は立ち番をしている兵士に向かって敬礼し、所属部署と氏名を告げ、終業したので宿舎に戻る旨を申告した。衛兵が答礼し、許可すると答える。

正門を出て、南に向かうと教育棟——十日間の講義を受けた場所——があり、その先に少年隊の宿舎があった。少年隊の隊員たちは一部屋に二段ベッド三台を入れた六人部屋で寝起きしていたが、広四郎には小さいながらも一人部屋が与えられていた。窓がないことからすると掃除道具などを入れておく物置だったのかも知れない。ほかの隊員たちとの年齢差がある上、(仮)の人間が混じるのはよくない影響があるとでも考えられたのだろう。

宿舎に入ったところで、それぞれの部屋に向かった。

午後九時から一時間が広四郎に割りあてられた共同浴場の使用時間だった。もちろん一人ではなかったが、ほかの時間帯は少年隊の隊員たちが押しよせているのに比べると比較的空《す》いていた。

七三一部隊に来てから毎日入浴し、石鹼《せっけん》を使って全身を丹念に洗うようになっていた。故郷た。

にいた頃は毎日風呂に入る習慣がなかったし、いわゆるカラスの行水でさっさと終わらせてしまうことが多かった。

今の仕事をするようになってからは、目には見えない菌がどこかに残っているような気がして食事をしていても落ちつかない。それは誰しも同じだということが最近になってわかってきた。

朝は午前六時ちょうどに吹き鳴らされる起床ラッパで起きればいい。ラッパが鳴る前に目が覚めていても寝台の中でじっとしていなければならなかったが、そうした規則は、かつて経験した二年間の軍隊生活ですっかり慣れていた。もっとも営内班で集団生活をしていればの話で個室を与えられている広四郎は目が覚めれば、起きて、歩きまわっても誰にもとがめ立てされなかった。

最初の頃は、講習に追いつくため、夜中まで教科書を読み、ノートを取っていた。講習が修了したあとも少しでも追いつこうと勉強したものだが、作業や周囲に慣れていくに従って教科書やノートを開くことがなくなっていった。

部屋にラジオはない。たまに娯楽室で聞くだけだ。俸給で新聞や雑誌、本も購入できたが、活字を読む習慣がそもそもなかった。

物心がつく頃から夜明け前には起きだして野良仕事の支度を始める両親や兄たちの生活を見ていたし、尋常小学校に入学する前には手伝いをするのが当たり前だった広四郎にしてみれば、午前六時起床はむしろ楽に思えたものだ。

その点は七三一部隊で働くようになってからも変わらない。

それでもラッパが鳴りはじめると布団をはねのけ、手早くらくだの股引とシャツ、軍袴、軍服を身につける。宿舎にはスチーム暖房が入っているものの石炭を節約しているのか、いつも寒く、とりわけ朝は寒気が厳しい。個室暮らしをしながら起床ラッパに合わせて起きるのは寒さしのぎのためであり、起きたところで何もすることがないからだ。

身支度を整え、寝台をきちんと片づけると洗面所で洗顔、歯磨きを済ませる。午前六時半には給食棟で朝食になる。

分厚い外套と帽子でしっかり身繕いをして宿舎を出た。互いに挨拶を交わすが、さすがに朝はお喋りしながら歩いていくというわけにはいかない。誰もが押し黙り、うつむいたまま足早に歩きつづけた。

給食棟の入口まで来たとき、背後でホイッスルが吹き鳴らされ、怒鳴り声が響いた。

「丸太が逃げたぞ」

足を止め、ふり返る。

丸太って何だ？――初めて耳にする言葉に声のした方を見ていた――逃げたって、丸太に足でも生えてるってのか。

皮肉っぽい思いを抱きつつ、見ていると給食棟の角から大男が飛びだしてきた。パジャマのような薄っぺらな上下を着けているだけで前がはだけ、胸も腹も剝《む》き出しになっていた。しかも地面は凍りついているというのに裸足《はだし》だ。

大男の顔つきからすると日本人か、満人のようだ。満人は全般に背が高かったが、とくに北方に住む連中は蒙古《もうこ》系の血を引いていて、ひときわ躰が大きいと聞かされていた。相撲《すもう》でもさせれば、大相撲で出世しそうなのがいくらでもいる。

そのとき、衛兵の詰め所の方からも声や吹き鳴らすホイッスルの音が聞こえ、大男が方向転換して、こちらに向かってきた。

大男を追ってきたらしい軍服――軍属かも知れなかったが、見分けはつかない――や白衣の男たちの集団だ。

「捕まえろ」

集団の先頭を走っていた男が叫ぶ。

だが、凄《すさ》まじい勢いで駆けこんでくる大男に恐れをなしたのか、食堂に向かっていた作業員たちは左右に分かれた。

広四郎は近づいてくる男の前に突っ立っていた。

詰め所から走ってきた衛兵が小銃を構え、男の背中に狙いをつける。だが、すでに大男の伸ばした手が広四郎にかかろうとしていた。

躰が自然に反応する。男が飛びかかってくる寸前、足をさばいて軸線をずらし、男の突きだしてきた腕を右腋《わき》の下にかいこんだ。そのときには右足で男の爪先を踏んづけていた。

勢いがついているほど、そして体重があるほど惰性がつく。宙を舞った巨体が反転し、背中からどうっと落ちる。

見物していた作業員の間から嘆声が漏れた。

大男をうつ伏せにして押さえ込み、背中に膝をあてて右腕をひねり上げていた。手首を回して決めている。

憲兵が近づいてきたので大男の手首を渡し、広四郎は男の上から降りた。

「ご苦労」

軍曹の階級章を付けた憲兵がいう。

「いえ」

一礼した。憲兵たちが大男の両腕を取って連れていく。

周囲でささやき交わす声が聞こえる。

「すげえ」

「何だ、柔道か」

「合気道か何かだろう」

忍術だよ、と広四郎は胸の内で答えていた。

憲兵に両腕を取られた大男ががっくりとうなだれている。足を引きずろうとすると先ほど広四郎に声をかけた軍曹が後ろから思いきり蹴りあげた。

4

丸太呼ばわりされた巨漢が引っ立てられ、本部に連行されると何ごともなかったように広四郎たちは食堂に向かい、朝食を済ませて作業に入った。一日の作業が終わったとき、広四郎は班長に呼びとめられ、明日《あす》は午後の作業免除、昼食をとったあと、一三〇〇《ひと・さん・まる・まる》に本部庁舎内にある憲兵室に出頭するよう命令された。

おそらく今朝の事件のことだろう。

翌日、昼食を済ませ、午後一時少し前に本部棟に行って受付で所属、姓名を申告するとすぐに右奥から憲兵伍長が出てきた。

「ご案内します」

敬礼こそされなかったものの丁寧な言葉遣いに面食らう。伍長に従って、総務部、憲兵室の前を通る。案内されたのは憲兵室のとなりにある殺風景な部屋だ。床、壁ともコンクリート打ちされ、奥の窓には鉄格子がはまっている。

領事館での取り調べ……、否、面接を思いださせる部屋だ。領事館との違いは、先に来ていた憲兵中尉が窓を背にし、中央の机に座っているくらいだ。

「失礼します」

一礼して部屋に入ると中尉が机の向かい側の椅子を手で示した。

「かけたまえ」

「はい。失礼します」

広四郎が座ると中尉はタバコをくわえ、マッチで火を点けた。机の上には灰皿と簿冊が置いてある。煙を吐き、唇の端にタバコを挟んだまま、簿冊を開き、目を細めて見やる。髪は一厘ほどの丸刈りで、顔にはしわが刻まれている。決して若くはなく、四十代、ひょっとしたら五十歳を超えているかも知れない。それで中尉なら叩き上げだろうと察しをつけた。

「穂月広四郎だね」

「はい」

つづけて中尉が生年月日、本籍地などを確認していく。いずれも領事館で申告している。またかと思った。質問を終え、簿冊を閉じて机に置いた中尉はタバコを取り、灰皿の上で軽く叩いて灰を落とした。タバコを指に挟んだまま、両肘を机の上について、まっすぐ広四郎の目をのぞきこむ。

「昨日《きのう》の朝、逃げようとした丸太は蒙古系でね。躰が大きいだけでなく、力も強い」

やっぱりと思ったが、広四郎は身じろぎ一つしないで中尉を見返していた。

「なかなか反抗的な奴で、実は本部の方でも手を焼いていた。つまりは札付きだった」

「そうなのですか」

間の抜けた返事だと思ったが、ほかに思いつかなかった。中尉はタバコを吸い、煙を吐きだしながら灰皿でていねいに潰した。

「やむなく射殺命令が下って、衛兵が小銃を構えた。見たか」

「はい」

「凄まじい勢いで、君に突進していったそうだが、違いないか」

「はい。猛烈な勢いでした」

「だけど、君は逃げなかった」

「はい」

「怖くはなかったのか」

一瞬、広四郎は机に視線を落とし、何と答えたものか考えたが、とくに思いつかなかったので正直に話すことにした。

目を上げる。視線が正面衝突する。

「相手の動きを見極めるのに必死で怖いと感じる余裕はありませんでした」

「相手の動きとは？」

「足です。踏みだしてくる速さとか、歩幅とか、あと何歩で私に手が届くか、手をかけてくるとしたら右か左か」

「で、見えたわけか」

「右腕を突きだしてきました。相撲の張り手みたいな感じで。勢いよく手を出してきたので軌道は変えられないとわかりました。それで腋の下に挟んで、そのとき、あの男は右足で踏みこんできたので爪先を踏みました」

「ほう」中尉が肘を上げ、椅子の背もたれに躰を預ける。「武道の心得があるのか」

「子供の頃に実家の近所にある道場に通っておりました。高等小学校を卒業してからは、家の手伝いをしなくちゃならなかったんで行けなくなりました」

「何という道場？　館長の名前は？」

おや、と思った。道場といえば、師範と訊いてくる方が一般的だが、いきなり館長といった。道場、館長の名前を答えた。

とたんに中尉の眉間が緩み、表情が和む。

「懐かしい」

「え？」

中尉が唇の両端を持ちあげた。

「俺は堀田《ほった》という。殿様の家系ではないがね」

堀田が出身地を口にした。隣村というほどではないが、近隣とはいえる。江戸時代には堀田家が治めていた。

堀田が身を乗りだした。

「俺も同じ道場に通っていたんだ。とはいってもお前よりずいぶん昔のことになるが。館長には俺もお世話になったよ」

「そうだったんですか」

「館長が亡くなって、しばらくになるな。俺はずっとこっちにいたから葬式には出られなかった。お前は？」

「ご焼香だけさせてもらいました。参列された方が多くて。私など弟子とはいっても末席の末席でしたから本堂の入口で」

そのときの光景がありありと浮かんでくる。冷たい秋雨が降っていたが、さほど強くはなかったので本堂の前に並んだ人々は傘も差さずに順番を待っていた。

広四郎もうつむき加減に前の人のかかとが動くのを見ていたが、時おり、目を上げ、本堂をのぞきこんだ。近親者や高弟たちが列席し、読経《どきょう》がかすかに聞こえていた。

ある女性の姿を探していたのだ。だが、広四郎の立っている本堂の入口前からでは見える範囲がごく限られていて、目指す相手は見つからなかった。あのときの情景を思いうかべると胸底が甘酸っぱくひき絞られ、顔が熱くなるような気がした。

何と未練がまし……。

「いやいや」堀田が顔の前で手を振る。「あの丸太を投げ飛ばしたんだ。館長も喜ばれるだろう」

丸太というのが、あの男の太い腕に由来するものなのか気にはなったが、何となく訊いてはいけないような気がして黙っていた。

日が暮れるまで広四郎は堀田と故郷の話、道場の話をつづけた。

そのうち、堀田が訊ねた。

「道場には誰か知り合いが通っていたのか」

「いえ、たまたま館長と知り合うきっかけがありまして……」

「ほう。よかったら、そのきっかけとやらを話してはくれないか」

またしても館長の葬儀の際に探していた女性の面差しが脳裏を過《よぎ》っていく。まったくうかつなことを口走ったものだが、まさにあとの祭りだ。

堀田が椅子の背に躰をあずけ、新しいタバコに火を点け、煙を吐きながらいった。

「兄弟弟子のよしみだ。いいだろ？」

笑みを浮かべているものの声音には有無をいわせぬ重い響きがあった。広四郎は腹をくくり話しはじめた。どうせ大したことじゃないから、と胸の内でつぶやきながら。

「近所の道場に通っていたんです。私……、自分は」

「無理に軍隊口調になることはない。私でかまわん」

「はい」広四郎はうなずいた。「私はガキの頃は躰が小《ち》っちゃくて、男兄弟の中では一番下だし、とにかく度胸がなくて、怖くて人を殴るなんてできなかったんです。五歳になったかならないかくらいですが、近所のガキ大将にいじめられて、奴らがいなくなったあとも一人で川原《かわら》でぐじゅぐじゅ泣いてたんです。そのとき、館長が……、最初は館長だなんて知らなくて、ただの小さな爺《じい》さんだと思っていただけなんですが」

喋っている相手に気がついて、慌てて頭を下げた。

「申し訳ありません」

堀田がにやにやしながら首を振る。

「構わん、つづけろ。館長の様子が目に浮かんでくる。とにかく偉ぶらない方だった」

励まされ、言葉を継いだ。

「館長に男がめそめそするもんじゃないって叱られて。何があったと訊かれたので、いじめられたことを話したんです」

「そうしたら？」

「うちの道場に来いっていわれました。だけど、私は人を殴るのが怖いっていったら、館長が、大丈夫、人は殴らない。うちが教えるのは忍術だからって」

堀田が吹きだした。

「そうそう、館長は武芸十八般免許皆伝、中でも忍術が得意中の得意といっていた。ちょうど活動写真で目玉の松《まっ》ちゃんが児雷也《じらいや》をやって大評判だった頃だ。それで館長もあやかったんだな」

ふっと堀田が笑みを消し、机上の簿冊を取った。くわえタバコから立ちのぼる煙に目を細めている。

「お前の実家の近所に道場はないはずだが……、こう見えて俺は師範代をやっててね、いろいろな道場に出稽古に行った。お前の実家の辺りに館長が生まれた家があって、何度かご挨拶にうかがったこともある。だからわかるが、道場はなかったはずだ」

「道場といっても、うちの近所にある小さな神社の境内です。そこに子供たちが集まって稽古をつけてもらっていました」

話している広四郎の脳裏には黒目がちの一人の少女の容貌が浮かんできた。三つ年上で、館長の孫、名をリンといった。

ごく自然に広四郎は館長との出会いに思いを馳《は》せていた。

「儂ぁ、忍術も教えておる」

紺色の作務衣を着て、山羊鬚《やぎひげ》を生やした老人の言葉に広四郎は目を剝いた。

「児雷也みたいな？」

その年、児雷也という忍者が大活躍する活動写真が公開され、大評判を呼んでいた。もっとも子供である広四郎が見られるはずもない。千葉の田舎で貧しい小作人暮らしをしている父や母、兄たちも一度も活動写真など見たことがなかった。

大地主であれば、一家そろって浅草に出かけ、活動写真を見て、すき焼きを食ってくることがあった。その大地主の息子が近所の子供たちを集め、自慢話をする。集まる子供のうち、広四郎は最年少であり、また、躰も小さかった。

「似たようなものかな」老人は真っ白な顎鬚をしごき、笑みを浮かべる。「道場を見に来るか」

「行く」

道場といってもすぐ近所にある神社の境内で一角の草を短く刈ってあるだけだった。それでも十数人が向かいあい、木剣を揮《ふる》っている。木剣同士が当たる甲高く鋭い音に広四郎は思わず首をすくめ、知らず知らずのうちに老人の後ろに隠れるような恰好《かっこう》になっていた。

老人が現れると一人の男——もっとも年長のようだが、それでも十三、四歳の少年——が声をかける。

「やめ」

全員が老人の前に二列の横並びになる。先ほどの少年がふたたび号令をかける。

「一同」

全員がそろって背筋をぴんと伸ばした。ふたたび少年の号令。

「礼っ」

頭を下げる。

老人がうなずき返した。

「皆は稽古をつづけなさい。リンはこちらへ」

それぞれが元の位置に戻り、木剣を振りまわしはじめる。一人の少女が老人と広四郎の前にやってきた。女ではあったが、ほかの少年たちと同じように袴を着けていた。よく日に焼けていた。

何より広四郎の目を引いたのは目だ。よく光っていて、怖いほど鋭い。唇を真一文字に結んでいた。ひと目で尋常ではない勝ち気さがわかる。

「お前、この……」いいかけた老人が目を向けてくる。「そういえば、まだ名前を聞いておらんな」

「広四郎です……、穂月広四郎」

うなずいた老人がリンに顔を向ける。

「今からお前は広四郎の師匠だ。強くしてやれ」

「はい」

老人が言葉を継ぐ。

「まずは礼儀作法からだ。何も知らんようだ」

もう一度うなずいたリンが広四郎をうながして、原っぱの端に連れてくると正座するようにいった。いわれるがまま、膝をそろえて座る。

「足の親指と親指を重ねて」

いわれた通りにする。いまだかつて座り方を教わったことなどない。ところが、そこからがびっくりするくらい細かく、うるさかった。

「かかと真上に尻を置いて、尻の穴がくるぶしとくるぶしのちょうど真ん中に来るように……、そうそう、腰を前に出すように……、そう、それでいい、そうすれば背筋が伸びる。胸を張って……、ダメダメ、肩の力を抜いて……、力を抜くといってもだらっとしちゃダメよ」

何とか形にするとリンがにっこり頰笑《ほほえ》んだ。

「ね、楽でしょ」

うなずいた。とたんにリンの表情が曇る。

「はい、だろ？」

「はい」

恐る恐る声を出した。

「もっと大きな声で。声は腹から」

「はい」

「もっと」

「はい」

何度かくり返して、ようやくよしというとリンはふたたび原っぱの真ん中に戻り、木剣を取って少年と打ち合った。

日暮れまで見物していただけだが、不思議と飽きなかった。老人が稽古が終わったことを告げ、全員がふたたび二列に並んで挨拶をする。何もいわれていないので、広四郎はそのまま座っていた。

リンが小走りに近づいてくる。

「ちゃんと座ってるね。偉いよ。足、しびれなかった？」

「いや」広四郎は首をかしげた。「どうしてだろう。全然しびれてない」

「ちゃんと正座していたからだよ」

「一つ、訊いてもいい？」

「何？」

「大蝦蟇《おおがま》になる練習は暗くなってから？」

リンがきょとんとする。だが、すぐににやりとして首を振った。

「あれは映画」

「だけど、あの爺ちゃんが……」

「館長」

「館長がうちは忍術をやるって」

「児雷也が蝦蟇に化けるのはお芝居の中だけ」

「ええっ？」

がっかりしたものの、それから広四郎は神社の境内にある道場に通うようになった。道場が開かれるのは毎週火曜、木曜、土曜の三回で、火、木は午後四時から二時間、土曜日は午後一時から午後五時までの四時間だった。

正座の仕方から始まって挨拶、立ち方、構え、足さばきなどを順に教えてくれた。リンは親切で優秀な先生には違いなかった。やがて木剣を貸してもらい、素振《すぶ》りなどをさせてもらえるようになったが、打ち込みは遠慮した。

大正十二年春、広四郎は尋常小学校に入学したが、学校が終わったあと、週に三度は神社に通った。神社の境内にある道場は知られており、館長は小学校でも剣術の指導をしていた。授業中に館長の顔を見ると尻がこそばいような不思議な気持ちになった。

季節がめぐり、道場に通いはじめて二年が経《た》った頃、広四郎の前に悪夢が立ちふさがった。取るに足らない難癖をつけては、いじめたり、小突きまわしたりする地主の息子と、その取り巻き三人組だ。すでに連中は高等小学校に上がっていたので、学校で顔を合わせることはなくなっていた。

「おい、広四郎。お前、女の子分になってるそうだな」

地主の息子は薄い唇をねじ曲げ、長く尖《とが》った犬歯を剝き出しにして笑った。取り巻きが女の子分、女の子分とはやし立てる。地主の息子のすぐ後ろには、のっそりと躰の大きな男が立っていた。いずれは相撲の世界に入るともっぱら噂されている巨漢だが、図体《ずうたい》がでかい割りに敏《びん》捷《しょう》なところがあった。

取り巻き連中はいずれも小作人の子供たちで親は地主から土地を借りている。

広四郎は道場に向かうところだった。なおも取り巻きが女の子分とはやし立てる。だんだん腹が立ってきた。顔を上げ、言い放つ。

「子分じゃなくて、弟子だ」

怒鳴ったつもりだったが、声はやけに甲高く、弱々しい。おまけに震えていた。

地主の息子と取り巻きたちが爆笑する。

「ありゃ……」

「ありゃ、何なの？」

背後からリンの声がした。はっとして顔を上げる。袴姿で肩に木剣をかつぎ、そこに練習着を入れた風呂敷包みを差していた。

図体のでかい男が前に出てくる。その後ろで地主の息子がせせら笑う。

「男女《おとこおんな》だ。女のくせに剣術の真似事《まねごと》なんかして。そしてそこのちびは女男よ」

リンが一歩前に出る。同時に図体のでかい男がリンの右袖をつかんで、ぐいと押した。何が起こったのか、わからない。

図体のでかい男の躰が宙を舞い、どうと道路に叩きつけられていた。リンは地主の息子をまっすぐに見たまま、落ちついた声でいった。

「さあ、もういっぺんいってごらん」

5

いつしか広四郎は夢中になって喋っていた。そして今ではすっかり思いだすこともなくなっていたリンや館長、地主の息子と取り巻きたちの顔立ちばかりでなく、声や仕草までありありと浮かんでくる。

道場には、高等小学校を卒業した昭和六年まで通った。尋常小学校に通っている間は神社の境内で稽古をしていたが、高等小学校に進学してからは少し離れたところにあるちゃんとした道場に通うようになった。館長が月謝を免除してくれたので、親も通うことを許してくれたのだ。

しかし、高等小学校を卒業すると実家の仕事だけでなく、総本家にも手伝いに出るようになり、自然と足が遠のいた。通わなくなって数年後、館長が亡くなった。親の許可をもらって、葬式に行き、遺影に手を合わせることができた。想像よりはるかに大きな葬儀で寺の本堂には入れなかった。参列者は千人を超えていただろう。広四郎は入口で焼香をしただけだったので、結局リンの顔を見ることはできなかった。

リンは三歳年上だった。広四郎が高等小学校に入って道場に通うようになった頃には、東京に勤めに出ていると噂で聞いた。その後、結婚したという話も耳にしたが、本当のところはよくわからなかった。

タバコを灰皿で押しつぶした堀田が煙を吐き、天井を見上げて目を細めた。

「館長の孫娘か。憶えてる。あの子は三歳から稽古を始めた。父親というのがあまり丈夫じゃなく、武道には馴染まなかった。館長には、子供が五人おられるんだが、上から順に女ばかりで、息子は末っ子のたった一人。それが武道に向かないというんだから、世の中、なかなかうまくいかないもんだ。ところが、この四人の娘というのがいずれも女丈夫《じょじょうふ》で、館長の血を継いだといわれたもんだ。お前のいう孫娘もその一人だな」

「そうなんですか。知りませんでした」

ふいに堀田がにやりとする。

「孫娘に惚《ほ》れてたな？」

「あ……、いや……」

抜群の呼吸で踏みこまれ、顔が熱くなった。

そのはずみだったのか、尋常小学校五年生の夏、ちょっとした事件があったのを思いだした。

いつものように神社で稽古をしていたとき、いきなり雷雨に襲われた。雨も激しかったが、それ以上に雷が凄まじかった。

近くに落ちたのだろう。周囲がぱっと明るくなり、腹の底が持ちあげられるほど大きな音がして、地響きに足をすくわれそうになった。広四郎たちは木の下に入り、雨を避けていて、リンがすぐそばに立っていた。

そこに雷鳴。

いきなりリンが広四郎を抱き寄せた。守ろうとしたのではなく、そばにいたから飛びついただけだろう。リンは震え、辺りを見まわしていた。それほど背が伸びていなかった広四郎は教室でも一番のちびでそれが不満の種だったが、そのときだけは感謝した。

リンの乳房に顔を埋《うず》める恰好になったのである。

鼻も口も胴着越しにリンの柔らかな胸に包まれた。甘い匂いが鼻腔《びこう》を満たし、咽もとに酸っぱい塊が突き上げてきて、外と内からふさがれるようで息苦しかったが、これまで味わったことのない極上の幸せを感じた。

雷雨はほどなく去り、リンはまだ雲が次々に湧きあがる空を見上げながら遠ざかった。ひどく残念だった。

以来、稽古の度に雷雨を待ったが、二度と襲ってくることはなかった。それから半年後、高等小学校を卒業したリンは道場に顔を見せなくなった。高等小学校に進学したのちも道場に通いつづけたのは、いつかリンが顔を見せるかも知れないと期待していたからだ。

期待はかなえられることなく、高等小学校を卒業、道場も辞めることになった。館長の葬儀にリンが来ていたのかはわからない。来ていたとしても葬儀が執り行われていた本堂にいただろう。

地主の息子は学校の成績もそれなりによかった。県内随一の中学に入学を決めた。もっとも本校ではなく、村から三十キロくらい南へ行った分校の方だったが、そこでも級長を任されたという。私立大学の法学部に進み、卒業後は兵役を免れ、県庁に勤めた。

取り巻きの一人、図体のでかかった男は大相撲に入ることもなく、二十歳で入営した。広四郎と違って、下士官候補生、さらに下士官となり、フィリピンで戦死した。ほかの取り巻きたちも応召したのだろうが、噂すら聞いていない。

堀田には話さなかったが、地主の息子と取り巻きにからまれ、リンが割って入ったときの話にはつづきがある。図体のでかい男を投げ飛ばしたあと、地主の息子の金切り声に急《せ》かされ、あと二人もリンに突進していき、相次いで投げ飛ばされた。

地主の息子が二人をけしかけたのには狙いがあった。二人がかかっていく間にリンが地面に置いた木剣に飛びつき、構えたのである。チャンバラ映画をよく見ていたせいか、構えは何となく様になっていた。

リンは口元に笑みを浮かべていった。

『あとで悔やむよ』

そのひと言で地主の息子は頭に血を昇らせたのだろう。気合いとも悲鳴ともつかない声を発して木剣を振りあげた。

リンが待っていたのは、まさにその瞬間だった。すっと距離を詰めると振りあげかけた地主の息子の腕に手を添え、押した。リンがそれほど力を入れていないのは、稽古で何度も見ていたのでわかっていた。

相手が木剣を振りあげた力を利用して後ろへ押しただけだが、地主の息子はのけぞるような恰好になった。のけぞるにも限界がある。だが、足を下げることはできなかった。リンは腕を押すのと同時に、地主の息子のかかとに自らの足を入れていた。足を後退させられず、のけぞりきった地主の息子があお向けにひっくり返る。倒れたときには、リンは相手の胸に馬乗りになっていただけでなく、倒れかかって力の抜けた手から木剣を奪い取ってもいた。切っ先が地主の息子の咽もとに突きつけられた。

『動くな』

リンの鋭い声が飛んだ。あお向けになったまま、馬乗りになったリンをどうすることもできずもがいていた地主の息子に向けられたものではない。立ちあがろうとしていた三人の取り巻きが凍りついたように動かなくなった。

惚れ惚れと眺めていたのはいうまでもない。これも堀田には話せなかったが。

「さて」堀田が机に両肘をついて、身を乗りだしてきた。「正式な命令は二、三日中に下ると思うが、お前は正式な軍属になる」

「仮が取れるのですね。ありがとうございます」

頭を下げようとした広四郎を堀田が手のひらを立てて制する。

「礼にはおよばん。それとたぶん部署も変わることになるだろう。ひょっとしたら技手見習いのままの方がよかったと思うことになるかも知れない」

堀田の眼差《まなざ》しがきつくなり、広四郎は思わず生唾を嚥んだ。

「厳しい任務になる。だが、お前ならちゃんとやれると思う」

「ご期待に添えるよう一生懸命やります」

「頼んだぞ」

堀田が小さくうなずき、立ちあがった。広四郎もすぐに立った。背を向けかけた堀田がふたたび広四郎を見る。

「髪を伸ばすように。食堂に理髪処《どころ》があるのは知っているか」

「はい」

「時々行って、見苦しくないようつねに調えなさい」

「はい」

堀田につづいて部屋を出た。

昭和二十年正月には、広四郎の待遇が劇的に変化した。身分証から（仮）が消え、職分も技手見習いから雇員に変わり、職場もペスト菌の培地掻きから総務部庶務係となった。総務部は本部庁舎一階にあって憲兵室と隣り合っている。

さらに飛び級昇進で銀星が三つとなり、俸給が月に六十円になったのである。ほかにも脱走した丸太と呼ばれた巨漢満人逮捕に功ありと認められ、特別賞与二百円が下された。賞与は全額故郷に送り、月々の送金も四十円に倍増することができた。

単身者用の宿舎もあったが、少年隊の宿舎より二百メートルほど遠くなることがわかったので少年隊宿舎のままを希望するとそれが認められた。厳寒期に歩く距離が二百メートル延びるのはつらいだけだし、今まで通りの生活で何の不満もなかった。望外だったのは舎監補の肩書きを与えられ、手当がついたことである。

春から縁起がいいとも思ったし、怖いくらいでもあったが、すべて堀田の差配であることは察しがついた。庶務係長が堀田なのである。周りに人がいないとき、礼をいったが、堀田は笑って、自分にそんな力はないといった。

異動直前、何かと慌ただしい中、堀田にともなわれ、総務部長に挨拶に行った。そこで驚きの事実を知った。

部長が軍属であり、堀田を階級ではなく、君付けで呼んだ。机上の横置き三角柱に記された姓が石井なのは気がついたが、部長室を出たところで堀田に耳打ちされた。部隊長石井閣下の実兄だ、と。

たしかに石井部長や堀田とは故郷の話をし、三人に共通する知り合いの消息を確認しあったのだが、まさか石井閣下の、それも兄だとは夢にも思わなかった。広四郎の故郷では石井閣下の実家は大地主であり、周囲には一族が住んでいたので、石井姓は少なくなったからだ。

庶務係の執務室に入る直前、堀田が圧し殺した声でいった。

『地縁ってのは、家族が人質になるという意味でもある。お前はともかく、親兄弟、さらに一族郎党となれば、お前にしてもどこへも逃げ場がないだろ』

給食棟の食堂では、大晦日《おおみそか》には年越しそば、元旦には雑煮が出た。そして元日の正午から大講堂に千名以上の隊員が集められて実施された新年祝賀行事において、広四郎は初めて石井部隊長の姿を目にした。

昨秋入隊したばかりの広四郎は講堂の後ろから遠くの演台に立つ石井閣下を見たに過ぎなかったが、それでもゆうに百八十センチを超える偉丈夫の迫力に圧倒されたし、感動すらおぼえた。

正式に庶務係に配属されて二日目、総務部に白衣を着た軍医中尉の須賀が現れた。広四郎の教育担当になったという。係長に断ったあと、広四郎は須賀に従って総務部を出て、建物の中央を貫いている廊下を歩きだした。

「穂月さんが正規の雇員になったという話を聞いて、誰かが基地内の施設について説明しなくてはならないといわれたんだ。すぐに領事館からいっしょに来た人だとわかってね」

「その節はご親切にありがとうございました」

「それで、これも何かの縁だと思って、教育係に手を上げた」

「恐れ入ります」

「袖すり合うも多生の縁というだろ。それに総務部勤務となれば……」言葉を切った須賀が親指をさっと突きたてる。「いろいろ雲上人のおぼえもめでたくなるんじゃないかと思ってね。算盤《そろばん》ずくだよ」

「そんな」

廊下はドアが閉じられ、拳銃を身につけた衛兵が立ち番をしていたが、須賀を見ると一礼してドアを開けた。ドアを押さえ、敬礼している衛兵の前を通って須賀と広四郎は廊下を進んだ。ペスト培地の掻き取りをしていた作業室は給食棟を出て、左——本部西側の建物の一階にあった。少年隊宿舎、給食棟、作業室を行ったり来たりするだけで本部に足を踏みいれることも滅多になかったし、本部庁舎中央の廊下を歩くのは初めてだ。だが、何しろ軍機の詰まった建物だけにきょろきょろするのはやめて、須賀のわきでうつむきがちに歩きつづけた。

作業場のある棟への入口の前を通り、次に左右に現れたドアは鋼鉄製らしくいかにも頑丈そうに見えた。衛兵も二人ずつが立っている。須賀は何もいわずにドアの前を通りすぎた。少し行くとふたたび鋼鉄のドアが左右にあり、同じように衛兵が立っていたが、そこも通りすぎる。

さらに先へ行ったところの左にある階段を登った。階段はその先にもつづいていたが、須賀は二階の廊下に出て、足を止めた。

「三階は薬品なんかを貯蔵してある倉庫だから見てもしようがない。研究室は二階にある」

「はい」

「庶務係だから、今後それぞれの研究室に使いに来ることもあるだろう。私が説明するようにいわれたのは、研究棟の配置でね」

ふたたび歩きだした須賀がドアを手で示す。２０３と数字が貼られているだけで、それ以外の表札、看板はない。

「ここでは冷凍研究をしている。中心は凍傷とその治療についてだね」

「２０３としかありませんね」

須賀がくっくっくと咽の奥で笑ったあと、声を低くしていった。

「とにかく雲上人は秘密めかすのがお好きでね。でも、心配はご無用。穂月さんが使いに出されるときは部屋番号で指示されるから間違う気づかいはない。今日はどこで、どんな研究をしているか話す。部内だし、とくに穂月さんは総務部員だから機密に触れても大丈夫だからさ」

一族郎党は逃げられないといった堀田の声が脳裏を過っていく。

次のドアは各種の病毒を研究しているといい、その次の２０６号室の前で足を止めた。いくぶん胸を張る。

「ここがペスト研究室。そして私の職場でもある」

「へえ」

ドアを見たが、別に変わったところはない。この内側でペストの研究をしているのだといわれれば、そうですかとしか反応のしようがない。

ふたたび歩きだし、ドアの前を通る度、腸チフス、パラチフス、梅毒などと病気の名前をいう。おそらくそれぞれの細菌について研究しているのだろうと思った。次のドアの前で須賀がさらりという。

「ここはリケッチアを研究している」

「リケ……、何ですか」

「リケッチア。ダニ、ノミ、シラミによって感染する病気だよ。実際、ここではそうした虫もたくさん飼ってて、前を通るだけで何だか体中が痒《かゆ》くなるような気がする」

「そうなんですか」

顔が強《こわ》ばっていたのだろう。須賀がぽんと広四郎の二の腕を叩く。

「冗談だよ。厳重に管理してる。ノミなんかはどんなに小さくてもまだ目に見えるだろ。細菌は目に見えないからね。うちが扱ってるペスト菌なんか漏れたら大変だ」

「そうですね」

「厳重管理下にあるといってもあまりいい気持ちはしないよね。ここでは重い病気を引き起こす細菌を研究してる。食堂で飯を食うときだって、いやな気持ちになるんじゃないか」

「いえ……」

あとがつづかなかった。また須賀が二の腕を叩いてきた。今度は軽く、二度。

「わかってる。気分がよくないのは我々研究者だって同じだ。一仕事終わるたびに消毒をくり返してるが、何しろ敵は目に見えない菌だ。気味が悪いのはしようがない」

「はあ」

「穂月さんは培地を掻いてたんだよね」

「はい。ペトリ皿から掻いて、ビール瓶に移す作業をしてました」

「瓶には米が入っていたろ」

「はい」

「そのあとビール瓶の米がどう使われてるかは知ってる？」

「いえ」

「よし、それを見学に行こう」

足を止めた須賀が窓から外をうかがう。一面、雲に覆われていた。これなら大丈夫だろうとつぶやくようにいう。おそらく気温のことだろうと思った。どうやら研究棟の外へ出るらしい。

本格的な冬になって学んだことがある。晴れて、陽の光にあふれているときの方が気温が低いのだ。むしろ雲で空が塞がれている方が気温は下がらない。それでも氷点下十度前後なのは確実だ。

短時間なら外套なしでも何とかなるか、と広四郎は胸の内でつぶやいた。しかし、甘かった。冷気は容赦なく全身を包み、一瞬にして骨の髄まで染みこんでくる。直接外気に触れる頬や耳などはぴりぴりとした痛みすら覚える。

須賀がふり返った。

「うちの部隊長が軍医初の大将になろうとしてるって聞いたことがあるかい」

須賀の口からもうもうと湯気がほとばしる。

「はい」

「我が部隊の任務は？」

「前線部隊の疫病を防止し、万が一発生してしまった場合はいち早く隔離して拡大を防ぐとともに治療に努めます」

須賀がにやりとする。

「勉強してるね」

「いえ……」

頭に手をやろうとしたとき、須賀がぴしゃりといった。

「でも、そこまでじゃ、どれだけ成績を上げても中将止まりだ。軍医の最高位である総監にしても中将だってことは知ってる？」

「聞いたことはあります」

「自軍の兵を守るだけじゃ中将にしかなれない。やっぱり軍隊は攻め手を持たなくちゃ。うちの部隊長は帝国陸軍初、いや、世界初の秘密兵器を開発した。それで大将になろうって腹だ。アメリカだろうとイギリスだろうと……、ここらじゃ、まずはソ連と大陸の馬賊どもだが、とにかく敵が何だろうと蹴散らして、一発大逆転を狙える秘密兵器がある。実績も積んできてる」

ぎょっとした広四郎は思わず足を止め、まじまじと須賀を見つめた。

「昭和六年から大陸では何度も戦闘が起こっている。そのときに何度か使用した。最高機密だけどね。実験の意味もあったが……、まあ、見学したあとにその辺は説明しよう」

表情を緩め、穏やかな笑みを浮かべたあと、須賀が本部棟に入るドアを引き開けた。すぐあとにつづく。気味の悪い寒気に包まれた広四郎は一瞬でも早く暖かな建物に入りたかった。

とにかく暖かなところへ……。

第二章　窮鼠

1

ゆっくりと回転する木枠にバンドで固定され、徐々に持ちあがっていくビール瓶には三分の一ほど米が入っていた。焦げ茶色のガラスを透かしてぼんやりと見えている。回転の頂点に近づくにつれ、米の上面が傾《かし》いでいき、頂点を通過するあたりで床と平行になったあと、瓶の口の方へと崩れていく。

頂点を過ぎ、瓶が逆さまになって米が口の方へと落ちて、肩口のあたりまでを埋めた。瓶にしっかりゴム栓がはめられているのは知っていた。ついこの間まで自分がやっていた作業なのだ。

回転の底辺に達した瓶がふたたび上昇に転じる。木枠は五角形に組まれ、五本の瓶を取りつけられて、延々と回転している。回転板は三枚が一組となって二十ほどの装置が並んで、がったんがったんと回っていた。

「ああして瓶ごと回転させることでPが米にまんべんなく行き渡るようにしている」すぐわきで須賀がささやくようにいう。「二時間も回せば、充分に行き渡る」

二人は窓越しに瓶を回転させている作業場を見ていた。中にいる誰もが白い防護服を着ている点は、広四郎が培地を掻き取って瓶に入れていた作業場と変わりないが、外にいる須賀も広四郎も平服のままだ。

「そうなんですか」

うなずいた広四郎はそれとなくはめ殺しになっている窓の縁を見た。黒いゴムで密封されているようだが、何しろ相手は目には見えない細菌だ。気味の悪さはどうしようもなかった。

広四郎の鼻先に須賀が右手を上げ、作業場の奥を指さした。

「ほら、台車が入ってきた」

指された方に目をやると一人が分厚い扉を開いて両手でおさえ、ビール瓶を載せた台車を押した作業員が入ってくる。広四郎には馴染みがあった。ペスト菌を移した瓶を慎重にすぐ後ろのテーブルに置くと台車を押す少年隊の回収係が持っていった。目にしていたのはそこまでで、瓶がどこに運ばれるのかはまったく知らなかった。

須賀が手を下ろす。

「何のことはない。ここは今まで穂月さんがいた作業場に隣接している。今、台車を入れたドアは通常閉まっていて、こちら側からじゃないと開けられないようになっているがね」

「そうだったんですか」

「当たり前じゃないか。もし、瓶を落っことしでもしたらえらいことになる。少しでも危険を避けるためには移動は短い方がいい。それに万が一事故が起こっても危険を最小限に抑えるために両方の作業場の連絡通路は奥にあるだろ。瓶が割れても作業場を即刻封鎖して外に漏れないようにするためだ」

須賀がふたたび手を上げ、今度は台車が入ってきたのとは反対側にある扉を指した。

「搬出口の奥も狭い通路になっている。窓はなくて、密封されている。これも同じ理由だ。そして通路の先には……」須賀が広四郎に目を向け、にやりとする。「次に見学する場所がある」

ふたたび中央廊下に戻り、今度は入ってきたのとは逆の方向――北に向かって歩きだした。またしても廊下の左右に扉があり、小銃をわきに立てた衛兵が立っていた。小銃が着剣してあるのにぎょっとする。

広四郎の様子に気がついたのか、須賀がいった。

「右が第七棟、左が第八棟だからね」

それぞれ何を意味するのか説明を待ったが、須賀は衛兵たちに手を挙げただけですたすたと歩きつづけた。会釈をして衛兵の前を通りすぎたところで訊いた。

「七棟、八棟というのは何があるんですか」

足を止めた須賀が広四郎をふり返り、ほんの一瞬、探るように目を細めた。だが、答えは拍子抜けするものだった。

「穂月さんは堀田中尉の部下だからいずれわかる。七棟、八棟は憲兵隊が所管しているから」

総務部長は石井部隊長の実兄で軍属だが、その部下である庶務係長の堀田は憲兵中尉でもある。むしろ憲兵が本職だろう。いくら部隊長の兄とはいえ、実に変則的な組織だ。堀田がいったように地縁、血縁で縛られていれば、どこへも逃げようがない。まして実の兄弟となれば中枢の護《まも》りとしてはこの上なく強い。

ふたたび歩きだし、やがて中央廊下の北側の突き当たりに達した。小銃をわきに立てた兵士は立っていたが、銃剣はつけていなかった。須賀はさっと手を挙げただけで扉を引き開け、会釈をして広四郎がつづいた。

須賀が広四郎の足元に目をやり、注意を促す。

「段になっているから気をつけて」

「はい」

十センチほど低くなっていた。すぐ先にもう一つ扉がある。

「私がこの扉を開ける前にそちらをしっかり閉めて。この先も同じように段になっている」

広四郎が扉を閉めると須賀が奥の扉を開いて、段を降りた。須賀につづいた広四郎はぷんと鼻をつく獣臭さを感じた。段を降り、扉を閉めて前に向きなおると廊下ともロビーともつかない場所になっていて、正面には横長の窓がついていた。

窓を前に須賀と並んだ。

分厚いガラスの向こうではやはり白い防護服の作業員たちがいる。目の高さに棚が作られ、高さ五センチの抽斗《ひきだし》が十段差し入れられていた。抽斗の上下にも五センチくらいの隙間が開いている。

ちょうど右前にいた作業員が抽斗を手前に出していた。抽斗には灰色のものが敷きつめられ、蠢《うごめ》いていた。何だろうと思いつつのぞきこんだ広四郎は、首筋から背中にかけてぞわっと悪寒が突っ張り、鳥肌が立つのを感じた。

目を凝らすまでもない。抽斗に充満しているのは、無数ともいえるネズミだ。光線の加減で毛の色が灰色から黒へ、黒から灰色へちらちら変化している。押し合いへし合いしているとまるで四方八方から寄せるさざ波のように見えた。

抽斗を開けた作業員がかたわらに置いた台車からビール瓶を取りあげ、栓を抜いた。

「あの瓶、わかるだろ?」

須賀が低い声で訊くのにうなずく。

「はい」

「回転板で攪拌《かくはん》したあと、常時摂氏三十度に保たれた保存庫に二日ほど入れておく。そうすると米と混ぜられたPが芯まで浸透し、繁殖する。それからここ……、動物舎に運ばれて、ネズミに与えられる」

まるで須賀の説明に合わせるように作業員がビール瓶を逆さまにして中に入っている米をネズミたちの上にばらまいた。ネズミたちが一斉に落ちた米に集まり、互いに押しのけ、乗りあげ、たがいの間に潜りこもうとしたりと動きが激しくなった。

作業員が次から次へと瓶を取りあげては米を撒《ま》いているというのにネズミたちはもがきつづけ、波が泡立っているように見えた。

「米を食ったネズミどもは当然Pに感染する。といっても発症するわけじゃなく、保菌するだけだ」須賀が言葉を切り、顎をしゃくった。「凄まじい食欲だろ」

「そうですね。よほど腹が減っているんでしょうね」

「腹が減っているかどうかはわからん。わかっているのは、ネズミは一日に自分の体重の三分の一から四分の一になる量のエサを食う。不思議なことに食えば食うほど、ますます飢えていくようなんだ。ひょっとしたらあの棚にぎゅうぎゅう詰めになっているせいかも知れない。よくいうだろ、窮鼠《きゅうそ》……」

誘われ、あとをつづけた。

「猫を噛む」

「ところが、実際には共食いを始める。ほら」

須賀が指さした先でネズミ同士が喧嘩《けんか》を始めたかと思うとそこにどんどん参加するネズミが増えていく。そのうち一匹に対して何匹もが襲いかかり嚙みついていた。たちまちネズミどもの口が血で赤く濡《ぬ》れた。

作業員が慣れた様子で火箸を使って攻撃されているネズミの尻尾《しっぽ》をつまみ上げた。だらりとぶら下がったネズミに三匹、四匹と別のネズミが襲いかかる。もっともぶら下げられたネズミはすでに手足をだらりと下げ、腹わたがなかった。

「ネズミは飢えを満たすために食っているんじゃないのかも知れない。狭苦しいところに押しこめられたことで凶暴になったのかな。つまり窮鼠は猫じゃなく、ネズミを嚙むんだ。ところで、どうしてこんなことをしているか、わかるかい?」

講習期間中の口頭試問を思いだし、心臓がひくっとした。唇を嘗め、声を圧しだす。

「Pの治療のための血清を作ったり、予防薬を生産するため……、じゃないんですか」

須賀が軍医中尉であることを思いだし、つい探るような答えになる。

「まさか」須賀が笑った。「ネズミの血から作った血清が、たとえPの特効薬になるとしても私はごめんだね。気味が悪い。いずれにせよ人間には合わないよ」

「はあ」

防疫給水部の主任務について、さんざん講義された内容と食い違っていた。だが、相手は軍医だ。

「申し訳ありません。わかりません」

「そっちへ行こう」

須賀が右の窓に移動する。似たような金属製の棚があったが、棚の間隔は広く、五段しかない。抽斗の代わりにガラスケースが入れてある。ガラスの内側にネズミが蠢いているのは同じだが、ケースに入れられている数はぐっと少なかった。

こちらの部屋でも防護服姿の作業員たちが行ったり来たりしている。

「Pが染みこんだ米を食ったネズミたちをガラスケースに移して、そこにノミを入れる。ノミたちはネズミの血を吸う。Pまみれの血をね」

須賀が腕を組み、ガラスケースを眺めた。

「これがうちの部隊長が大将になるための秘密兵器だ」

広四郎は首をかしげた。

「ノミが武器になるんでしょうか」

「ただのノミじゃない。Pまみれのネズミの血をたっぷり吸って肥え太ったノミだよ。こいつを陶器の壺《つぼ》に詰めこんで、敵が潜んでいる村に落とす。割れた壺からノミがいっせいに飛びだして村の連中の血を吸う。そのときノミから村の連中にPが伝染するという仕掛けだ」

冷たい手で背筋を撫《な》で上げられたようないやな感じだ。

「ただいま帰りました」

総務部のドアを開け、中に入りながら広四郎は声をかけた。バラバラに声が返ってくるのに会釈しながら壁に設けられた掛け金に帽子を戻し、黒板の名札を所内から在室へと移動させた。席を離れるときには、名札を所内、外出いずれかの枠に移すことになっている。

庶務係に与えられた席に戻り、椅子を引いて腰を下ろす。広四郎の席は庶務係長堀田用の両袖机のわきにあった。新入りの決まりなのか、堀田の指示によるものか、とくに説明もなかった。

まだ二日目なので仕事の割りあてはなく、机の上も中もきれいに何もない。広四郎は机の上で両手の指をからみ合わせた。

窮鼠は猫じゃなく、ネズミを噛むという須賀の説明を思い返す。

動物舎を出て、中央廊下を歩きながら須賀がペスト菌を武器にする実験について得意げに語った。培養した菌の水溶液を雨のように降らせてみたり、爆弾に仕込んでみたり、いろいろ試したそうだ。

そうした試行錯誤の結果、ネズミにペストを感染させ、その血を吸わせたノミを散布する方法にたどり着いたという。帰りにも七号棟、八号棟の入口わきにいる着剣した立哨の前を通ったが、須賀は何もいわなかった。

目には見えないペスト菌を兵器として使用する有用性は理解できたが、同時にひどく恐ろしいことだともわかった。

後ろをふり返り、誰もそばにいないことを確かめた上で、なおも声を低くして須賀がいった。

『ここ数年、実戦にも投入した。実験名目でね。それでも毎回数千人、ときに万単位の戦果を挙げた』

さらに声を低く、ほとんどささやくように言葉を継いだ。

『戦果といっても別に死ななくていい。発病さえすれば、役に立つ。それが子供なら親はそばを離れられないだろ。だから確実に伝染する。そして病人の数が増えるほど治療や看護に人手がとられるから都合がいい』

『子供ですか』

思わず訊き返してしまった。心外そうに片方の眉を上げた須賀が答えた。

『体力がないだけ、すぐ重篤になりやすい。鬼にならなきゃ、戦には勝てないよ』

机の上で両手を揉《も》む広四郎の脳裏に一枚の写真が浮かんだ。新聞の第一面にでかでかと掲載されていたものだ。

約一年半前、昭和十八年六月五日に連合艦隊司令長官山本五十六元帥の国葬が挙行された。広四郎が目にしたのは、葬列が宮城のお堀端を通っているところを高い場所から撮影した写真だった。騎馬隊が先導し、その後ろに遺影がつづいていた。

新聞を手にしたまま、広四郎は震えていた。

開戦劈頭《へきとう》、ハワイ真珠湾に集結するアメリカ艦隊を一撃のもとに殲滅《せんめつ》してみせた元帥が戦死された、と記事にはあった。

震えていたのは、無性に腹が立ったからだ。裏切られた気がした。山本元帥が戦死されるとは、どういうことか。

怒りをどこに持っていけばいいのか、まるでわからなかった。国民は腹を空かせ、草臥《くたび》れてもいた。それでもまだ戦争はつづいていたし、勝利のためには何ごとも我慢なのだと日々歯を食いしばって耐えていた。

それなのに……、どういうことか……、何のための戦争だったのか……。

「おい」

声をかけられ、我にかえった広四郎はすぐそばに立った堀田がのぞきこんでいるのに驚き、あわてて立ちあがった。

「お帰りなさいませ」

「ああ」堀田がうなずく。「すぐに出かける。お前もいっしょに来るように」

「はい」

「間もなく表に車が回される。黒い大きな乗用だ。運転手は多胡《たご》という。今どき出かけようというのは俺くらいのものだと思うが、一応、名前を確認しておくように」

「すぐに支度します」

一つうなずいた堀田が自分の席に戻ると庶務係員たちが二人、三人と立ちあがり、簿冊を手に席に殺到した。広四郎はふたたび入口わきの黒板に行くと自分の名札を今度は外出の枠に掛け、帽子と外套を手にして総務部を出た。

外套を羽織り、前のボタンを留めながら玄関に出てみるとすでに黒塗りの大型乗用車が停《と》まっていて、後部座席のわきに三十くらいの男が立っていた。襟の階級章は赤地に銀星なので雇員だとわかる。星は広四郎より一つ多く、四つ並んでいた。

「多胡さんでありますか」

「そうですが」

そう答えた多胡だったが、たちまち困惑した顔つきになった。

「失礼しました。一昨日より庶務係勤務を命じられました穂月と申します。堀田中尉殿に同行を命ぜられました」

「ご苦労さまです」

多胡のとなりに立ち、広四郎も車の外で待つことにした。聞けば、多胡も総務部員だが、車《しゃ》輛《りょう》課なのでふだんは車庫に併設された事務室に詰めているという。

五分もしないうちに外套に身を固めた堀田が出てくる。多胡がさっと後部ドアを開け、直立する。堀田が声をかけた。

「ご苦労。さっそく出かけよう」

次いで広四郎に目を向けた。

「穂月、お前も後ろに乗れ」

「はい」

堀田につづいて後部座席に腰を下ろすと多胡がドアを閉めた。トラックに乗ることはあっても乗用車は滅多にない。それもこれほど大きな車も誰かにドアを閉めてもらったのも生まれて初めてだ。

多胡が運転席に戻った。左ハンドルの車に乗るのも生まれて初めての経験だった。

2

ごうごうと音を立ててヒーターが暖気を吐きだしている車から降りたとたん、寒気に包まれた。多胡が貸してくれた兎《うさぎ》の毛で裏打ちした防寒帽を被って、しっかり顎紐を締めているというのに三分とたたずに頭の芯がずきずきしてきた。外套もしっかり首までボタンを留めていながら背筋がぞくぞくして、靴の中では爪先が縮こまり、冷たく濡れているような気がした。

広四郎は足踏みしたくなるのを何とか堪《こら》えていた。すぐとなりに立つ堀田の吐く息も真っ白だ。

それにしてもここはどこだ――広四郎は見まわした。

基地を出て、二十分ほど走った。左ハンドル車の運転席の真後ろに座り、西日を左肩に受けていたので北に向かっているのはわかったが、堀田は車窓から外を眺めていただけで押し黙ったままだった。多胡はすでに目的地を指示されているのか何も訊かずに車を走らせた。

眼前には、でこぼこした雪原が広がっている。太陽は低く、左手に沈もうとしており、雪原をみかん色に染めていて、右手にある鉄橋の影が凍った雪の上に青黒く映っていた。

「ソンホアチアン」

ふいに堀田がいい、広四郎は思わず訊き返した。

「は？」

堀田が顎をしゃくり、前に広がる雪原を指した。

「目の間に広がっているのは川だ。松花堂弁当の松花、それに江戸の江と書く。さっきはシナ語でいったが、我々は松花江《しょうかこう》と呼んでいる」

いわれてみれば、たしかに曲がりくねった様子は大きな川だ。川面《かわも》が凍り、その上に雪が分厚く降り積もっているのだろう。

「凹凸は中州がいくつもあるからだ。春になって氷が解ければ、川の様子がわかる」

後ろを向いた堀田が手を上げ、指さす。

「駅がわかるか」

白っぽい建物から突きでた煙突と丸みを帯びた屋根が見てとれる。

「わかります」

「こんなところから、どうしてこれだけはっきり見える？」

「いえ……」

首をかしげる。堀田があとをつづけた。

「駅から松花江にかけて土地が低いからだ。五十年前、ロシア帝国がこの地に鉄道を引いた頃はここらは低湿地でね。満人たちの小さな村があった。百人いたか、いないか、そんなもんだ。皆、漁師をしていた。その頃の都はロシアの西端にあったんだが、とにかく領土拡大のため、線路を東へ東へ延ばした。シベリアを越えて、海に突き抜けるまでな。海岸に出れば、目の前は樺太《からふと》だ」

堀田が広四郎に目を向けた。

「何千キロもの鉄道だ。大したもんだとは思わないか」

「そうですね」

「ロシアには鉄道を引かなくちゃならない理由があった。わかるか」

「いえ」

「港だよ。シベリアの北側の港はどれも冬になると凍りついた。サハリンまで突き抜けても事情は変わらない。どうしても不凍港が欲しかった。少し南に下って、ウラジオストックに来てようやく真冬でも凍らない港を手に入れた。だが、不便だった。いったん海岸まで出て、南下させるより満洲の北を斜めに横断した方が断然効率がいい。だから大清《だいしん》帝国との間で租借契約を結んだ。ついでに遼東《りょうとう》半島、大連までの土地も借り受けることにしたわけだ。ところが、だ。わかるだろ?」

「遼東半島は我が帝国が日清戦争で勝利して領土としました」

「しかし……」堀田が片方の眉を上げ、広四郎をのぞきこむ。「それもわかってるな?」

「はい」

そのあとロシアはフランス、ドイツと結託して日本に詰め寄り、領有を放棄させた。いわゆる三国干渉だ。日本が望んだのは、あくまでも大陸東部の平和と安定である。やむなく返還し、治安維持のため、進駐させていた陸軍部隊も引きあげた。フランスとドイツはそれぞれ軍隊を引きあげたのだが、ロシアは居座った。

そのことがきっかけとなってやがて日露戦争が勃発する。

清国もロシア帝国も今はない。

堀田が新しいタバコに火を点け、煙とも息ともつかない白い塊を吐きだして、ふたたび駅へと手を伸ばした。

「この川岸から駅までびっしり家が建ってるだろ」

「はい」

「ごちゃごちゃしておる。どれも古くて、小さくて、ぼろ家だ。互いの家がもたれかかってるように見えないか。どれでも一軒引っこ抜いてやれば、周りもひっくるめて一斉にバタバタ倒れてしまいそうに」

「そうですね」

たしかに眼下には小さな家々が密集しているのが見てとれた。

「ハルビンてのは、川岸の湿地帯から始まった町だ。最初の二年で二万人、十年後には二十万人の都市になった」

「凄《すご》いですね」

「例はある。ロシア帝国の都、ペテルブルクがそうだ。あっちは川べりじゃなくて海に面しているがね。開明な君主がほかのヨーロッパの都市を回って、荒野の真ん中にあるモスクワじゃダメだと考えた。これからは港の時代だとね。それで一から都を建設したわけだ」

「そうだったんですか」

「おいおい感心することはないだろ。我が国じゃ、三百年も前に家康《いえやす》が江戸を開いているじゃないか。その頃には、我が偉大なる帝都も小さな漁村にちょぼちょぼ人が住んでるだけ、何にもない土地だった。そこを埋め立てて大都市、江戸にした」

タバコを吸いながらしばらく眼下のごちゃごちゃした街を眺めていた堀田が静かに切りだした。

「満洲を大きな国だと思うか」

「はい。これだけ土地が広くて……」

「土地は広い」堀田がさえぎるように口を挟んだ。「だが、国としては小さい。中華民国だなんていってるが、国としての体《てい》をなしているか」

広四郎は何とも答えられなかったが、堀田は答えを期待していたわけではないようで、すぐにあとをつづけた。

「国なんかじゃない。ここは幇《パン》の寄せ集めだ」

「パンといわれますと……」

「ヤクザの組みたいなもんさ。血族が集まってるところもあれば、同じ土地に住む連中が組んでいる場合もある。どれも小さいんだが、中には少し大きなところもある。その一つが国民党だし、八路軍《パーロー》だ」

八路軍が共産主義を旗印に掲げた組織であることは広四郎も聞いていた。

「だが、この広い大陸を一つにまとめている幇はない。互いに目先の損得で結んだり、裏切ったりしている。ちょっと安定して……、たとえば、秋にジャガイモを収穫して積みあげている奴がいれば、すぐにほかの連中が奪いに来る。盗《と》られれば、飢える。死にたくなければ、泥棒を殺すしかない。それでも盗られることがある。そうなれば、自分たちも別の集落を襲うしかない。そんな戦国時代みたいなことをいまだにやってる。人を見たら泥棒と思えというが、ここらの連中は剣呑《けんのん》だぞ。強盗だ」

足元にタバコを捨てた堀田がふうっと息を吐き、ふたたび松花江に向きなおった。

「どうしてお前を引き立てたか話しておこう」

「はい」

広四郎は背筋を伸ばした。

「お前はずっと親に仕送りをしていた。親を大事にする奴は、誰よりも親を裏切れない。そこが漢人や満人と違うところだ」

「誓紙を提出しました」

「ああ、見たよ。だが、あんなものは紙切れだ。肝心なのは、そのあとだ。お前は俸給が出るたびに親に仕送りをしていた。しかも出身地が部隊長の近隣だ」

「はい」

「地と血は切れないもんだよ」

そういうと堀田はくるりと反転し、車に向かった。あとに従うと多胡がすでに後部ドアを開けて待っていた。堀田が乗りこむとさっさとドアを閉める。広四郎は幾分ほっとしながら車の後方を回りこみ、助手席に乗りこんだ。

翌朝、広四郎は荷物を運ぶよう堀田に命ぜられ、多胡が運転する有蓋トラックで基地を出た。門を出たところで堀田に渡された黒い革で表装された書類挟みを開き、たった一枚だけ綴《と》じられている命令書を見た。

受け取り場所の欄には在哈爾浜領事館とあった。

「領事館はハルビンに来て、最初に訪ねて以来ですよ」

「穂月さんは領事館に行かれたんですか」

「ええ。叔父が以前平房で働いてましてね、それで書類を作ってくれたんです。助役に一筆書いてもらって、それを領事館の羽村少佐に提出するようにいわれて……」

「穂月さんも香取郡の出ですか」

「えっ？」

ぎょっとして多胡を見た。左右を見ながらハンドルを動かしている多胡が苦笑する。

「すみません。私もなんです」

聞けば、広四郎の村から数キロ離れたところにある集落の出身だとわかった。

「同郷ですね。それにしても、どうして私の出身地がわかったんですか」

「羽村少佐です。実は羽村という少佐はいません。それが一つの合い言葉になってて、羽村少佐宛にと書類を出すことが第一関門です。ほら、うちらの部隊はあれでしょ」

「そうですね」

七三一部隊は分厚い軍機のベールに包まれている。

「羽村という姓と、少佐の階級が対《つい》なんですけどね。そう申告しないと書類は受領されませんん」

「なるほど」

「私も知ったのは、だいぶあとになってからです。中に入ってしまえば、秘密でもなくなるんですが、あえて教えることでもない」

「そうですね」広四郎はうなずいた。「実は叔父が部隊にいたのは、十年も前なんですけどね」

「それなら基地が建設されている頃ですね」

「そうなんですか。叔父は大工をしております。なるほど、基地建設の仕事をしていたんですね。ところで、多胡さんは噂を聞きませんでした？」

「噂といいますと？」

「何でも部隊で働いた人の中には家族に十万円も仕送りした者がいたとか」

ふいに多胡が大きな笑い声をあげた。

「失礼。私も聞きました。でも、それは基地の建設に関わった人のこと、それに……」

ちらりと広四郎を見たので、大丈夫というつもりで大きくうなずいてみせた。

「十万円を送ったというのは、うちの部長の親戚ですよ。たしか奥さんのお兄さんとか。今では地元で大きな工務店を経営しておられる。我々には十万円なんて、一生お目にかかれない大金ですけど、軍にしてみれば、端金《はしたがね》でしょう。口止め料込みで、しかも部隊長の兄貴に連なる人ならそれくらい送金できても不思議じゃありませんよ」

「そうだったんですか」

広四郎は大きく息を吐いた。取りなすように多胡がつづけた。

「十万円は無理にしても、うちの俸給は悪くないですよ」

「おっしゃる通りです。こんな私にも六十円もくれてます」

「まだまだ」多胡がにやにやしながらいう。「私は三等給なんで、手当もろもろ、込み込みにすれば、月に百円を超えることもあります」

「百円」

素っ頓狂な声を発したので、またしても多胡が笑った。多胡の襟章には銀星が四つ並んでいる。諸手当というのが何を指すのかはわからなかったが、いずれ広四郎も百円を超える高給をもらえるようになるのか、と思った。

広四郎は書類に視線を落とした。品目のところにマル5と手書きされている。

「マルというのは何ですか」

「丸太ってことです。今日は何本ですか」

ペスト菌の培地掻きから総務部へ異動のきっかけとなった事件が脳裏を過《よぎ》っていく。あのとき、建物の陰から丸太が逃げたという声が聞こえ、丸太に足でも生えているのかと思ったものだ。

建物の角から飛びだしてきたのは、大柄な満人で、寒空の下だというのに薄っぺらなパジャマのような服を着ているだけで裸足だったのを憶えている。背後に現れた衛兵が小銃を構えたのを見て、広四郎はとっさに満人を倒し、押さえつけた。

はっとした。

脳裏に浮かんだ衛兵が構えた小銃は剣付きではなかったか。

須賀に案内され、基地内を見学して回ったとき、第七棟、第八棟の入口わきにいた立哨はいずれも剣付き小銃を装備していた。あのとき須賀は一切説明しようとしなかったし、訊ねにくい雰囲気があった。

大柄な満人を倒したとき、丸太のような腕をしていたので丸太というあだ名かと思ったのだが、今日にしている書類には5とある。

丸太って何だ？

「5とありますけど」

「五本か」多胡がうなずく。「今日はまだ楽だな」

丸太とは何か訊こうとしたが、なぜか喉がしびれたようになって声を出せなかった。ほどなくトラックは領事館の通用門に達して停止した。多胡が運転席の窓を引き下ろし、警衛所から出てきた兵士に書類を差しだして告げる。

「ご苦労さまです。七三一からまいりました」

兵士が敬礼し、警衛所をふり返って手を振る。目の前に降りていた黒と黄色のだんだら模様が描かれた棒がすっと上がった。

領事館の裏口にトラックをつけると多胡がいった。

「後部扉を開けて、中に入っている木製の階段をつけて待機してください」

「了解しました」

降りようとした広四郎に多胡が声をかける。

「書類を忘れないように」

「すみません」

書類挟みを手にして助手席からすべり降りた広四郎は小走りにトラックの後部にまわって扉を押さえている頑丈そうな錠前の横棒を抜いて扉を開けた。多胡のいった通り木製の階段が寝かせてある。書類挟みを荷台に置いて、階段を引っぱり出して戸口に引っかけ、地面に据えた。地面は雪が踏み固められ、凍っているので階段の最下段を踏みつけ、後端をめり込ませる。

「よし」

これで滑ることはないだろうと独りごち、書類挟みを取った。

目を上げると初めて領事館に来たときに泊まった寮が見えた。木造の二階建てで明るい黄色のペンキが塗ってある。

早いものだと思う。寮に泊まってから四ヵ月が経っている。

裏口が開き、陸軍兵が出てきてドアを押さえた。どこかちぐはぐな感じがした。つづいて出てきた男たちを目にしたとたん、息を嚥んでしまった。躰の前に組みあわせた両手に手錠をかけられ、二重の腰縄でつながれていた。

ドアを押さえている兵士が何ごとか怒鳴る。満語なのだろう。意味はわからなかったが、神経質そうな耳障りな金切り声に顔をしかめそうになる。兵士に目をやってちぐはぐな印象の理由がわかった。

くだんの兵士の軍服には階級章も部隊徽章もついていなかった。

手錠をかけられた男たちはいずれも満人のようで五人いた。

階級章のない軍服を着た男に急かされながらも満人たちはだらだらと歩いた。いずれもパジャマのような薄い綿服に裸足でわら草履《ぞうり》をつっかけている。

腰縄を取っているのは憲兵伍長で、最後に少尉が出てきた。太々《ふてぶて》しい顔つきをした中年男なので下士官上がりであることは容易に想像がついた。

少尉が広四郎の前まで来て、小さく顎をしゃくる。広四郎が書類挟みを両手で捧《ささ》げるように渡そうとすると横柄に命じた。

「開け」

「はい」

書類挟みを開いて捧げもつと少尉が鋭い声でいった。

「鉛筆」

「失礼しました」

広四郎は胸ポケットに差した鉛筆を取りだし、尻を少尉の方に向けて差しだした。もぎ取った少尉は下段にあった担当者氏名の欄に×印を書き入れ、書類の上に鉛筆を放りだすとくるりと背中を向けた。

先ほどの階級章のない軍服を着た男がすでに木製階段を荷台に戻し、扉を閉めている。錠前を鉄棒で留め、広四郎をふり返るとにっこり頰笑んだ。

「受け渡し完了、お疲れさまでした」

「あ、どうも」

広四郎はあわてて一礼した。

3

平房の基地に戻ると警衛所に書類を提示して門を通り、本部棟の北側、動物舎との中間辺りまで進んで横付けした。トラックを止めた多胡が広四郎に顔を向ける。

「後部に回って、扉の錠前のところで待機してください」

「わかりました」

「特別班が出てきたら錠前だけ外しておけばいいです。扉を開くところから特別班がやりますから」

「特別班というのは？」

「丸太を担当する部署です」

「それは……」

訊きかけたとき、ハンドルの上に身を乗りだした多胡がいった。

「出てきた。急いで」

広四郎は書類挟みを手にしてあわてて助手席を滑り出た。トラックの後部に回り、扉に溶接されている錠前の横棒を引き抜く。金属の軋《きし》みに顔をしかめた。

やって来たのは軍服を着た男たちが五人、そのうち二人が着剣した小銃を抱えている。小銃を手にしているのはどちらも伍長、あとの三人は一等兵だ。扉を開けた兵士たちは中に寝かせてあった木製の階段を下ろして縁にかけた。

三人の兵士が荷台に乗りこみ、開いた扉のところに伍長二人が立ち、小銃を構える。一等兵たちに腰縄を取られ、トラックから丸太と呼ばれる五人の男が降りた頃、軍曹が別の兵士二人を引きつれてやって来た。

「ご苦労」

軍曹が広四郎に声をかけ、ペンを持つような仕草をする。

「ご苦労さまです」

書類挟みを開いて差しだし、ポケットから鉛筆を抜いて軍曹に渡した。うなずいた軍曹が下の欄に×印を手早く書きこんだ。領事館でも同じ対応だったが、誰も名前を残したくないのかも知れない。

一礼して書類挟みをわきに挟んだ広四郎はその場に立ち尽くしてしまった。丸太と呼ばれた五人の男たちに足枷《あしかせ》を装着しているのに目が釘付《くぎづ》けになってしまったからだ。

足枷は長さ五十センチほどの鎖につながれた二つの鉄の輪でできていた。輪は幅三センチ、厚さ五、六ミリの鉄帯を丸めたもので、鎖はリベットで留められている。丸太の足首に布を巻き、その上からあらかじめずらしておいた鉄輪をはめ、折りまげてある端を重ね、双方に穿《うが》たれた穴を合わせてリベットを打ちこむ。リベットのピンは金槌《かなづち》で潰されるので外すためには鉄輪、リベット、足首のいずれかを切断するしかないだろう。

「何を見ておる」

軍曹に一喝され、広四郎はあわてて一礼するとトラックに戻り、後部扉を閉じて助手席に戻った。多胡がトラックを出し、車庫に向かう途中で下ろしてくれた。

書類挟みをわきに持ち、総務部に戻って、廊下で脱いだ外套、帽子を掛け、名札を外出から在室の枠に戻してから堀田の席まで行った。

「ただいま帰りました」

一礼し、両手で書類挟みを差しだす。受けとった堀田は開こうともせず机に置いた。顔を上げた広四郎をしげしげと眺めたあと、小さくうなずいていった。

「ご苦労さん。二度目には慣れる」

二度目は翌々日だった。運転手は前回と同じく多胡だ。領事館で五本の丸太を受けとったが、丸太が何かわかっているので最初のときのような動揺はなかった。堀田のいった通りだとちらりと思う。

帰途、ハンドルを小刻みに切りながら多胡がいった。

「穂月さんって、去年の十一月、逃げた丸太を捕まえられたんですよね」

「ええ、まあ」

丸太が人間だと知ってから重苦しい気分がつづいていた。堀田は二度目には慣れるといったが、もう少しかかりそうだ。

多胡が明るい調子でつづける。

「実はあのときも私が運転してたんですよ。逃げた丸太なんですが、下ろしたとたんに大便を漏らしまして」

特別班の手に渡された直後だったと多胡がいう。下痢をしていたようでズボンの裾からどろどろの糞《くそ》が溢れだしたという。

「大騒ぎになりましてね。うちらの部隊でひどい下痢となれば、誰の頭にもコレラが浮かぶでしょう。それで皆が手を離した隙に目の前にいた特別班の人を突き飛ばしたんです。ほら、あいつは躰が大きかったでしょ」

「そうですね」

「何でもモンゴル相撲をやってたって話です。それからいきなり駆けだして、追いかけたんですけど結局食堂の方へ逃げられて。皆、血の気が引きましたよ。軍曹が責任者だったんですが、射殺しろとか怒鳴って」

多胡が笑い、最後に付けくわえた。

「穂月さんは伝説の男なんです。あの怪物みたいな丸太を投げ飛ばしたんですから」

「偶然ですよ」

視線を外に向けた広四郎はふと思った。

あの大柄な丸太は仲間が足枷を装着されるのを目の当たりにしたのだろうか。それなら絶望して、一《いち》か八《ばち》かで逃げだしたとしても不思議はない。

その後も広四郎は週に二、三度の割合で領事館で丸太を受けとり、基地へ運ぶ任務に就いた。相棒はいつも多胡だったので回数を重ねるごとに徐々に気心が知れ、いろいろお喋りをするようになった。

そのせいもあるし、やはり堀田がいうように慣れてきたのかも知れない。重苦しい気分は相変わらずつづいていたものの、初回ほどには動揺しなくなっていた。

多胡は元々大工で、部隊にやってきたのは営繕の仕事をするためだった。生来の器用さに加えて、車の運転がうまいという特技、何より部隊長の出身地に近いところで生まれ育ったという血筋ならぬ地筋の良さによって総務部に引きあげられ、車輛課に配属された。

多胡にしてみれば、単なる雑談に過ぎなかっただろう。たとえ何か教えてやろうと親切心を起こしたところで、一介の運転手では部隊の全貌など知るはずもなく、それまで耳にしてきた噂を得意げに喋っているに過ぎなかった。察しがついたのは多胡が丸太について話せることなどほとんどなかったからだ。

三月も下旬となると寒気はいくぶん和らいでくる。外套を脱ぐ気にはなれないまでも陽射しがあれば、背中がぬくぬく温かかった。

同時に厄介なことも起こってくる。冬期間、地中数十センチまでかちかちに凍りついた地面が解けると凄まじいぬかるみとなり、未舗装の土地に入りこんだトラックはタイヤの半分以上が泥に埋まった。後方から押して押しだそうとする兵士たちはタイヤが巻きあげる泥を頭からかぶることになる。広四郎も何度か同じ目に遭ったが、寒さが緩んだとはいえ、泥は冷たく、骨の髄まで凍りつきそうになり、トラックを押しだしたあとはがたがた震えたものだ。

三月三十日、広四郎は堀田に特別命令を下された。

昼から空は晴れわたり、午後一時には陽光がさんさんと照りつけ、真っ白な残雪がまばゆく輝いていた。基地の北側に死亡した丸太を処分する焼却棟がある。部隊員や家族が亡くなった際には基地の東端にある火葬場で焼かれる。

広四郎は腰の後ろに両手を組み、足を肩幅ほどに開いて躰の力を抜こうとしていた。幸い風が弱かったので、外套なしでも何とか立っていられたが、半長靴の底から滲《し》みてくる冷気はふくらはぎ、太腿、背筋とはいあがってくる。全身が小刻みに震えていた。

「これはね、試験なんだ」

となりに立つ軍医中尉須賀が低い声でいった。二人の周囲には誰もいない。広四郎は顔を向け、そっと訊いた。

「試験といわれますと？」

須賀が苦笑して視線を下げ、左手を見やる。

「うちはね、加賀《かが》藩……」

加賀藩といえば、北陸を支配した百万石の雄藩であることは広四郎も知っていた。須賀がぼそぼそと言葉を継ぐ。

「の支藩、大聖寺《だいしょうじ》藩の家臣の家系なんだ。御先祖様が剣術指南役をしてたというのが自慢でね。でも、太平の世の中になって、指南役もしょぼくれた。曾祖父の頃に典医に転じて……、つまらん語呂合わせだが、とにかく医者になった。以降、医者さ。父が京都帝大の医学部に進んだ。私も父と同じ途《みち》を歩いた」

「凄いですね」

京都帝大医学部といえば、部隊長の母校でもある。

「従兄弟《いとこ》が三十二人いるんだけど、そのうち二十九人が医者だ。京都帝大には私ともう一人が進んだだけで、あとは医学校出だがね」

医学校を見くだす響きがあった。

「この大陸で戦争になっただろ。町医者なんかじゃ食っていけないし、私は大学に残れるほど優秀じゃなかった。大学に残るには成績優秀な上に運も必要だ。出世するには軍医に転じるのが一番の早道だった。そのときにうちの部隊長が同窓だと知ってね。部隊長は京都帝大医学部から軍医学校に進学した。それを知って、私もあとを追おうと決心した」

左手に持った軍刀を揺する。

「こいつは先祖伝来の家宝だ。備前長船《びぜんおさふね》の作といわれている。銘は忘れちまった。本物かどうかわからんがね」

須賀が下唇をへの字に曲げる。

「たぶん父は厄介払いをしたかったんだろう。それで先祖伝来の刀を軍刀の拵《こしら》えにして私に持たせた」

「そんな……」

「自分でもひねくれてると思うよ。まあ、それはいい」

須賀が目を上げ、広四郎をまっすぐに見た。黒目が縮こまり、ぽつんとしている。

「そこで試験だ。私はこれまで実験で丸太を殺したことがない」

殺すって？――広四郎はまじろぎもせずに須賀を見返していた。

これまで領事館から基地へ丸太を運んできて、領事館の憲兵や基地の特別班員が丸太を殴ったり、蹴ったり、小銃の銃床で小突いたりするのは数多く見てきた。広四郎も暴れる丸太を押さえつけ、絞め技を使ったりしてきたものの殴ったことはなかった。それでも暴力は日常茶飯事、見る分にはすっかり慣れっこになっている。

しかし、殺すところは見ていない。

須賀のいう殺すとは実験の途中で丸太が死ぬことを指しているのだろうか。目と鼻の先には焼却棟がある。丸太の死体を運んで焼却処分にしているとは話に聞いていたが、それも見たことはない。丸太を扱うのは特別班の任務だからだ。

抑揚を欠いた声で須賀がつづけた。

「我が帝国の戦況が厳しくなっていることは穂月さんもうすうす気がついているだろ。将兵百万を誇った関東軍も精鋭部隊をどんどん引き抜かれて、南方へと送られている。今や実働兵数がどれくらいあるのかわかったものじゃない。敵国と講和するのではないかという話さえ出ている」

「まさか」

戦況が芳しくないという噂はもっぱらだったが、講和とは一度も聞いていない。

「講和するにしても敵に痛打を加えなくてはならない。そこでいよいよ我が部隊が開発した強力なる兵器の出番となる。上司に二つのうち一つを選べといわれた」

　それが先ほどいった試験とどう結びつくのか、広四郎には見当もつかなかった。

「部隊に残って、敵を殲滅する超兵器の開発に取り組むか、一軍医として前線に出て友軍将兵の命を救うか。おそらく南方だろうね。インドシナか、ニューギニアかはわからんが、いずれにせよ医薬品どころか食糧すら満足にないらしい。一方、ここに残る以上は腹を据えろといわれた。鬼になれ、と。鬼になるのであれば、証明せよ、と。それがこの試験なんだ」

　どのように証明するのかほどなくわかった。動物舎の中央にある出口が開き、数人の兵士たちが一人の丸太を連行してきた。特別監獄から中央廊下を進み、動物舎を突き抜けると焼却棟のある裏庭に出られるようになっている。

　はっとして広四郎は須賀を見た。須賀が血の気の引いた顔でうなずく。目はますます白く、唇さえ色を失っていた。わずかに左手を動かし、軍刀を鞘鳴《さやな》りさせた。

　先頭を歩いてきたのは、何度も会っている軍曹だ。須賀の前に来て、直立不動の姿勢になり、敬礼する。須賀が答礼する。軍帽のひさしに添えた右手がかすかに震えているのは寒さのせいではないだろう。

　連れてこられたのは、大柄な丸太だ。顔を見たとたん、広四郎は心臓がきゅっと縮まるのを感じた。

　あの丸太だ。去年十一月、給食棟の陰から飛びだしてきて、中に入ろうとしている広四郎たちの方へ駆けてきた男、そして広四郎に思わぬ昇進をもたらしてくれた男だ。だが、見る影もなかった。すっかり痩せ、両頬が殺《そ》げている。口元がしわくちゃになり、薄くなった頬が歯の形——いや、歯茎の形だと広四郎は胸の内で訂正する——にへこんでいる。両腕を抱えられているのは逃げださないようにするためではなく、立たせておくためらしい。

実際、特別班員が手を放すと丸太はその場にくずおれ、両膝をついた。すっかり細くなった足首にはゆるゆるの足枷が嵌《は》められたままで、後ろ手にそろえた両手首には手錠を打たれている。

丸太はうなだれ、前に倒れこもうとする。手を放した二人の特別班員があわてて後ろから両腕を取って支えなくてはならなかった。まるで首を差しのべているような恰好だ。

それこそ狙い通りなのだと悟った。

「どうぞ」

特別班軍曹に促され、軍刀を抜き放った須賀がよろめくように一歩踏みだす。左手に持った鞘を落としたことにも気づかない様子だ。

さらに二歩進んだ須賀が両手に持った軍刀を頭上に振りあげた。多少剣道の心得はあったかも知れないが、さまになってはいない。切っ先が震え、陽光を反射する。丸太の両腕を取っていた特別班員たちが逃げ腰になるのも無理はない。

そのとき、丸太が顔を横に向け、ひねり上げて須賀を見た。小さな目がいっぱいに見開かれ、口から唸《うな》りとも叫びともつかない声をほとばしらせ、身じろぎした。特別班員たちの手が緩んでいたのだろう。やせ衰えた丸太の躰のどこにそんな力が残っていたのか、二人の特別班員を振りほどき、立ちあがった。足枷が重い金属音を響かせる。

軍曹が広四郎に目を向け、こめかみに青筋を浮かべて怒鳴った。

「押さえんか、馬鹿者」

反射的に躰が動く。丸太の右膝を裏側から蹴り、手錠をかけられた両手の二の腕をつかんでふたたび跪《ひざまず》かせる。腕は薄い皮でくるまれただけの骨が動いている感じだ。同じように細い首は、頭の重みを支えかねたのか前に垂れる。

直後、甲高い声とともに須賀が軍刀を振りおろすのを右上に感じ、思わずのけぞったが、丸太の腕を放すわけにはいかなかった。広四郎の鼻先を抜けた軍刀の物打ちが丸太の右肩に食いこむ。のけぞった丸太が絶叫した。顔を上げた広四郎は須賀を見上げた。

「もう一度」

「ああ」

呻《うめ》くように返事をした須賀だが、食いこんだ軍刀が抜けない。ノコギリでも挽《ひ》くように前後に動かすたび、丸太が獣のように吠《ほ》える。

ようやく軍刀を頭上に振りあげた須賀が奇声を発して、振りおとした。切っ先が地面に食いこみ、その先に丸太の首が落ちた。

広四郎の握っていた丸太の両腕から力が抜けた。手を緩め、丸太が前のめりに倒れていくままに投げだすとそのまま尻餅をついて、大きく息を吐いた。目を上げた刹那、目の当たりにした光景は、おそらく一生脳裏に焼きついて消えないだろう。

どうした加減か、前に転がった丸太の首が切り口を下にして突っ立っていた。まるで血の池から顔を突きだしたように……。

見開いた両目がまっすぐ広四郎を睨《にら》んでいる。

4

総務部に戻って、席にいた堀田に報告しようとすると場所を変えようといわれ、憲兵室のとなりにある小会議室――というより取調室――に入った。中央に置かれた机で向かいあったところで丸太の斬首について経過を報告した。

ひと通り聞き終えたところで堀田はタバコを取りだし、一本をくわえて、マッチで火を点けた。机の上に置かれたアルマイトの灰皿にマッチの燃えさしを捨て、天井に向かって煙を吐きだしてから切りだした。

「須賀技官が丸太を斬首した理由をいっていたかね」

わずかに間を置いたが、何とか声を圧しだした。

「試験だといわれておりました。超兵器開発に取り組むため、心を鬼にしなくてはならない、と。その証明が必要だといわれました」

「で?」

「私も同じように証明する機会を与えられたのだと思います」

そう答えたことで特別班員を丸太が振りほどいたとき、軍曹が広四郎を見て怒鳴った理由がわかった。広四郎もまた、試されていたのだ。あっさりうなずいた堀田が促す。

「で?」

「できたと思います」

「結構。期待に応えてくれた」机に両肘をつき、上体を乗りだすようにして堀田がつづけた。

「我が軍の情勢が厳しいという話も、おそらく須賀技官はしただろう?」

「はい」

「関東軍から連隊規模で部隊が転進していることも」

「はい」

ふたたびうなずいた堀田が椅子の背に躰をあずけた。

「もう間もなく根こそぎ動員がかかるという話が来ている。根こそぎというのは、文字通りだ。満洲にいる満十八歳以上六十五歳未満の男は全員だ。再召集も年齢も学生であるかも関係ない。それは我が部隊も同じだ」

身じろぎもせず堀田を見つめ返していた。それほどまでに逼迫しているのか。灰皿に灰を落としたあと、深々と吸いこみ、煙を吐いてから堀田がつづけた。

「しかし、我が部隊には一発大逆転も期待されておる。そのためには最低限度の人員は必要だ。将兵も軍属も、どちらも。ただし、我々が必要だからといって陸軍本部の要求をすべて突っぱねるわけにもいかない。事情はこっちも重々承知しておる。軍属であれば、雇員の最上級……、銀星五つの者だけが対象になる」

来たか、と思ったが、それほど落胆はなかった。あのまま田舎にいたとしても再召集されていただろう。須賀がいっていたように南方に送られる。南方は戦況だけでなく、補給も厳しいことはわかっていたが、死守しなければならない絶対国防圏がある。アメリカ軍が沖縄に迫りつつあるという噂も聞いていた。

そこを守るのが使命ならば、それも仕方ない。

「お前次第だよ」

「は？」

「星が五つになれば、ここに残れる。給料も上がる。だが、任務はきつくなる。今まで自分がどれほど生ぬるい環境にあったか、骨身に染みることになる」

「はい」

返事をしたものの目を伏せてしまった。

「どうした？」

「実は、昨夜、宿舎に多胡さんが訪ねてこられまして……、軍服を着てました」

「ほう」堀田が椅子の背に躰をあずけた。「それで？」

ドアを開けたとき、目の前に立っていた多胡を思いうかべて話した。軍服の襟に着けられた階級章は金星が一つ、二等兵である。多胡は実に嬉《うれ》しそうに軍帽のつばに伸ばした指をあてる挙手の礼を見せた。

『長らくお世話になりました』

広四郎の話を聞いた堀田が小さくうなずく。

「応召を希望したのは、多胡だ。営繕要員として七三一部隊に来て、以来、ずっと軍属として働いてきたのは知ってるか」

「はい。多胡さんから聞いたことがあります」

「車が運転できたし、地縁もあった。それで建築班から総務部運輸係に転じて、五つ星になれた。俺の専属運転手だし、希望すれば、部隊に残ることもできた」

堀田がタバコをくわえ、火を点け、煙をふうっと吐いた。

「だが、どうしても御国《おくに》に奉公したいといってな」

多胡がこれまで一度も出征したことがないのは話しぶりからうすうす察しがついた。石井部隊長の威光があったのは間違いないだろう。一方で健康な日本男児として兵役に就いたことがないというのは負い目だったに違いない。

昨夜、広四郎は多胡に一礼して、武運を、といいかけて思いとどまった。子供の頃、通っていた道場の館長にいわれた言葉を思いだしたからだ。武運とは、相応《ふさわ》しい死に場所に巡りあうことをいうと教えられた。武運を祈るとは、立派に死んでこいという意味にほかならない。死んでこいとはいいたくなかった。別れ際、多胡は丸刈りにして青々とした頭をつるりと撫で、すっきりしましたといった。多胡も広四郎同様髪を伸ばし、定期的に理髪処に通っていたのである。

多胡を送りだしたあと、広四郎は肚《はら》をくくった。もう引き返せないところまで来ている、と。臍《へそ》の下に力をこめ、声を圧しだした。

「覚悟はできております。私はここでの任務を全うしたいと存じます」

「わかった。手続きに入ろう。ところで、お前は自分の部隊の上部組織がどこかわかっておるか」

唐突に訊かれ、どぎまぎしてしまった。堀田が見つめている。恐る恐る答えた。

「関東軍じゃないのですか」

「おや、質問に質問で返すとはな。自信がない？」

「関東軍です」

「編成上はな」堀田が眉を上げ、うなずく。「しかし、それは半分に過ぎない。満洲帝国の安定のため、関東軍が果たす役割は大きい。穂月もいろいろ聞いてはいるだろう。我が部隊の任務は、さらに大きく、満洲の匪賊《ひぞく》どもやソ連だけでなく、敵国すべてに打撃を与える任務を負っている。それを実現するためには、参謀本部直々の指揮を受けねばならない。わかるな」

「はい」

「もちろん軍機に関わる事項だ。口外してはならない」

「はい」

「その点を踏まえて聞いてろ。ここから先はあくまで俺の独り言だから返事はしなくていいし、この部屋を出たらお前も俺も全部忘れる。いいな?」

「はい」

「ドイツはもうダメらしい」

はっと息を噤んだが、慌てて肩の力を抜いた。

「ソ連がベルリンに迫っている。総統はどうされるか……、などと我々のような末端が気を揉んでもしようがない。それに我が帝国も危殆《きたい》に瀕《ひん》しておる」

身を乗りだした堀田がささやくようにいった。

「沖縄に上陸された。つい数日前だ」

心臓に痛みを感じるほどの衝撃が走った。上陸したのは米軍以外にない。そしてこの一年ほどで絶対国防圏がじりじり縮小しているというのは聞いていたが、あくまでも噂だと思っていた。否、思いこもうとしていた。だが、上官の口からはっきり聞かされたのは初めてだ。たとえ独り言にせよ……。

当然ながら絶対国防圏の中に沖縄はある。

「ドイツが敗れれば、次にソ連はどう動くか。血も涙もないスターリンのことだ。兵を休ませやしないだろ。秀吉《ひでよし》じゃないが、西から東へ大返しだ。秀吉とは規模が違うわな。とにかく東へ東へ、つまりここに向かってくる。一方、南からはアメリカが押しよせてくる。挟み撃ちにあえば、さしもの我が帝国も……、まあ、苦汁をなめさせられるだろう」

さすがに一巻の終わりとはいえないようだ。生唾を嚥みこみ、まばたきすら忘れて堀田を見つめていた。

「参謀本部は、乾坤一擲《けんこんいってき》の大博打《おおばくち》を打とうとしておる。それが何か、想像がつくか」

「い……」声が喉にひっかかった。「いえ、想像もつきません」

「ソ連をこちらに引きこむんだよ。アメリカの北上を食い止め、押しかえすにはソ連の力が不可欠だ。幸い我が方はソ連と中立条約を結んでいて、まだ期間が残っている。ベルリンにおける先陣争いはソ連が勝ちそうだが、このまま行けば、ソ連はアメリカに通せんぼされて太平洋には出られない。この巨大な大陸を西から東へ、すべて制覇しても、その先を海に塞がれたのでは意味がない」

そこまでいうと堀田がゆっくり立ちあがり、広四郎は素早く立ちあがった。先にドアまで行き、引き開ける。

小会議室からの出際、堀田が広四郎の肩をぽんと叩いていった。

四月も中旬となって、晴れわたった昼間であれば春の気配が感じられるようになってきた。しかし、日が暮れると気温が急激に下がり、夜明け前にはまだまだ氷点下まで冷えた。

「ううっ」

真夜中、低く呻いた広四郎は頭からすっぽり被った布団の中で目を開いた。尿意が差し迫って目が覚めた。そろそろと布団を下ろす。冷気がひたいに触れ、背筋がぞくっとした。窓がないので夜明けが近いのかわからない。

意を決して腕を出すと寝台のわきに寄せてある机に伸ばし、手探りでスタンドのスイッチをひねった。狭い部屋が照らしだされる。気合いを入れて、布団をめくり、両足を下ろして革製のスリッパに両足を入れた。スリッパの冷たさが背中に響き、首をすくめたとたん尿意がきつくなった。

五つ星の軍属となり、部隊にもすっかり馴《な》れて図々《ずうずう》しくなっていた広四郎は、一人部屋をいいことにらくだの上下を着けたまま、布団に潜りこんでいた。それでも真夜中の冷気は厳しい。下着姿で廊下をうろうろするのは規律違反だが、便所は部屋の斜め前だし、廊下は静まりかえっている。

寝台から立ちあがり、ドアを引き開けた広四郎は、そのまま動けなくなった。

目の前に多胡が立っていた。あの日と同じ二等兵の襟章をつけた軍服姿でまっすぐに広四郎を見ている。真っ白なせいで顔が宙に浮かんでいるように見えた。

と、目深にかぶった軍帽のつばの縁に水滴ができ、みるみる大きくなってぽとりと落ちた。廊下の天井に吊りさげられた裸電球の乏しい光が黄色く溜まっているのを見て、軍帽も軍服もぐっしょり濡れているのに気がついた。

寒気の中、そんな恰好じゃ風邪《かぜ》を引くと思い、呼びかけようとした。

「た……」

直後、多胡の姿がふっと消える。右、左と見渡したが、人影はない。足元を見たが、濡れた痕跡もなかった。

夢でも見たのかと首をひねりかけ、猛烈な尿意を思いだし、便所に駆けこんだ。用を足し、廊下に戻ったが、やはり人影はない。開け放したドアから部屋に戻ったが、そこにも多胡の姿は見当たらなかった。

電気スタンドを消し、温《ぬく》もりの残る布団にくるまると大きく息を吐いて目をつぶった。多胡のことが気がかりだったので夢でも見たのだろうと考えているうちに眠りに落ちた。

翌朝、起床ラッパで起き、食堂で朝食をとって庶務係に行くと珍しく堀田が席についていた。いつもならとなりの憲兵室で朝礼を済ませてから庶務係にやってくる。

堀田の前に立ち、さっと一礼した。

「おはようございます」

「おはよう」

顔を上げると堀田が右手で近くに寄れと合図をする。低い声で失礼しますといって堀田の口元に耳を近づけた。

「昨夜のことだが、長崎沖で輸送船がボカチン食らってな」

ボカチンは、敵潜水艦の魚雷攻撃を指す。東シナ海にアメリカ海軍の潜水艦が出没しているのは広四郎も聞いていた。

胃袋が身もだえし、食べたばかりの朝食がせり上がってくるような気がした。

「三日前に広島を出て、昨日の朝、佐世保を出て台湾に向かっていた」

広四郎はおそるおそる堀田を見た。鋭い目つきで広四郎を見返した堀田がうなずき、言葉を継いだ。

「千葉の連隊が乗り合わせていた」

「多胡さんの部隊でしょうか」

「それは間違いないようだ。少数ながら生存者がいたようだが」

言葉を切った堀田が首を振る。

陸軍の兵士は所詮貨物と同じ扱いで、船倉深くに押しこめられるという話は聞いたことがあった。おそらくダメだったろう。

ふと軍帽のつばから垂れおちた水滴が浮かんだ。攻撃されたのは何時頃かと訊きかけて思いとどまった。昨夜の出来事を話すわけにはいかないし、まして多胡を見たなどといえるはずがなかった。

「以上だ」

堀田に告げられ、一歩下がった広四郎は礼をして自分の席に向かった。

お国のためにとハルビンを発っていった多胡だが、戦地に到着する前に命を落としている。これも定めと思ってみても空《むな》しく、やりきれなく馬鹿馬鹿しかった。


午後八時を回り、広四郎は早歩きで食堂に向かっていた。応召したのは多胡ばかりではなく、庶務係の人員も定員の半分以下になっている。それでも庶務係の仕事が減るわけではなく、しかも雑多な手作業が多いため、昼間は部隊内のあちこちに呼ばれ、帳簿への記入など後回しになる。書類仕事はどうしても残業となり、深夜に及ぶことも珍しくなかったが、食堂は午後九時に閉まるので晩飯を食いそびれると空きっ腹を抱えて寝台で悶々《もんもん》とすることになる。注文の受付は午後八時半までなのだ。

食堂の入口まで来たとき、出てきた若い男に声をかけられた。

「こんばんは、お久しぶりです」

「おお、久しぶり」

自然と笑みが浮かんだ。男は少年隊の一員で、部隊に来たばかりの頃、ともにペスト菌を置いた培地掻きの作業をしていた。朝夕には顔を合わせることが多かった。

「今夜は一人かい？」

彼らは二人いっしょにいることが多かった。

「あいつは霞ヶ浦《かすみうら》に行きました。飛行予科練習生の試験を受けに行きまして、合格したんで、そのまま訓練に入りました。子供の頃から飛行機乗りになるのが夢だったので」

「そりゃ、大したものだ」

「自分も立派なもんだと思いますが……」

若い男が表情を曇らせ、目を伏せる。

「どうした？」

「私もびっくりしましたが、一番びっくりしたのは本人のようで」

広四郎は何もいわず若い男の顔をのぞきこんだ。やがて男が顔を上げ、広四郎を見た。

「あいつは勉強が嫌いだったんです。小学校に入ってからも勉強をほとんどしなくて、成績はいつもびりっけつでした」

「運動がよくできたとか？」

「足は遅かったし、球技はダメでした。唯一の取り柄といえば、逆立ちかな」

「逆立ち？」

「どこでもひょいと逆立ちして、我慢強いというか、意地っ張りというか、誰かといっしょに逆立ちを始めたら相手がやめるまで絶対に自分からは降参しないんです。逆立ちって、頭に血が上るから苦しくなってくるじゃないですか。だけどあいつは絶対にやめなかった。三十分くらいできましたよ」

「その根性は大したものじゃないか」

自分で口にしながら何とも熱がこもらない調子に広四郎は嫌気が差した。悟られないようあわてて言葉を継ぐ。

「君は、どうするつもりだ？」

ふいに若い男が気をつけをする背筋を伸ばしていった。

「来月には召集されると思いますので、応召します」

「そうか、立派なものだ」

ちらりと相手の襟章を見やった。銀色の星が二つ。少年隊では、どれほど頑張っても三つが精一杯なのだ。

失礼しますと一礼して、外へ出ていく若い男の背を見送る広四郎の脳裏には、蠢くネズミの群れが浮かんでいた。

窮鼠は共食いする。追いつめられた帝国が若者を戦場へ送りだすというのは、まさに……。

湧きあがってきた思いをふり払い、食堂の扉を押しあけた。

第三章　登戸から来た男

1

昭和二十年五月。

晴れわたった空を大きく左に回りこんできた緑色の双発輸送機が基地の東にある専用飛行場の滑走路に向かって降りてきた。まぶしさに目を細め、広四郎は飛行機の動きを追っていた。

タイヤが滑走路についたとたん、となりに立っている蔵本《くらもと》が感嘆の声をあげる。

「うまいもんですなぁ」

蔵本は、多胡の後任として配属された堀田担当の運転手だ。雇員で銀星は二つだったが、七十歳近いため、再召集も徴用も免れている。

広四郎は蔵本をふり返った。

「うまいんですか」

「ええ。きっちり三点着陸をやってのけたでしょ?」

「何ですか、それ?」

「あの飛行機には車輪が三つあるでしょう。両翼の発動機の下に一本ずつと尻尾に小さいのが一つ。教本には、その三つを同時につけるように書いてあるんですが、なかなかそうはできない。かなり難しいといわれました」

「そうなんですか」

滑走路の右前方から延びている誘導路にかかった輸送機が機首を広四郎たちの方へ向けたので発動機の音がひときわ大きくなった。

五月に入った。前月の下旬、ドイツでは総統が自殺し、ついに降伏した。沖縄ではまだ激戦がつづき、軍民一体となって押しよせる米軍に抵抗し、九州南部の陸軍飛行場からは爆弾を抱いた陸海軍の戦闘機が洋上に展開する敵艦めがけ、特別攻撃を敢行していると新聞やラジオが連日派手に報じていた。

駐機場までやって来た輸送機が発動機を止め、透明な円盤だったプロペラが次第に一枚ずつ見分けられるようになってきて、やがて完全に停止した。胴体の扉が開き、中から折りたたみ式の簡易階段が降りる。

内地から来る登戸《のぼりと》――川崎市生田《いくた》に陸軍の科学研究所があり、登戸研究所、もしくは単に登戸と呼ばれている――の研究員を飛行場で出迎え、本部棟まで連れてくるように命じられていた。

最初に出てきた男を見て、広四郎は眉を上げた。軍服姿で半ば駆けおりるように簡易階段をさっさと降りてくる。技官の須賀軍医中尉、と思いかけ、軍医大尉かと胸のうちで訂正する。目が合ったので会釈すると須賀が軍帽のひさしに手をやり、答礼した。

丸太を斬首して以降、人が変わったというのがもっぱらの評判だ。たった今、目にした歩き方や堂々とした答礼ぶりは以前のどこかおどおどした印象とは明らかに違っていた。丸太に対する実験においても妥協を許さぬ厳しい態度で臨んでいるらしい。

輸送機の乗降口に軍服姿の二人が現れた。どちらもトランクを手にしている。広四郎と蔵本は小走りに駆けよった。

「登戸から……」

広四郎の問いかけをさえぎるように先に降りてきた背が高く、瘦身の男がうなずく。階級章は中佐、後ろにいるのは技官のようで軍服ではあったが、階級章をつけていない。おそらく軍属なのだろう。登戸から来るというだけで、名前は教えられていなかった。第七三一部隊における秘密主義にはすっかり慣れている。

「お持ちします」

広四郎は中佐のトランクを受けとった。ずっしり重い。技官の方には蔵本が声をかける。

「お持ちします」

「結構。自分で運びます」

広四郎と蔵本は一瞬目を見交わした。すぐに広四郎があとを引き取る。

「車を用意しております。本部までご案内するよう命令を受けております」

ふたたび中佐が無言でうなずく。

格納庫の前に停めてある黒塗りの乗用車まで二人を案内し、素早く駆け寄った蔵本が後部ドアをさっと開けた。中佐が乗りこみ、技官がつづく。トランクは膝の上に載せた。蔵本がドアを閉めるのを待って、広四郎は助手席に乗り、中佐のトランクを膝に置いた。運転席に乗りこんだ蔵本がエンジンをかけて発進させる。車なら飛行場から本部棟まで五分とかからない。車が近づいただけで衛門を開き、当番兵が敬礼する。

広四郎は答礼して通過した。

中佐と技官を本部棟の応接まで連れていったところで任務は完了する。重いトランクを壁際にある低い台上に置き、しずかにドアを閉めた広四郎は総務部に戻り、堀田に報告した。

「ご苦労」

席に戻る前に小用を済ませようとそのまま廊下に出て便所へ向かおうとしたとき、後ろから声をかけられた。

「先ほどはどうも」

ふり返ると廊下の奥からやって来た須賀が手を挙げた。

「お久しぶりです」

一礼する。先ほど輸送機から降りてきたのだから内地に出張していたのだろうが、軽々しく話題にできることではなかった。

ところが、須賀の方から話を始めた。

「ちょっと参謀本部へ出張に行ってきてね」

「それはご苦労さまでした」

「今年三月にあった帝都への空襲は知ってる？」

「新聞で読みましたが……」

言葉を濁すしかなかった。三月十日に東京が大空襲を受けたという新聞記事は読んだが、被害が大きかったらしく、誰も噂すらしなかった。

須賀が顔をしかめ、苦いもので吐きだすようにいった。

「ひどいもんだよ。私は車で通っただけだが、東京の東側がほぼ丸焼けになって、八万人だか十万人だかが殺された」

「そんなに……」

噂は聞いていた。

「アメリカの爆撃機部隊の司令官が変わって、ルメイって奴になったんだが、こいつが血も涙もない、まさしく鬼だ。日本人は木と紙の家に住んでるからって新型の焼夷弾《しょういだん》を作らせて、雨あられと撒き散らした。中にはゼリー状のガソリンが装填してあった。破裂すると、燃えながら壁でも電柱でも張りつく。それでも消えずに燃えつづける。悪鬼の所行としかいいようがない」

前任の司令官は東京を爆撃するにしても軍需工場を狙ったのだが、ルメイは無差別に住宅街を焼いたという。須賀が声を低くしてつづけた。

「ある筋から得た情報なんだが、何でもアメリカが焼夷弾の研究を始めたのは二十二年前だそうだ。何があったか、知ってるだろ?」

二十二年前……、大正十二年……、はっとした。

「関東大震災ですか」

「そう。あのとき帝都は大火災に見舞われ、あちこちで火焔《かえん》が大竜巻となった。それを知ったアメリカは爆弾で炎の竜巻を起こすことを考えた」

「ひどいことを……」

「間違いなく、奴らは鬼畜だ。それで私は決心した。詳しくはいえないが、ふ号という作戦が進んでいてね、アメリカ本土を直接攻撃するんだ。そのためにノミの改良をしなくちゃならない。寿命を延ばして、低温で死なないように。その目処《めど》が立って……」

須賀が何を話しているのか皆目見当がつかなかった。だが、ぼそぼそという話はなかなか止まらない。

いつしか須賀の目が取り憑《つ》かれたような光を帯びていった。

輸送機から降りてきた二人の内、階級章のない軍服を着ていたのは、やはり軍属の技官で篠《しの》原《はら》と名乗った。

出迎えの翌朝、広四郎は堀田から篠原の世話をするよう命じられた。期間は二週間、仕事は篠原の予定を前日に知らされ、各実験施設や部署へ連絡して事前調整することと、当日、予定に合わせて目的の場所へ案内することだった。篠原は第七三一部隊で行われている実験を見学するだけでなく、自ら実験を行う予定だともいわれた。堀田からは、石井部隊長名の入った自由行動許可証が交付され、必要に応じて堀田の専用車を運転手の蔵本付きで使うことができた。

初日に訪れたのは、飛行場の北側にぽつんと建っている高い板塀に囲まれている、さほど大きくないレンガ造りの建物だった。基地内ではチャンバーと呼ばれ、丸太に対し、病原菌入りの薬液を霧や雨のようにして振りかけて効果を見たり、毒ガスの実験等が行われていると聞いていた。チャンバーという言葉がどういう意味か知らなかったし、今まで足を踏みいれたこともなかった。

入口で待っていた若い技手の案内で建物に入った広四郎は、異様な光景に息を嚥んだ。呆然《ぼうぜん》としている間もなく、壁際に案内される。

中には三方の壁がガラス張りになった四畳半ほどの箱が作られていて、それがチャンバーらしかった。天井と出入口が設けられた面が板張りになっている。天井部分には太い金属製の管が二本設置されていた。ガスの発生装置は屋外の小屋に設置され、天井にある一方の管からチャンバー内部に導かれ、もう一方の管は実験終了後、ガスを吸いこんで発生装置に併設されている処理タンクに戻す仕組みだと説明された。

天井にはほかにも鉄管が十本ほど走っており、それぞれに五個くらいずつシャワーの口金が取りつけてあった。こちらは、病原菌の溶液用かも知れない。説明はなかった。

広四郎たちが入ってきた出入口の反対側の壁にも鉄扉が設けられており、床にレールが埋めこまれている。

ひと通り説明を終えた技手がチャンバーの周りで三脚に据えた大きな映画用のカメラや録音機材などの準備をしている十人ほどの技師、技手たちのところへ戻っていった。

周囲を見まわしていると篠原が訊いてきた。

「ここは初めて?」

「はい」広四郎はうなずき、篠原をふり返った。「以前にも来られたことがあるんですか」

「三回ね。ここは毒ガスの実験室なんだよ。知らなかった?」

「話には聞いておりましたが、中に入ったのは初めてです」

「穂月さんは、七三一に長いんじゃないの?」

「いえ、実はまだ半年ほどで」

答えながら自分でも驚いていた。ハルビンにやって来たのがずいぶん昔のように感じられたからだ。

「へえ。意外だな」

いやいや意外なのはそちらだと広四郎は胸の内で言い返す。

今朝、宿舎に迎えに行き、チャンバーまでは歩いてやって来たのだが、その間、ずっと篠原は喋りっぱなし、しかも中身がこれまで遊郭で出会った女のことばかりだった。顔の形や体型、陰毛の濃淡等々……、おかげで案外開けっぴろげで、ざっくばらんな人柄だとわかった。

飛行場で運転手の蔵本が荷物を持つと申し出たときに断ったことから厄介な奴と警戒していたのだが、拍子抜けしてしまった。それとなく飛行場でのことを訊ねると持参したトランクには実験用の新型毒薬が入っていて、金庫にしまうまでは手を放すなと命じられていたのだといった。

年齢は四十一歳、広四郎とは同じ辰《たつ》年生まれだから一回り年上になる。たんに辰年同士というだけでみょうに親近感が湧いた。広島生まれで、工業学校を卒業したあと、東京に出て製薬会社に就職、その後、登戸研究所の軍属に転じたという。

「そういえば、同じ飛行機で来たスワ……、スダ……」

「須賀大尉殿ですか」

「大尉殿か」篠原がちらりと笑みを見せる。「穂月さんは固いねぇ」

「その方が慣れてますから」

お互い軍属なんだからさん付けでいいだろうといったのは篠原である。それが登戸研究所の風潮なのか、篠原個人の流儀なのかはわからない。

「須賀大尉とは、参謀本部の会議でもいっしょだった。ふ号兵器の運用について熱弁をふるってたな」

「それは軍機なのでは？」

「何が？」

「兵器の暗号名です」

「暗号名ねぇ」

またも篠原がちらりと笑みを見せる。苦笑のようでもあった。

「まあ、暗号といえば暗号なんだけど、我々は風船の略だとしか考えてない」

「風船？」

「正確には気球爆弾なんだけど、たぶん上の方でも風船の頭をとってふ号でいいとしたんじゃないかな。参謀本部といっても外面はいかめしいが、内輪じゃ存外だらしない」篠原が身を乗りだしてくる。「偏西風ってわかる？」

広四郎は首をひねった。聞いたことがあるような気もしたが、正確なところはわからない。かまわず篠原がつづけた。

「ジェット気流ともいうんだけど、秋から冬にかけて、我が国の上空には強い西風が吹く。とんでもなく強い風だが、これまたとんでもなく高いところを吹いてる。上空一万メートルから一万二千メートルくらいかな」

「想像もつきません。そんな高いところに強い風が吹いているんですか」

「そう」篠原がうなずく。「気球をその高さに上げれば、アメリカまでの八千キロを一気に飛ぶ」

「すごい」

思わず口走ってしまった。

「去年の秋から今年の春までの間に九千個の気球爆弾を放った。そのうちいくつかはアメリカ本土に達して、焼夷弾が山林に火を点けたんだ」

「すごい……、すみません」

「謝ることはないよ。私もすごいとは思う。だけど山火事といったって、ぼや程度で、アメ公にしたら鼻毛を燃やしたほどにもならなかった。あっちは爆撃機の大編隊を飛ばしてくる」

「三月の帝都爆撃はひどかったらしいですね。新聞で読みました」

須賀から聞いたとはいえない。

「大本営発表か」篠原が小さく首を振る。「実際にはもっと悲惨だった。会議でね、須賀大尉は一矢報いようと大演説をぶった。鼻毛焼きじゃしようがない、アメリカの国民すべてを恐怖のどん底に叩きこまなくてはならない、とね」

篠原が目を上げ、広四郎をのぞきこんだ。

「問題は高度一万メートルともなれば、気温は氷点下五十度以下だ。穂月さんはハルビンで一冬過ごしたから氷点下五十度も想像がつくだろうけど」

「いや、そこまではありませんでした」

本日の気温氷点下四十度と食堂の掲示板に書かれているのは見たことがあった。しかし、夜明け直前のことで、外を歩いたときにはせいぜい氷点下三十二、三度だったろう。

「気圧もね、地上の四分の一くらいになる」

「それは想像もつきません」

「気圧が下がるほど沸点……、水が沸騰する温度も低くなる。地上では百度だけど、高度一万メートルとか、一万二千メートルともなれば、六十度くらいで沸騰する。いずれにしても極限の環境だ。さて、さっきの気球爆弾だが、アメリカに到着するまで約三日かかることがわかった。須賀大尉は……」

ちょうどそのとき、広四郎たちが入ってきた入口から研究班の軍医中尉が入ってきた。篠原がこくりとうなずき、広四郎が丁寧に会釈をすると中尉はさっと答礼した。直後、反対側の鉄扉が左右に開かれ、台車に載せられた丸太が三本――本数でいう習慣にも広四郎はすっかり慣れ、抵抗を感じなくなっていた――、搬入されてくる。連行されてきたときに取りつけられた足枷のほか、手錠を打たれ、猿ぐつわをかまされている。台車を押しているのは特別班員だ。

ふと丸太の足元でちらちら白い紙片が揺れているのに気がついた。よく見るとそれぞれ右足の親指に荷札が針金で取りつけられており、1、2、3と数字が記されていて、チャンバーの外からでもはっきりと読みとれるようになっていた。

台車がチャンバーの中央まで押されてきたところで手錠と猿ぐつわが外され、丸太たちが降ろされる。丸太はさわぎもせず、チャンバーの中を見回している。いずれも血色はよかった。戦況の悪化にともない物資や食糧が不足するようになっても丸太の栄養状態には配慮されている。実験には健康な丸太が必要だからだ。

特別班員が空の台車とともにチャンバーから出ても丸太たちは顔も上げず、沈んだ表情で突っ立っている。篠原がポケットからストップウォッチを取りだし、実験担当の中尉が声を張りあげる。

「注入、開始」

中尉の号令と同時にチャンバーの背後からゴンゴンという重い音が聞こえはじめた。おそらくとなりの小屋にあるという発生装置の音だろうと思った。

チャンバーでの実験にどのようなガスが使われているのか広四郎には想像もつかなかったが、三方がガラス張りになっている理由はすぐにわかった。

丸太の動きをつぶさに見てとることができる。ガスは無色透明らしく、噴きだしたとしても広四郎には見ることはできないが、丸太たちが天井を見上げたことでパイプにつながっている穴の一つから噴きだしているのだろうと想像はできた。

やがて丸太たちが鼻をひくひくさせたかと思うと喉を掻きむしりはじめた。一本――荷札番号2――が天井を見上げたまま目を剝き、白い泡を吹きだしてあお向けにひっくり返った。ガラス越しでも後頭部を勢いよくコンクリートの床に打ちつけたのがわかった。

「二番は八秒か。案外早いな」

篠原がつぶやくようにいい、胸ポケットから黒い革表紙のついた手帳を引っぱり出すと鉛筆で何ごとか書きこんだ。荷札の意味がようやくわかった。

しばらくして一番の丸太が横倒しになり、やはり白い泡を吹く。躰を激しく痙攣《けいれん》させていた。

「二十七秒」

篠原が低くいい、手帳に書きこむ。

残るは三番かと思って目をやったとき、くだんの三番がいきなり立ちあがり、将校や技師、技手、そして広四郎たちが並んで眺めているガラスに向かって両足をそろえて跳ねるように突進してきた。

どんと音がした。ガラスにはかすかなひびすら入らなかったが、逆に丸太のひたいは簡単に割れ、鼻が潰れて血が噴出した。しばらくの間、丸太は恨めしげにガラスのこちら側にいる男たちを睨みつけたあと、ずるずると崩れていった。

ガラスに血の筋が残った。

「三番、四十八秒。こいつはよくもった」

中尉が声を張りあげ、ガスの注入を止めさせた。先に倒れた二本はまったく動かなくなっていたが、三番は手足を小さく震わせている。

2

ガラスに衝突した丸太の顔がわずかに右に傾いている。そのため顔面の左側が押しつけられている。左の下目蓋がせり上がって、目を塞いでいるが、右目は大きく見開かれ、目玉が下辺に寄っている。

目を剝き、広四郎を睨んでいた。

上向きに広げられた左の鼻の穴の中は真っ赤で、右の鼻の穴では次から次へと真っ赤なあぶくが生まれ、弾《はじ》け、ガラスを伝ってたらたら流れおちていく。

人間だと思えば、気味が悪い。

だが、丸太だ。丸太、丸太に過ぎんのだ。

それにガラスは分厚く、硬質で、割れないし、かすり傷さえつかない。顔の両側に手を持ってきて、爪を立てているが、それも無駄だ。爪はつるつる滑っている。顔も手のひらも灰色なのは血を失っているためだ。

鼻血が噴きだしているのは、顔を激しく打ちつけたためか、毒ガスのせいなのか。

左右の手のひらをぴたりと押しつける。真っ白になっているのは、よほど強く押しているせいだ。

無駄無駄、そんなことで割れるもんか、割れるようならチャンバーの役を果たせるはずが……。

ガラスがゆっくりと前に倒れこんできて、広四郎の意気地《いくじ》なしの心臓がひくっとする。

な、な、何ぃ？

押している丸太ごと前方に倒れてきたガラスがコンクリートの床で粉々に砕けた。息を止める。チャンバーには毒ガスが詰まっているのだ。早く小屋を出なくちゃ、逃げなきゃ。だが、すっかり足がすくんでいる。緊急事態を知らせるために声を張りあげようとしたが、喉がしびれてうまくいかない。

誰かいないのか。ほかの人間を探そうにも首筋は伸びきって顔を動かせなかったし、目玉すら一ミリも動かない。

ひょっとして俺も毒ガスを吸ったのか……。

毒ガスといえば、たっぷり吸いこんだ丸太は砕けちったガラスの上に腹ばいになり、顔を突っこんでようやく動かなくなった。躰の両側にじわじわと赤黒い血溜まりが広がっていく。

脅かしやがって、と罵りかけたとき、丸太の指がぴくりと動き、床を引っ掻くような仕草をしたかと思うと肘が曲がり、躰がずるりと動いた。ガラス片が擦れ合うかすかな音さえはっきり聞こえ、広四郎はついにその場に座りこんでしまう。

そろそろと右手が動き、躰を少し這わせ、今度は左手が突きだされる。

広四郎の唇は震えるばかりで声が出ない。

ついに丸太の右手が広四郎の左足首を握る。冷たく、骨張った手の感触に背筋が冷たくなる。

じわりと丸太が顔を持ちあげ……。

寝台の上ではね起きた広四郎は、顔をぐっしょり濡らしていた汗が顎の先端から滴りおちるのを呆然と見ていた。いつ頃からか夢を見ているとわかっていた。だが、いくら夢だと自分にいい聞かせても目覚めることができなかった。

肩を上下させ、汗まみれの顔をひと撫でして、大きく息を吐いた。自分ではすっかり慣れたつもりでいるが、精神は重圧に潰されかかっている。

ふいにけたたましいベルの音が鳴りひびき、背筋がびくんと伸びた。

「もう」

罵り声が漏れる。以前は午前六時の起床ラッパが吹鳴される前に自然と目が覚めたものだが、篠原の世話をするようになってから仕事が深夜にまで及ぶことが多くなった。仕事といっても午前零時を回るまでノートを作っている篠原をひたすら待つだけなのだが、それでも宿舎に送り、自室に戻れば、午前一時過ぎになる。朝、起きるのがつらくなり、目覚まし時計を使うようになっていた。

午前六時に鳴るようにしてある時計が律儀にベルの音を響かせたに過ぎない。直後、起床ラッパが舎内に鳴りひびいた。

起キロヨ、起キロ、皆、起キロォ、起キナイト班長サンニ叱ラレルゥ……。

自然と歌詞まで浮かんでくる。

着替えて、洗面所で顔を洗い、食堂で朝食を済ませるといったん総務部に行って、堀田と今日の打ち合わせをする。予定は堀田から告げられるようになっていた。

「おはようございます」

堀田の机の前で一礼した。

「おはよう。さっそくだが、篠原氏のところへ行ってくれ」

「本日の予定では……」

申告しかけた広四郎を遮るように堀田が告げた。

「その予定が変更になった。蔵本には、来客用の宿舎前に乗用車を回して待機するよう命じておいた。あとの指示は篠原氏から直接受けるように」

「かしこまりました」

そそくさと総務部を出て、篠原の宿舎に向かった。自然と足早になる。

宿舎前には堀田専用の黒塗りの大型乗用車が停められ、蔵本が運転席のわきで直立していた。

二人が朝の挨拶を交わす間もなく篠原が出てきた。手には、医者が往診のときに使うような膨らんだ黒い革カバンを提げていた。

「おはようございます」

広四郎と蔵本がそろって声をかけるといつになく深刻そうな顔をした篠原がうなずく。

「おはよう」

次いで蔵本に目を向けた。

「備品はそろってるかな」

「後ろに積んであります」

蔵本がズボンのポケットから鍵を取りだし、車の後部に回ると荷物入れを開けた。のぞきこむ篠原のわきから広四郎も中を見た。

白衣、マスク、白い長靴、そして防疫と赤い文字で書かれた白の腕章が数セットずつ置いてある。

「結構。では、出発しよう」

荷物入れの蓋をしめた蔵本が運転席に、広四郎はいつものように助手席に乗りこんだ。すぐにエンジンが始動し、車が動きだした。

基地を出た黒塗りの乗用車は北上し、ハルビン駅を右に見ながら踏切を越えて埠頭《ふとう》区のキタイスカヤ大通りに入った。ほどなく左折し、ごみごみした街区に入る。

後部座席の篠原がふいに声を発した。

「ここは売春窟かな」

ふり返った広四郎だったが、地名や通りの名前は知っていても足を踏みいれたこともないので知らなかった。へどもどしているうちに蔵本が答えた。

「そうです。路地はその手の小屋がずらっと並んでますよ。この時期になるとひどい臭いがしましてねぇ」

「ほう」篠原が興味を持ったようだ。「どんな?」

「春の香りですよ。ここらの便所は道路わきに溝を掘っただけで、そこに垂れながしです。冬の間は全部凍ってますから、その上へ、さらに上へと積み重なっていく。それが暖かくなると一斉に解けて……」

「そりゃかなわん。ひゃっひゃっひゃっ」

篠原が素っ頓狂な声で笑い、蔵本が言葉を継ぐ。

「地元の満人たちは春香街《しゅんこうがい》と呼んでいます。春の香りと書きましてね」

「自虐かね」

「日本の新聞記者が命名したとも聞きましたが」

首をかしげた蔵本だったが、表情はいたって生真面目で冗談をいっているようには見えなかった。

「玉代は?」

「一番にぎやかな通りで一円五十銭から二円です」

「ほう」

「安いでしょ。内地や大連じゃ、三円から四円ですから。でも、登楼《あが》らない方がよろしいかと存じます。満人や漢人の妓《ぎ》たちはツキを洗いながすといって風呂を嫌うんです。それに病気持ちが多くて」

「残念だなぁ。実は無毛症というのがあるらしくて、大人になってもあそこに毛が生えない女がいる。内地の遊郭にもちらほらといるんだが、ケジラミを嫌って、自分で剃《そ》っちゃってるんだ。ところが、大陸の女には生まれつきが多いと聞いている」

　声をひそめ、いささか残念そうに付けくわえた。

「味わいが格別らしい」

　春香街——広四郎は車窓から街並みを見て胸の内でつぶやいた。

　午前中であるせいか、売春窟はまだ眠りから覚めていないようで人通りはまばらだ。ちらりと後部座席の篠原を見る。篠原も車窓を流れる光景を物珍しげに眺めていた。

　ひょっとして、と思っているうちに車が古ぼけた二階建ての病院の前に停まった。蔵本が後部座席をふり返る。

「着きました」

「うむ」うなずいた篠原が広四郎に声をかけてきた。「着替えよう」

「はい」

車のドアを開けた篠原が黒い革カバンを持って出る。先に助手席を降りた広四郎は一応声をかけた。

「お持ちしますか」

篠原が革カバンを持ちあげ、笑みを浮かべ、首を振る。わかっているだろといっているようだ。おそらく基地の飛行場に降りたったときに提げていたトランク同様、新型毒薬が入れてあるのだろう。

後部に回った篠原が革カバンを足元に置き、蔵本が開けた荷物入れから白い長靴を取りだす。広四郎は篠原に従うのみだ。靴を履き替え、白衣を羽織り、腕章を左腕につけて、マスクをつける。帽子のつばをぐっと引き下げたところへ明るい声をかけられた。

「おはようございます」

若い男がにこにこしながら出てきた。二、三度領事館で丸太を受けとるときに見かけたことがある。満語だけでなく、漢族の言葉にも通じていて、通訳を務めていた。

「お待ちしておりました。領事館の事務方に勤めております。リュウと申します。本日は通訳をさせていただきます」

「リュウ？　こちらの人間か」

「はい」

初めて知った。色が白く、細身で背もそれほど高くない。満人というより漢民族のように見えた。

「日本語が上手《じょうず》だね」

「東京外国語学校に留学していました」

「ああ、なるほど。よろしく頼む」

革カバンを左手に提げた篠原がマスク越しにくぐもった声で答えた。東京外国語学校とは初めて聞いたが、東京というからには日本の学校なのだろう、と広四郎は思った。

リュウ、篠原につづいて病院に入った広四郎は目を瞠《みは》った。壁際のベンチにはずらりと人が座っているのだ。ざっと見ただけで五、六十名、満人が多く、ちらほらとロシア人が混じっているようだ。ひょっとしたら日本人もいるのかも知れない。共通しているのは、貧しい身なりをしている点だ。

足早に廊下を進み、角を曲がると人影はなくなった。篠原とリュウが低い声で話をつづけ、選択とか、ぬかりなく、十九名などという言葉が途切れがちに聞こえた。

リュウがドアを開け、篠原、広四郎とつづいた。会議室として使っているのか、入って左の壁には黒板が取りつけられ、右側には細長い机が二つずつ四列にきちんと並べてあった。そこに人が座っている。机一つについて三人、一列で六人、最後の一列に一人だけで合計十九人になる。廊下を歩きながらリュウが十九名といっていたのを思いだした。

老若男女がいたが、顔つきからすると満人ばかりのようで子供はいなかった。

机を囲むように白衣、マスク姿の男たち七、八人が立っていて、いずれも防疫と書かれた腕章を巻いている。篠原が黒板の前に置かれた演壇の後ろに革カバンを置き、十九人の男女に向きなおる。リュウは篠原の右後ろに立った。

「おはようございます。我々はハルビン市衛生部の者です。実は昨日、こちらの病院にやって来た三十歳の女性患者から赤痢菌が見つかりました」

平然といってのける篠原を広四郎はぎょっとして見つめた。マスクの意味がようやくわかる。篠原が言葉を切ったところで、すぐにリュウが満語にして十九名に伝える。動揺とざわつきが起こったが、互いに知り合いではないのか、お喋りがつづくことはなかった。

「幸い今朝ここに集まっていただいた方々には症状は見られませんが、昨日駆けこんできた女性がふだん使用している井戸は、皆さんも使っているものです。現在、衛生部の方でその井戸、および周辺の井戸について赤痢菌の有無を検査しております。検査の結果、菌が見つからなければ、平常通り使うことができます」

篠原がふたたび言葉を切り、リュウが満語で伝える。十九人の男女は口を閉ざし、じっと耳をすませていた。

そこで篠原はかがみ込み、革カバンを開けて大小二本の広口瓶を取りだした。どちらもゴム栓が嵌められている。大きな瓶の方は下半分に白い沈殿物が溜まっており、溶液自体も少し白濁していた。小さな瓶に入っている液体は無色透明だった。

「今回、我々は予防薬を持参してまいりました。これから皆さんにこの薬を服んでいただきます。予防薬ですので、万が一赤痢菌が躰に入っても殺します」

リュウが満語で伝えると十九人の目は演壇に並べられた二本の瓶に集まった。

篠原がつづける。

「また、殺菌作用もありますので、不運にもすでに赤痢菌が体内にある人でもこの予防薬で菌を殺すことができます。したがって赤痢を発症することはありません」

そのとき先ほど広四郎たちが入ってきた戸口の引き戸が開き、両手で捧げるように箱を持った白衣の男が入ってきた。箱を演壇に置き、中から小さな湯飲みを取りだして並べていった。

篠原がいくぶん声を張ってつづけた。

「予防薬は人数分ありますので、安心してください」

リュウが伝えると聞いている全員がほっと安堵《あんど》の息を吐くのがわかった。

「この薬は第一薬、第二薬とあります。まず第一薬を服んで、それから一分後に第二薬を服みます。要領は私がやってみせますので、その通りに真似してください」

篠原はまだ薬を入れていない湯飲みを手にして掲げてみせると大きく口を開き、舌を出した。舌を引っこめ、説明をつづける。

「第一薬の方は強い刺激があって、歯の琺瑯《ほうろう》質を溶かしてしまいます。せっかく赤痢菌を殺しても歯が悪くなってはよくありません」

最前列の中ほどに座っている年寄りがにやにやした。篠原が目を向けると年寄りが口を開く。門歯以外、歯がなかった。

篠原が苦笑する。

「むしろ残っている歯を傷めてしまわないように。いずれにしてもいわれた通りにしてください」

リュウが訳すのを聞いて、老人の笑みが照れくさそうなものに変わる。

「舌を出して、下の前歯を舌で覆うようにして、顔をあお向け、薬剤を舌の奥の方へ垂らす感じにしてください。歯に触れないように」

十九人はすっかり話に引きこまれ、真剣にうなずいた。

「次に第二薬は、第一薬の中和剤です。第一薬を服んだまま、放置していては命に関わるところまではいきませんが、胃がやられます。しかし、第一薬の効果を充分に発揮させるため、第一薬を服んだあと、一分の間を置かなくてはなりません」

篠原は言葉を切り、リュウが満語で伝えるのを待った。全員がうなずいたところで言葉を継ぐ。

「では、薬を分けます。先ほどもいったように予防薬ですからまだ赤痢菌が躰に入っていない人が服んでも害はありません」

では、とつぶやくようにいい、革カバンからガラスの管のような器具を取りだした篠原が大きな瓶の方のゴム栓を抜いた。かすかに刺激臭が漂ってきたように感じたが、気のせいかも知れない。

先が細くなったガラスの器具には上部に小さなゴムの風船のようなものがついていた。篠原は第一薬の上澄みを吸いとり、湯飲みの一つに移した。まったく迷いのない手さばきで二つ目、三つ目と一定量を入れていく。あっという間に二十個の湯飲みに薬液を注ぐと今度は第二薬のゴム栓を抜き、新たなガラス器具を革カバンから取りだして第二薬を吸いとり、湯飲みへと移していく。

こちらも二十個をあっという間に終わらせ、ガラス器具を置くと顔を上げた。

「これで第一薬、第二薬を入れた湯飲みが二十個ずつできました。皆さんは十九人、あとの一つは……」

そういうと篠原は第一薬を入れた湯飲みのうち、見ている十九人にもっとも近い列から一個を取りだした。

そして舌を出す。

「いいれすか、こうしてしらを、まえはの上に載せて」

湯飲みを呷《あお》った。

とたんに顔をしかめる。

「うへえ、苦い。苦しい。だけど、赤痢にかかるよりはましです」

一分待って第二薬を服んだ。第二薬を服んだとたん、たちどころに苦悶の表情が消え、こんな具合だといいわんばかりに十九人を見まわした。

3

演壇に立つ篠原が周りに立っている白衣の男たちを呼びよせた。

「これを皆さんにお配りして」

リュウが通訳をつづける。

会議室の後方で白衣の男が二人、顔を寄せて話しこんでいるのが見えた。喋りにくいのか、一人がマスクを引き下ろしている。

お馴染みの顔――領事館で丸太の引き渡しのときに現場で指揮をしている憲兵伍長だ。広四郎は表情を変えないように十九人の男女を見まわす。湯飲みが全員に回された。

どれも丸太には見えないが……。

篠原がかすれた声でうながす。

「苦い薬です。しかし、良薬は口に苦しといいます。皆さん、我慢してこの予防薬を服み、恐ろしい赤痢を予防しましょう」

リュウが通訳し、それぞれが湯飲みを手にしたものの右を見て、左を見て、なかなか口に運ぼうとしない。リュウが声をかける。一人が飲んだ。二人、三人……。

　全員が飲み終えたのを確かめた篠原はストップウォッチを取りだして竜頭を押した。誰もが顔をしかめたり、吐きそうな表情を浮かべている。

「あと三十秒……、十五秒……、十秒……、はい、第二薬を服んでください」

　すでに湯飲みは全員に配られていた。誰もが争って湯飲みを口にした。

　二列目の右端に座っていた男が立ちあがり、リュウに何かいった。篠原がリュウに顔を向ける。

「何と？」

「洗面所でうがいしてきてもいいかと訊いています」

　だが、リュウがふり返って篠原の返事を伝えようとしたときには、男はふたたび座っており、さらに机に突っ伏してしまっていた。

「いいだろう」

　列の後方で立ちあがり、廊下に向かおうとした女が前のめりに倒れる。あちらこちらでうめき声が上がったが、篠原はストップウォッチを手にしたまま、室内に鋭い視線を送っている。

　やがてまったく音がしなくなると篠原が領事館の憲兵伍長に命じた。

「あとの処置を」

「はっ」

　伍長が敬礼し、白衣の男たち――おそらく領事館の憲兵――に次々命令を発した。ふいに篠原が右手で口元を覆ったかと思うと部屋から走り出ていった。尋常ではない気配を感じた広四郎はあとを追いかけた。

便所に駆けこんだのを見て、つづいて中に入ると篠原が大便用個室の一つに上体を突っこんでいた。銹《さ》びた鉄パイプの臭いがするところを見ると水洗になっているようだ。

篠原が何度もえずいている。大丈夫ですかと声をかけようとしたとき、水を流す音が響き、篠原が出てきた。白衣のポケットから出したハンカチで口元を拭い、広四郎が立っているのに気がついた。

「大丈夫ですか」

「ああ」ハンカチをポケットに戻し、篠原が首をかしげた。「どうして、ここへ？」

「具合が悪そうでしたので」

「大丈夫」

篠原がうなずきながら広四郎のわきを通り、洗面台の前に立つ。備えつけになっているうがい用の湯飲みを取ると水道を開いて、何度かゆすぎ、次いで水を口に含むとゆすぎ始めた。水は流しっぱなしで、三回ゆすぎ、首をかしげて、さらに二度ゆすいだあと、うがいをした。

湯飲みを鏡の下の小さな棚に戻し、水道の栓をひねって水を止めた。目を上げ、鏡越しに広四郎を見る。

「さすがに自分で毒物を使う実験はきついね」

「自分で……、実験って、赤痢が発生したので予防薬を服ませたんじゃないんですか」

「まさか。実験だよ。赤痢は本当だけどね」篠原がふり返った。「間違いないよ。我々がちゃんと井戸に赤痢菌を投げこんだんだから」

広四郎は言葉を失い、まじまじと篠原を見つめた。

「さっきの十九人は通訳の……、何ていったっけ？」

「リュウといっておりました」

「そう、リュウに選んでもらった。この近辺に住んでいる満人たちで周りに係累がいない者だけを選ばせた」

「どうして……」

「今日の実験はとくに秘密を守る必要があった。だから本当に赤痢菌を使ったし、あとあと騒ぎになってもらっても困る。それほど重要な実験だった」

「それでご自身で毒を呷ったのですか」

　篠原が笑った。

「毒を呷るって、三文芝居の悲劇の王様って感じだな」

「歯が溶けるほど強い毒だと……」

「琺瑯質、歯を覆っている部分だ」

　何かを思いついたように篠原はふたたび湯飲みを取ると、二、三度ゆすいでから水を汲《く》み、広四郎に差しだした。

「さあ、飲んでみて」

「はあ」

　恐る恐る受けとる。たしかに洗面台の水道から出た水であることは見ている。だが、毒の話を聞かされたあとだけに気味が悪い。

「さっき私がいったように舌を出して、下の前歯にかぶせるようにして飲んでみて」

「はあ」

　いわれた通り舌を伸ばし、下の前歯にかぶせた。

「そう、それでいい。さあ、ぐっと」

舌を出したまま間抜けな返事をして湯飲みを口につけた。底を持ちあげ、水を舌の上に流す。

「止めて」

喉をすぼめようとしたが、間に合わない。ごくりと嚥みこんでしまい、激しく噎《む》せた。浮かんだ涙を横殴りに拭いて篠原を見る。

「無理ですよ」

「その通り。琺瑯質を溶かす云々《うんぬん》というのは嘘だ。さっきの第一薬は新型の毒物でね、五シーシー、だいたいひと口服めば、命はない」

きょとんとしてしまった。篠原が飲んだのも同じ瓶から吸いとった溶液なのだ。

「篠原さんは生きているじゃないですか。すり替えるか何かしたんですか」

「いや、同じものを飲んだよ。青酸系の毒は胃の中の酸性物質、平たくいえば、胃酸に反応して効果を発揮する。だからあらかじめ強力な中和剤を服んで、胃の中を中性からややアルカリにしておく。だけど、完璧じゃない。だからちょっとは反応するんだが、致死量、大体〇・五グラムくらいかな、そこまで達しなきゃ死にはしない。しかし、苦しい。たとえ微量でもね。それにできるだけ早く嘔吐してしまわないと体内に取りこんだ毒物が毒性を発揮してしまうこともある。まあ、自然と吐きたくなるがね」

腕を組んだ篠原が片手で顎を支え、目を伏せ、しばらく黙りこんだ。やがて短く息を吐き、まっすぐに広四郎を見る。

「もう軍機というのはうんざりするほど聞かされているだろう。七三一にいれば、すっかり慣れっこになってしまう。しかし、これから私がいうことは軍機中の軍機、最高機密だと心得て欲しい」

うなずいた。できれば、聞きたくはなかったが。

「今回、私が持ってきたのは、登戸で開発されたばかりの青酸系毒物なんだが、遅効性が特徴だ」

「チコウセイ……、ですか」

「遅く効くと書いて、遅効性だ。さっきも見ただろ。第一薬を服んで、第二薬を服むまで全員が生きていた。一分間の間隔を空けていたね」

「はい」

「少なくとも服んでから一分は全員が生きていた。ひどく苦い薬だから顔はしかめていたが、動けなくなるようなことはない。最初に突っ伏したのは、後ろから二列目に座っていた婆《ばあ》さんだった。結構歳《とし》がいっていたみたいだし、躰も弱っていたんだろ。気がついたか」

「いえ」

「その婆さんが動かなくなるまで二分弱、あとは見ての通りだ。だいたい効果が発現するまでの時間は数分から長くても十分程度と見こんでいる。さて戻って、結果を調べようじゃないか」

「はい」

いくぶんほっとしてうなずいた。便所の戸口に向かいかけた篠原が足を止め、鼻先が触れあわんばかりの距離で広四郎を見る。

「な、何でしょうか」

「なぜ遅効性が必要か、わかるか」

「いえ」

首を振った。篠原が得々と話しはじめた。

「服ませたとたん、その場でバタンとひっくり返られたんじゃ、服ませた方は逃げるひまがない。それで御用となってはとても暗殺とはいえない。暗殺には誰がやったかわからないというのがもっとも重要な要件になる。違うかね」

「おっしゃる通りです」

「もう一つ、もっと重要な目的がある。さっき見たように最初に服んだ人間、つまり私が平然としているから連中もこちらの指示通りに服んだ。しかし、即効性があって、手本に服んでみせた奴がすぐに苦悶したんじゃ、ほかの人間は服まない。だから全員が服みおえるまで、多少苦くても我慢できる程度でなければならない。この薬品は集団自決用なんだ。集団といっても、互いに顔を見交わせるくらいの人数、せいぜい十数人までだ。戦況が芳しくないのは、聞いているかな?」

「はい」

「たとえ敗れることがあっても、決して敵国の手に渡してはならない集団もある。そのとき、長の指示で、一人残らず、自らの意志で服むことが絶対必要になる。そうでなければ、我々日本人は……」

篠原は言葉を切り、首を振って便所を出た。

部屋に戻ったときには、白衣の憲兵伍長とリュウが残っているだけだった。伍長が敬礼し、篠原に報告する。

「十九名中十七名が死亡、二名が重体ながら息をしておりました」

「すべて部隊に運んだかね」

「はい」

「ご苦労。では、ひきつづき我々は作業をつづけるのでそちらは帰っていい」

ぎょっとして篠原を見た。病院に入ったとき、廊下で見かけた老若男女は百名をくだらないだろう。

全部、殺すのか。

だが、以降青酸系の新型毒薬を使うことはなく、水道の水を飲ませただけだった。もっとも広四郎は篠原に厳しく指導されながらガラス製の器具——駒込《こまごめ》ピペットという名称をはじめに教えられた——を使い、二十個の湯飲みに五シーシーずつの水を正確に測って入れることを叩きこまれた。


昭和二十年も六月に入った。

平房の上空は明るく晴れわたっていたが、西方には長大な山脈のように灰色の雲が盛りあがっていた。風はほとんどない。駐機場に停められた輸送機は給油作業の真っ最中だった。

広四郎は篠原と並んで飛行機を眺めていた。左手に篠原のトランクを提げている。お持ちしますというとすんなりと差しだした。トランクは軽かった。おそらく着替えくらいしか入っていないのだろう。

春香街の病院で実験した新型の毒薬はすでにない。だからこそトランクを広四郎に託したに違いなかった。使いきったわけではなく、医者が使うような黒い革カバンごと堀田に預けていた。

すぐ後ろには黒塗りの乗用車が停まっている。蔵本は運転席にとどまっていた。

「すっかりお世話になった」

篠原がちょこんと頭を下げる。

「いえ、いたらぬことばかりで。少しでもお役に立てれば幸いなのですが」

「それにしても……」篠原が小さく首を振る。「これから六時間も揺られていくかと思うとうんざりだね」

「どちらまで飛ぶ予定ですか」

「小松の飛行場。そこから金沢に回る予定だ」

「六時間……、やっぱり飛行機は凄いですね。私がハルビンに来るまでには船だけで二泊でした。実家を出てから数えるとほぼ五日がかりでしたから」

「揺れるんだよねぇ」そういって篠原が西の空を指さした。「雲が見えるだろ、梅雨時《つゆどき》だし、金沢周辺は雨が多くて」

広四郎は篠原の横顔をうかがい、恐る恐る訊ねた。

「怖くありませんか」

低く唸った篠原が首をかしげる。

「最初は怖かった。単純に足の下に何もないというのが。揺れたり、機体が軋んだりするとそれだけでもう墜落するんじゃないかって」

「もう慣れたんですね」

「いやぁ、実は今日でまだ六回目でね。はじめの四回は内地から内地へ、せいぜい一時間か一時間半の飛行だった。満洲まで輸送機に乗ったのは、今回が初めてで。やっぱり海の上を飛んでいると不安は倍増するよ。落ちたら鱶《ふか》のエサだな、とか」

「そんな縁起でもない」

「洋上飛行だとやっぱりそんなことを考えるもんだ。これが二回目の洋上飛行だけど、座席に座ったとたん眠ってしまいそうだ。さすがに草臥れたよ」

「毎日お疲れさまでございました」

昼間は実験や見学を行い、夜、宿舎に戻ってからは報告書の作成をしていたようで、朝になって迎えに行くと腫れぼったい顔をしていた。目の下のくまが濃くなり、目尻のしわも増えたように見えた。

報告書はすべて軍事郵便で送ったらしい。トランクが軽い理由の一つだろう。

篠原が広四郎に顔を向けたので目が合った。

「死ぬのが怖い？」

「覚悟しております……、と申しあげたいところですが、なかなか肚は据わりません。情けないかぎりです」

広四郎は首を振った。

「右に同じだな。だからこんな因果な任務に就いている」

しみじみとした口調で篠原がいう。

胸の奥底にちくりとした痛みがあった。そもそも広四郎がハルビンに来たのも石井閣下の部隊で働けば、再召集や徴用を免れられると聞いたからだ。しかし、関東軍の主力部隊がどんどんと南方に転用され、守備能力が落ちてきたこともあって、召集にともなう制限が緩められている。年限も下は十八歳、上は六十四歳にまで広げられていた。

篠原が言葉を継ぐ。

「うちは代々百姓でね。私は三男坊だったんで、工業学校に行かせてもらえた。長男は百姓をしてるけど、次兄は軍隊に取られて戦死した」

「うちも同じです」

広四郎の答えに篠原が目を見開く。

「百姓？」

「それもそうなんですが、長兄が実家で百姓をやってて、すぐ上の兄貴が召集を受けて死んだんです。戦死扱いにはなってますが、訓練中の事故でした」

飛行機から簡易階段が降ろされ、係員が搭乗と声を張りあげた。

「さて、行くか」

「せめて飛行機のそばまで」

「ありがとう」

ほんのわずか歩いただけだった。簡易階段の下で広四郎はトランクを篠原に渡した。受けとった篠原が広四郎に目を向ける。

「またこちらに来られるかはわからんが、そのときはまたよろしく頼む」

「かしこまりました」

戦況が厳しくなっている中、広四郎にしてもいつまで部隊に残っていられるかわからなかったが、あえて口にするまでもなかった。互いに小さく頭を下げ、背を向けた篠原が階段を上っていく。機内に入る直前、ふり返って右手を上げたので辞儀を返した。

4

車のそばに戻り、運転席から出てきた蔵本とともに飛行機が飛びたっていくまで見送ってから総務部に戻った。堀田が席にいなかったので、この二週間に溜まっていた書類仕事を片づけにかかる。

日報を書く仕事では、手帳に簡単に記しておいた行動メモを見ながら何日の何時にどこへ行き、誰に会い、何をしたかをできるだけ詳細に書いていった。書くほどに篠原と過ごした日々のあれやこれやが思いだされる。

とくに春香街にある病院での服毒実験は強く印象に残っていたが、その日については日報に一切書かず基地内の動物舎を見学したことにしておくようにと堀田からあらかじめ指示されていた。

夕方になってようやく堀田が戻ってきた。書きあげてあった日報を持って、堀田の席まで行き、一礼したあと、告げた。

「篠原技官は本日昼の輸送機で……」

そのとき堀田の机の上で電話が鳴りだした。離れようとすると、受話器を取りあげながら堀田がいった。

「そのままでいい」

「はい」

電話の内容を聞くうち、堀田の表情が厳しくなっていく。

「わかった。詳しいことがわかったら報《しら》せてくれ」

受話器を置いた堀田が広四郎を見上げる。

「篠原技官が乗った輸送機だが、玄界灘《なだ》の北方洋上で敵戦闘機の攻撃を受け、墜落したそうだ」

「玄界灘って……、小松に行くとおっしゃってましたが」

「天候が悪くて、行き先が芦屋《あしや》に変更になったそうだ。それで……」堀田が首を振る。「ところで、今夜、晩飯でもどうか。この二週間の慰労もあるし」

篠原の通夜でもあるし、と広四郎は胸の内でつぶやきつつ答えた。

「喜んでお供します」

その夜、堀田がいった通り蔵本が運転する専用車でハルビンの繁華街に出かけた。さっさと歩いた堀田が小料理屋に入った。馴染みのようで女将《おかみ》が奥の一室へ案内し、堀田が何もいわないうちに銚子《ちょうし》と猪口《ちょこ》が運ばれてくる。

手を伸ばそうとした広四郎を制して、銚子を手にした堀田が差しだしてくる。

「さ」

「あ、そんな……」

広四郎はあわてて堀田が持っている銚子に手を伸ばそうとした。しかし、堀田は眉間にしわを刻み、首を振る。目は広四郎の手ではなく、伏せて置かれている猪口に向けられていた。

「恐れ入ります」

猪口を取り、ひっくり返し、両手で差しだした。堀田が酒を注《つ》いでくれる。わずかに黄色みがかかった、とろりとした酒だ。

引っこめようとする銚子に右手を伸ばすと堀田はすんなり渡してくれた。猪口を置き、両手で銚子を持ち直して堀田が差しだす猪口に注いだ。

あらためて猪口を手にして、差しあげる。

堀田が宣した。

「献杯」

やはりと思いながら広四郎も唱和する。

「献杯」

酒はとろりとしていたが、舌の上に広がると意外にもさらりとした辛口に感じられた。猪口を置き、銚子に手を伸ばそうとすると堀田が首を振った。

「あとは独酌でやろうや。少しばかりうまいものを食って、少しばかり酒を飲む。今宵《こよい》は気楽に行こう。命令だ」

厳しい顔でいったあと、にっと笑った。

「とでもいわなきゃ、穂月は楽にせんじゃないの」

「あ、いや」

「膝、崩せよ」そういいながら堀田が襟元のボタンを外し、くつろげる。「今宵は上司、部下じゃなく、同じ道場の兄弟弟子で酌み交わそうじゃないか」

「わかりました」

正座を解き、あぐらをかいたものの襟元をくつろげようとは思わなかった。遠慮したわけではなく、苦しいと感じないからだ。堀田は何もいわず手元の銚子を取りあげて、猪口に置き注ぎをする。広四郎はさきほど堀田が置いた銚子を取って、同じように置いたままの猪口を満たした。

堀田が手にした猪口を見つめていう。

「献杯をしてもらえる奴は、まだ幸せなのかな。いや、くたばっちまっては幸せもへったくれもねえか」

自問自答し、苦笑して猪口を口へ運んだ。

篠原の乗った輸送機が敵戦闘機に撃墜されたという一報があっただけで、その後、はっきりとした状況はわかっていない。

武運という言葉が脳裏を過《よぎ》っていく。

新型の毒薬を完成させ、無理なく特定集団の自決方法を編みだした直後だった。だが、ひょっとしたら輸送機は不時着して、近くを通りかかった船に救助……、思いかけてやめ、猪口を持ちあげる。口にふくんだ酒は相変わらずとろりとしていながら切れがある。

献杯には、篠原だけでなく、南方行き輸送船に乗っていて敵潜水艦に沈められた多胡への哀悼も含まれるのか。

それをいえば、日々、何千、何万の将兵、アメリカの焼夷弾爆撃で死んでいく民間の人たちも含まなくてはならないのではないか。

ならば丸太は……。

広四郎は口中の酒を飲みくだし、銚子を取って新たに注いだ。

丸太でしかない。

料理を運んできた女将が出て行ったあと、堀田が手酌をしながら話しだした。

「篠原が薬を置いていった。知ってるな?」

「はい」

「春香街の病院で、お前は篠原があの薬を使う様子を一部始終見ていたし、その後、手ほどきも受けた」

「はい」

「何のために使うのかも聞いた」

喉に塊がせり上がってきたような気がした。声が詰まる。堀田がじっと見つめているのを感じたが、目を上げられないまま、声を圧しだした。

「はい」

「それならいい」堀田が卓上の小鉢を顎で指す。「この煮物、食ってみろ」

「いただきます」

箸を取り、小鉢を手にとった。堀田は小鉢の中の里芋を突き刺し、無造作に口に入れるとむしゃむしゃと噛んだ。広四郎も里芋を取り……、つるりと滑る。何度か試したが、うまくいかない。突き刺して、口に入れた。

甘辛く煮た里芋がほろほろ崩れ、舌や頬の内側にまとわりつく。懐かしさを感じた。広四郎を見ていた堀田がいう。

「醤油《しょうゆ》だ。何といっても俺たちの故郷は醤油の名産地だからな。ここの店の主人だが、館長と出身地が同じ、つまり穂月とも近い」

「なるほど。それで懐かしい味がするんですね」

「そういうことだ」

店は領事館に近いところにあった。こぢんまりとした小料理の店で、堀田は何度も訪れているようだ。

しばらくの間、とりとめのない話をしながら銚子だけは二度、三度と注文し、酒を飲みつづけた。

目をつぶった堀田がいきなり渋い声で唸りだす。

ここはお国を四百里
離れて遠き満洲の
赤い夕日にてらされて、友は野末の石の下

目を開いた堀田がにやりとする。

「ちょっと違うかな?」

「いえ……、ええ……、はい」

「我らが故郷《くに》たる房州からここ、ハルビンまでがおおよそ四百里、千六百キロだ。ところでこの歌は禁止されている。知ってたか」

広四郎が首を振ると堀田が背筋を伸ばし、厳しい顔つきになって声を張った。

「もの哀《がな》しげな調子が厭戦《えんせん》的である」

すぐに肩の力を抜き、憲兵みたいだろと笑って、また酒を飲んだ。広四郎は銚子を取りあげ、差しだす。堀田はすんなりと受けた。

「軍隊だからしようがないにしても、ちと無粋だな。ところで、お前は百姓の倅《せがれ》だが、小作か」

「そうです」

「田畑は全部総本家の持ち物?」

「はい」

「俺はそっちの方……、総本家の総領息子だ」

広四郎は目を剝いた。

「そんな顔をすることはないだろ。別に鬼でもなけりゃ蛇でもない。まあ、百姓がいやだったわけじゃないが、館長と出会って、武道に目覚めちまった。そして武人になりたいと願って、田畑、家、小作人も弟たちにくれて、俺は軍隊へ。だが、武人になれたかね」

堀田が首をかしげ、しばらくの間物思いに沈んだ。ふと思いついたように目を向ける。

「館長から鎌倉権五郎《かまくらごんごろう》の話を聞かされたことがことがあるか」

「いえ、ありません」

「この権五郎、武人の鑑《かがみ》だとして鎌倉の神社に祀《まつ》られている。おそらく姓は地名からの後付けだろう。鎌倉の権五郎だ。ま、それはいい。とにかく源義家《みなもとのよしいえ》の郎党だが、実に何ともとんでもない輩《やから》でな。あるとき戦に出て、敵の矢で右目を射貫《いぬ》かれた。鏃《やじり》には返しがついてて簡単に抜けるもんじゃない。何とか引き抜こうと七転八倒、だが、どうにも抜けない。戦には、権五郎の従兄弟も参加していた。あまりに権五郎が苦しんでいるので、助けてやろうと両手でつかんで引っぱったものの抜けない。ならばとばかりに権五郎の顔を踏んづけて……」

話に引きこまれるうち、前のめりになっていた。堀田がにたりとする。

「思いきり引っぱった。権五郎、やにわに鎧通《よろいどお》しを抜いて従兄弟を突き刺そうとした。どうしてだと思う?」

「よほど痛かったんでしょうか」

「俺もそう思う。だが、権五郎はいう。戦なら敵の矢で右目を射貫かれるのは覚悟の前だが、それを引き抜こうと俺の顔を土足で踏んづけたお前は勘弁ならない。今からおのれが敵だ、と。これが誇り高い武士だってんだから俺などとても武人にゃなれないな」

苦笑いして、小さく首を振ってから言葉を継いだ。

「この鎌倉権五郎神社の鳥居を背にすると目の前に海までまっすぐに延びる道がある。参道だ。その道を歩いて行って海岸線を走る道路にぶつかったところで右を見れば、いやでも目につくでかい屋敷がある。何しろ塀がずうっとずうっとつづいてるんだ」

「立派なお屋敷なんですね」

「そこが太玄《たいげん》先生のお屋敷だ」

ずばりといい、鼻の穴を膨らませている堀田を呆然と見返した。沈黙がつづくうち、堀田が探るように広四郎を見る。

「お前、館長から太玄先生の話も聞いたことがないのか」

「はい。すみません」

「別に謝ることじゃないが……」

ふむとうなずき、堀田が話をつづけた。

「太玄というのは先生の号だが、無心の境地という意味らしい。何でも館長のな、古い友人でお二人は日露戦争で同じ部隊にいたらしい。館長が太玄先生の命を救ったという話で、実をいうと俺も先輩からそんな風に聞かされただけなんだが」

「はあ」

広四郎は堀田を見返した。

何の話だ？

堀田が猪口を持ちあげ、口元に持って行きかけて宙で止めた。

「この戦はダメだろう。負け戦となれば、兵隊は惨めなもんだ。生き残ったとして、お前、どうする？」

「え……、あ……」

「俺も何も考えちゃいない……、というか考えようがない。館長はよく自慢話をしていた。太玄先生は軍にも国会議員にも大企業の社長さんにも否といわせないだけの力があると。だから本当に困ったとき、生きるの死ぬのという話になったときに館長の名前を出して頼っていけ、というのが我らが道場の伝説になっている」

「もし……」

戦争に負ければ、という言葉はやはり出なかった。唇をひと嘗めして言葉を継ぐ。

「太玄先生が助けてくれるというのですか」

「もう何十年も前の話だ。館長は亡くなってる。太玄先生は館長よりはいくつか若かったようだが、ご高齢であるには違いないだろう」

猪口を置き、手ずから酒を注いで堀田がつづける。

「篠原がいってた。万が一のときは、穂月が自分の代わりにいろいろ始末をつけられるようみっちり仕込んでおいたって」

また、喉が詰まった。せっかくの料理と酒を目の前にしているのに……。

「十四、五人となれば、司令部の中枢がそんなもんだろう。いざとなるとどいつもこいつもだらしないからな」

その後、しばらく黙って酒を飲み、やがて次の料理が運ばれてきた。うまい、うまいといいながら広四郎には、とんと味がわからなかった。

堀田に誘われたとき、ある程度予測はついていた。

二週間にわたって篠原に付き添い、すべての行動を目の当たりにしていた。とくにあの病院での実験では、残っていた満人たちに赤痢の予防薬と偽ってただの水を飲ませたのだが、駒込ピペットを使って正確に五シーシーずつ吸いあげる技は篠原に厳しく指導された。最初はなかなかうまくいかず、満人や白衣の憲兵たちの前で罵られたときには顔が熱くなったものだが、それでも次第に慣れていき、二十個くらいの湯飲みに水を注ぐのに一、二分で終わらせられるようになっていた。

何のためか。

昨夜、堀田にいわれた通りいつか二十人程度の集団を完璧な自決に誘いこむためだ。薬品自体も遅効性の青酸系毒物という新型でもあったが、第一薬、第二薬に分けて飲ませる一連の芝居そのものが新開発でもあったのだ。

第二薬はただの水でしかない。肝心なのは、第一薬を全員に服ませることだ。いかにも歯の琺瑯質を解かしそうな激しい刺激がある上、喉やその奥の食道まで灼《や》かれるような痛みがあった。味もひどく苦い。だから中和剤を求めて、身を焦がすような思いに駆られる。全員が服み終えるまで、あえて時間計測をするのも、躊躇《ちゅうちょ》する者があれば、すでに服んだ者たちが無言で、あるいは罵詈雑言を浴びせても服用を強要するよう仕向けるためだ。

ひどい味と刺激がなぜわかるか。

病院での実験があった翌日、広四郎は第一薬を服まされた。いや、篠原は決して強制ではない、といい、命令してできるような任務ではないともいった。もちろんあらかじめ中和剤を服用した上での実験だ。中和剤の効き目は人によって違うとも聞かされていた。

なぜか、そのとき、ふっと死ぬだけじゃないかと思った。丸太が苦しみながら死ぬ様子を見てきたし、病院での実験では十数人が一度に死ぬところも目撃した。チャンバーのガラスに丸太が張りついて、恨みのこもった目で広四郎を睨みつけながらずるずる崩れていく悪夢もつづいていた。

猛毒だとわかっていて溶液を飲みほしたのは、罪滅ぼしではなく、逃げたかったからだ。それだけでしかなかった。

「食欲がないのかな」

声をかけられ、目を上げた。銀色の盆を手にした須賀がテーブルの向かい側に座る。昼食は煮魚に漬け物、味噌《みそ》汁と麦混じりの飯だ。コーリャンを炊いたアカ飯でないだけ軍隊はめぐまれている。

「二日酔い?」

須賀が箸を手にして訊く。

「まさか」

半分は正解だ。今朝、目が覚めたとき、空っぽの胃袋が痙攣して、何度も吐きそうになった。頭が痛く、立ちあがるとふらふらした。絵に描いたような二日酔いだ。朝食を抜き、昼になっても食欲が湧かなかったが、二食抜けば、よけいな詮索をされる。何とかやって来たのだが、すでに午後二時近い。

「大尉殿も昼飯にしては遅いですね」

「実験が長引いてね」

須賀が味噌汁を啜《すす》り、麦飯を頬張る。健啖《けんたん》ぶりを見ているだけで、胃袋がひっくり返りそうになる。口を動かしながら須賀がいった。

「輸送機、ダメだったみたいだね」

「詳しいことは聞いてないんですが」

「今朝、詳報が出たよ。見てない？」

「ええ」

「詳報といっても生存者も輸送機の残骸も見つからないので捜索を打ちきったというだけだがね」

「そうですか……、そういえば、須賀大尉殿は篠原技官と同じ輸送機に乗ってこられましたよね。あのとき参謀もいっしょだったのではありませんか。篠原技官が帰るときには姿が見えませんでした」

「ああ」須賀が唇の端に飯粒をつけたままうなずく。「あの人は輸送機がいっしょだっただけだよ。たしか来月あたり関東軍の参謀部に転勤してくるような話をしていたかな。私は篠原技官とその参謀のすぐ後ろの席だったんだ。だから二人が話しているのが聞こえただけだ。ルメイって名前もそのときに知った」

工業地帯から住宅街へ空襲の目標を変えたアメリカ爆撃機部隊の指揮官の名前だったなと思いだす。

須賀が話をつづける。

「帝国がソ連に英米との講和を仲介させようとしている。知ってるか」

「いえ」

初めて聞き、驚愕《きょうがく》した振りを装ったが、うまくいったかわからない。堀田が話してくれたときには忘れるように命じられている。

須賀はまるで表情を変えずにつづけた。

「ドイツが降服したときからソ連は新しい戦争を始めている。アメリカとの戦争だ。わが帝国はソ連とアメリカの間にある。どっちが自分たちの陣に引き入れるか、重要な国であり地点だ。それでソ連が仲介役を買って出ようというわけだ。あの参謀中佐は、ソ連との交渉役を一任されているといっていた。そのため関東軍に転勤してくるって話だ」

須賀の唇の端には飯粒がついたまま、上下していた。

「講和に持ちこむにしても我々としては敵に痛撃を与えなくてはならない。私の研究している新兵器は、そのために必要なんだ。もちろん復讐《ふくしゅう》心はある。それが第一だ。だが、負けず劣らず講和の条件作りも重要なんだ」

午後二時の食堂は閑散としていて、周囲に誰もいない。須賀との話が聞かれる気遣いはいらなかった。会話はそこまでになった。結局、ひと箸もつけないまま、広四郎は盆を返却口に運んだ。胃袋は空っぽで身もだえしていたが、食欲はさっぱり湧かない。

第四章　帝国崩壊

1

昭和二十年七月に入ると何かと慌ただしくなってきた。根こそぎ動員がかかり、総務部も必要最低限の人数で回すしかなくなってきたからで、広四郎は庶務課の看板通りあらゆる部署の応援に駆りだされていた。今日の予定は、午前九時に動物舎の北側へ行って丸太の受け入れをする特別班の補助だ。

時間通りに動物舎わきへ行くとすでに数名の特別班員がいて、その中に三名、白衣を着て、マスクと防疫と赤い文字で記された腕章を着けている者が加わっていた。襟の階級章を見るかぎり軍医ではなさそうだが、衛生兵とも知れない。

まあ、どっちでもいいやと思いつつ現場指揮を執る軍曹に申告した。

「総務部庶務係雇員穂月、参りました」

「ご苦労。よろしく頼む。まず医薬品倉庫へ行って、三十八番の医薬品をもらってきてくれ」

軍曹がちらりと後方を見て、ふたたび広四郎に視線を戻した。「また、埠頭区で伝染病だよ。今度はコレラの疑いがある。今日運ばれてくるのは七本だが、一応領事館の集積場で検査をして陰性という連絡は来ている」

だからマスクや防護服は必要ないというのだろう。

「はい」

返事をした広四郎は駆け足で動物舎西側の第六号棟に向かった。建物に入ってからは歩く。原則として駆け足が禁じられているからでもあるが、駆け足は軍曹に見せるためでしかなかったからだ。

医薬品倉庫は一階にあった。倉庫の前には二人の兵士が呼ばれるのを待っており、広四郎は少し後ろについた。どちらもくたびれた初老……、というよりすっかり年寄りといった感じで生彩がない。

先頭に立っている方がぼそぼそといった。

「この間、権蔵《ごんぞう》の次男坊が戻ってきたらしいんだ」

「次男坊って、南方に行ってたんじゃないのか」

「マラリアだと。それで後方送りになったたって話だ」

「命拾いしたな」

先頭に立っている兵士が広四郎をうかがい見るのを感じたが、そっぽを向いたまま無視した。

「そうでもない。高熱が出てて、このクソ暑い中、毛布を何枚も被ってがたがた震えてて、まともに口も利けないらしい。何でもあっちじゃ、薬どころか食べるものもろくにないって話で」

「南方だろ。バナナとか食い放題じゃないのか」

「全然」先頭の男が顔の前で手を振る。「食えるものなんか全然ないってよ」

「ならまだ満洲の方がましか」

先頭の男がふたたび広四郎をうかがった。無視していると低い声で話をつづけた。

「どうかね。ほら、ドイツが降参《バンザイ》したろ。それで露助がこっちへ来てるって噂だ。もう百万にもなるらしい」

「百万か」二番目が短くため息を吐く。「いくら関東軍が七十万っていっても……」

「馬鹿いうな」さえぎるように先頭の男がいう。「部隊が南方に抜かれてるのはお前も知ってるだろうが。もう十万を切ったとか、五万しかないとかいう話だ」

「でも、開拓団に避難令は出てないだろ。関東軍に守ってもらわなきゃいられない」

「それは……」

そのとき医薬品倉庫からボール箱を抱えた兵士が出てきて、中から声がかかった。

「次」

二人の兵士が中に入り、広四郎は入口のわきに立った。ほどなく二人連れはそれぞれボール箱を抱えて出てきて、次と呼ばれて、広四郎は中に入った。台の向こうに伍長の階級章をつけた男が立っている。

「三十八番をお願いします」

伍長が片方の眉を上げ、広四郎を見た。

「特別班か」

「はい」

伍長は奥に引っこみ、蓋に大きく38と書かれたボール箱を持ってきて広四郎の前に置いた。さらに書類挟みを載せる。一覧票になっていて、受領者の所属、氏名、時刻を記入するようになっていた。

　伍長が腕時計を見る。

「午前九時二十八分」

　添えられた鉛筆を手にして、総務部庶務係穂月広四郎、０９２８と記入した。伍長が書類挟みを取った。

「次」

　三十センチ四方ほどのボール箱を持ちあげた。ひどく軽く、表面がしっとり冷たかった。いつの間に来たのか、広四郎と入れ違いに兵士が入っていく。

　廊下を右に曲がったところで窓際に立っている須賀に気がついた。

「おはようございます」

　はっとしてふり返った須賀を見て、息を嚥みそうになる。手術着を着ているのだが、胸から腹にかけて血で真っ赤になっていた。広四郎の視線に気がついた須賀がうなずいた。

「たった今、ソウハ術を終えたところでね。わかる、ソウハって？」

「いえ」

「若い女のね、股ぐらをのぞきこんであそこに小さなスプーンみたいなのを突っこんで、赤ん坊のなりかけを掻きだすんだ」須賀がすっかりくたびれた様子で首を振る。「強制中絶さ。春くらいからやってるという話を聞いてたけど、私は産婦人科じゃないんで関係ないと思っていたら根こそぎ動員で人手が足らなくなって駆りだされた」

「そうなんですか」

　いずこも同じだとは思ったが、口にはしなかった。

「満洲も危ないのかなぁ。今日の患者も子供産みたいって泣いてたんだけど、愛国婦人会の怖い小母《おば》さんたちが大挙して連れてきたんだ。非常時に赤ん坊がいては足手まといになるとか」

ひどいな、と思ったが、これも口には出せない。

ふいに須賀が眉をぴくぴくさせ、嬉しそうな顔になった。

「そうそう聞いてよ。例のあれだけどさ、灯台もと暗しっていうのかな、魔法瓶を使うことにしたんだ。百匹くらいでしかないけど、それで丸四日大丈夫だった」

例のあれとは、ペストノミだろうと察しがついた。魔法瓶に百匹入れて、四日間生かすことができたということか。

「お湯が冷めないということは外がどれほど寒くても中の温度は一定に保たれるということでもある。分厚いゴムで巻いて、さらに外側を頑丈な金属で包めば、震動と気圧にも耐えられると思う。今、ハルビン市内にある魔法瓶を集めてる。うまく行くかも知れない」

気球爆弾につけてアメリカまで飛ばせたとして、百匹のノミでどれほどの効果があるのか想像もできなかった。しかし、須賀が大喜びしているのだから水を差すまでもない。

「期待しております」

「ああ、大いに期待してくれ。大逆転の一撃になるかも知れない」

須賀と別れ、広四郎は動物舎に向かった。

最初に有蓋トラックから降ろされたのは、身の丈二メートルもありそうなロシア人だった。体格と金髪からして貴族の末裔《まつえい》を称する白系かも知れないが、身なりはみすぼらしかった。襟元に飾りのついたシャツはところどころかぎ裂きがある上、全体に黒ずんでおり、白っぽいズボンは皺《しわ》だらけだ。

トラックの助手席から通訳をしている満人のリュウが降りてきて金髪の大男のわきに立ち、何ごとかいった。ロシア語のようだった。

リュウの後ろには白衣を着た三人組の兵士が並んだ。そのうちの一人が三十八番の箱を両手で捧げもっている。真ん中の兵士が手に注射器を持っていた。白衣の三人とは反対側に特別班員、そして広四郎が立った。

現場指揮を執る軍曹は少し離れたところに立ち、腰の後ろで両手を組んでいる。肩章を通した白い紐が右腰の後ろに回っているところを見ると後に回した右手に拳銃を握っているようだ。

大男は白衣の三人、自分の背後にいる特別班員や広四郎をぐるりと見渡した。もじゃもじゃの眉毛の下には明るい緑色の瞳があった。垢面《こうめん》の下半分はたっぷりとした髭《ひげ》に覆われている。最後に軍曹に目を留め、ふんとでもいうように小さくうなずいた。

リュウが短く何かいい、うなずいた男は無造作にシャツの左袖をまくった。注射器を持った白衣の兵士が近づき、二の腕を脱脂綿で拭ったあと、針を突きたてた。大男はかすかに眉をしかめた。

注射はあっという間に終わった。白衣の兵士が下がる。リュウに何かいおうと口を開けた大男だったが、声は出なかった。目が大きく見開かれ、舌がだらりと垂れさがった。顔が真っ赤になり、しきりに口を動かしているもののやはり声は出ない。両手を喉に持っていこうとしたのか、わずかに持ちあげただけで止まった。

そのまま後ろ向きに倒れた。

「さすが、ふぐだな」

「ああ、キンチュウなのにイチコロだ」

白衣の兵士の二人が言葉を交わし、端の一人がうなずく。キンチュウが筋肉注射を意味するくらいは察しがついた。その間に特別班員が二人、大男の左右の足を持ってずるずる引きずっていき、トラックの反対側まで引っぱっていった。

「次」

後ろに手を組んだまま、軍曹が号令をかけた。二人目以降は満人で、一人ずつ降ろされては、注射をされ、昏倒した。倒れる度、トラックの陰に引きずられていく。最初のロシア人を含め、全部で七本、いずれも男だった。

リュウが広四郎に近づいてきたので声をかけた。

「ご苦労さま」

「ご苦労さまです」

「あちらこちらと大変だね」

「今日はロシア人がいましたから。領事館には満語の通訳、ロシア語の通訳がおりますが、両方ともこなせる者はなかなかいません」

広四郎は軍曹をちらりと見やって別の兵士と話しこんでいるのを確かめてから声を低くして訊いた。

「さっき白衣を着た一人がふぐといっていたけど」

「ああ」リュウがうなずいた。「登戸で研究している毒の中にふぐの毒もあるそうです。魚のふぐです。今日はその肝を試したようで」

医薬品倉庫で受けとったとき、ボール箱がしっとりと冷たかったのを思いだした。ふぐの毒は生ものなので冷蔵してあったのか。

リュウが顔を近づけ、ささやくようにいった。

「登戸ではふぐだけでなく、毒蛇とかトリカブトなんかも研究しているそうですが、最強はふぐなんだそうです」

「筋肉注射といっていたようだけど」

「暗殺用ですからね。注射器も万年筆の中に仕込んで、すれ違いざま、ちくりとやるんです。いちいち血管を探って、なんてできないでしょ」

「なるほど」ふたたび軍曹の様子を見て、つづけた。「てっきりコレラの予防薬だと思っていた」

「いつもの手口じゃないですか」

リュウが喉の奥でくっくっくと笑う。

「まあ、そうだね」

答えたとたん、背筋がぞっとした。たった今、七人がふぐ毒で殺されたばかりで、しかもコレラの予防薬だと欺《だま》されたとはいえ、運んできたのが自分だ。だが、ぞっとしたのはさざ波ほどの動揺もなかったことだ。

いつの間にか身も心も部隊の色に染めあげられている。

「おい、そこの庶務」

軍曹が声を張った。はっとして目をやる。いつの間にか軍曹は広四郎を睨みつけていた。

「ぼやっとしとらんで丸太運びをせんか」

「すみません」

広四郎が詫《わ》びている間にリュウは軍曹に一礼し、トラックに戻っていった。トラックが移動して、切り返すと地面に転がっている二本の丸太が見えた。すでに五本は運び去られたらしい。

ふとトラックの運転席に目をやった。ハンドルを握っているのは蔵本だ。降りてこなかっただけでなく、エンジンを切ろうともしなかった。切り返したあと、走りだした。リュウが広四郎に会釈をしたが、蔵本はまっすぐ前を見つめたまま、目もくれなかった。

戻ってきた特別班員が丸太のうち、一本の両足を抱えあげる。残った一本を見て、広四郎は思わず顔をしかめた。最初に降りてきたロシア人の大男だ。誰もが運びたくないのはわかる。

近づいたもののごつい革の半長靴を履いた足だけでも巨大で持ちあげられるか、さらには引きずっていけるかわからなかった。そうかといって手をこまねいて眺めているわけにもいかない。軍曹がじっと見つめている。

「一人じゃ無理ですよ」

声をかけてきたのは、若い特別班員だ。若いというより幼いといった方がいいのか。根こそぎ動員を考えると十八歳未満だろうが、もっと若そうだ。

「右足を持ってください。私は左足を持ちます。二人で引っぱっていきましょう」

「すまない。恩に着る」

先ほど丸太を引っぱっていった特別班員がすぐ先にいた。どうやら焼却棟のとなりにある建物に運びこむようだ。

いつの間に建てたんだろう、と思った。

鉄扉の前まで来ると左足を持っている若い特別班員が大声を発した。

「お願いします」

鉄扉が外側に向かって開かれる。そのままロシア人丸太を引っぱって中に入ったとたん、広四郎は目がちかちかし、鼻の奥まで押しよせてくる刺激臭——カルキ臭を百倍も濃縮した感じだ——に吐きそうになった。

見ると相方の若い特別班員は口をわずかに開いている。広四郎もすぐさま鼻から息を吸うのをやめ、口呼吸に切り替えた。だが、えぐみは舌の上、咽の奥へ広がった。

「こっちです」

鼻声でいって若い特別班員が右へ行く。並んで丸太の両足を持ち、ずるずると引きずっていった。

すぐ左側がプールになっている。見ると特別班員がプールの周りに散らばっていて二メートルほどもある棒で水を突いていた。軍服のままだが、防毒面に白のゴム手袋を着け、同じく白のゴム長靴を履いていた。

プールの水面を見て、息が詰まり、あわてて鼻から空気を吸いこんで悪臭と刺激臭にめまいがする。すぐ口呼吸に戻した。

水中にうつぶせになった丸太が浮いていた。背中に番号が殴り書きされたパジャマのような服を着て、足枷をつけたままだ。両手、両足を投げだし、かすかに揺れる水面を漂っている。一本や二本どころではなく、幅十メートル、長さ二十五メートルはありそうなプール全体に散らばっているのだ。よく見ると水中にはすでに沈んだ丸太の白い顔があった。

所定の場所まで運び、滑り台のようになっているところからロシア人丸太をプールに落とし、極力息を止めたまま、建物を出た。

それは始まりに過ぎなかった。七月も中旬を過ぎ、下旬に入っても丸太の処理をさせられた。トラックで運ばれてくることもあれば、立ち入りが禁止されているロ号棟から引きだされてくる丸太もあった。

予防注射だと偽って毒を打ち——毒の種類によるのだろうが、即死するとはかぎらず、中には十分、十五分と苦しむ丸太もいた——、消毒液を満たしたプールに運ぶ。プールに一昼夜漬けたあと、引きあげて焼却炉で焼いた。燃え残った骨はスコップで掻き集め、トラックに積む。トラックへの同乗を命じられる日もあった。トラックは松花江のすぐそばまで行き、燃え残った骨などの残骸を川面に捨てた。明らかに牛や馬とわかる動物の骨が混じっていたが、大半は人骨だ。

最初こそ驚いたが、二度目からは慣れていった。そのうち濡れタオルで鼻と口元を覆うようになった。二、三回プールに行けば、悪臭がしみこみ、交換しなくてはならなかった。十日も過ぎると悪臭よりもタオルを洗う面倒がまさり、タオルなしでプールに行っては丸太を投げ入れたり、運びだしたりするようになった。

そして月が変わった。

2

昭和二十年、八月も十一日となった。

俺、悪い夢でも見てるのかな——広四郎は胸の内でつぶやいた——石井閣下が汗をかいてる？

第七三一部隊敷地東側には、引き込み線が敷設されていて、プラットホームもあった。線路は南に七、八キロ行ったところにある平房駅まで伸び、そこから北へ転じ、ハルビン駅から南満洲鉄道に乗った。主に貨物線として利用されている。

プラットホームの端には給水塔が設けられ、石炭が山のように野積みされていた。その石炭山の頂上に軍医中将石井四郎部隊長が立っていた。

石井閣下は顔を拭った。容赦なく太陽が照りつけているのだから汗をかいても不思議はないのだが、故郷では伝説の人物であり、知らず知らずのうちに神様のように思っていたので、ごくふつうの人間と同じように汗をかいていると何となく裏切られたような気がした。連合艦隊司令長官山本五十六元帥国葬の新聞記事を見たときの気持ちに似ている。

それにしても閣下は相変わらずの偉丈夫だ。直《じか》に見るのは入隊した翌年の新年以来、二度目だが、百八十センチを超える長身に堂々たる体躯《たいく》には迫力があった。左足を踏みだして膝を曲げ、右足はまっすぐに突っ張っている。きっちりと軍服を着用し、軍帽を目深に被っている。まさに威容。見ている者のすべてを圧倒した。その胸が大きくふくれあがり、左右にはねた髭が持ちあがったかと思うと大音声が響きわたった。

「まず」

誰もが息を噤み、身じろぎもせずに閣下を凝視していた。

「我々が開発した兵器は、超絶の威力を誇っておる。世界中の何ものにも為《な》しえなかった偉業であること、そこには諸君のたゆまぬ努力が不可欠であったことを明言しておきたい。石井は心から礼をいう」

石炭山を囲む二百名ほどの隊員たちの間に感動のどよめきが起こった。ふたたび静まるのを待って閣下が言葉を継ぐ。

「どれほどの兵器であったか。それは……」閣下が右手を高々と挙げた。「この石井の手が知っておる。この大陸における長引く事変に終止符を打つだけでなく、人道にもとる米、英に対して痛撃を加え、帝国の戦況を一気にひっくり返す威力を秘めたるものとして、今となっては唯一の望みであると、陸軍大臣東条英機大将がこの手を握り、よろしく頼むと深々頭を下げたことでも明らかである」

閣下が目の前に右手を突きだし、肘を曲げて拳を握った。

「しかし、卑怯《ひきょう》千万にもソ連は、いやしくも国と国とが対等に結んだ条約を一方的に蹂躙《じゅうりん》し、この満洲に攻めこんできた。人士たるものの道にあらず……、といっても畜生にも劣る連中に理を説いてもおよそ人の言葉が通じるものではない」

閣下の右拳が震えていた。

「あと一歩である。寸暇があれば、超絶決戦兵器は完成する。そのため今はいったん引く。だが、大きく飛びあがるためには屈《かが》まなければならないのが道理で、捲土重来《けんどちょうらい》を果たすため、今はわずかに下がらざるをえない。まことに武運つたなきを嘆くよりほかはない」

右手を降ろした閣下がゆっくりと頭を巡らし、石炭山の周りに並び、直立不動の姿勢でいる隊員を見ていった。まるで一人ひとりの面差しを脳裏に刻みこもうとしているようだった。

くわっと目を見開く。

「ゆえに我が部隊の秘密は守らねばならない。守り抜かねばならない。超絶兵器であるだけに敵の手に渡ろうものなら我が帝国の存亡に……、よいか、直ちに帝国の存亡に関わってくる。以上のことを各人しかと肝に銘じた上で基地の始末をきっちりとつけ、また任務によって知り得た秘密は、ひと言も口外することなく、墓まで持っていけ。もし、万が一にも漏らすようなことがあれば、この石井、世界の果てまで、いや、地獄の底へまでも追っていって誅伐《ちゅうばつ》する」

閣下は言葉を切り、ふたたびゆっくりと一同を見まわし、意外にも慈愛に満ちた声音で告げた。

「よいな、今しばらくの辛抱だ」

いつの間にか空は分厚い雲に覆われ、雨が落ちはじめていた。雨の中、解散が命じられ、隊員たちはそれぞれの部署へ戻っていった。

閣下の訓示は胸に沁《し》みたし、ソ連が卑怯にも一方的に国と国との約束を踏みにじり、唐突に侵攻してきたことは隊員なら誰でも知っていた。そもそもロシア人はまったく信用ならないのだ。

だが、部隊の空気が比較的平穏なのには理由があった。基地から東へ六百キロ行ったところにあるソ連との国境には虎頭《ことう》砲台が守備についている。砲台には、陸軍最大の射程と威力を誇る四十一センチ砲をはじめ、大小さまざまな砲が据えられ、いざとなれば鉄道や橋梁《きょうりょう》などを一撃で粉砕し、ソ連軍の足を止めることがわかっているためだ。このためハルビンは北と東からの進撃は食い止められ、その間にゆうゆうと南——港のある大連や朝鮮半島——へ退却、否、転進できる。

それでものんびり構えている余裕はない。雨は次第に強まり、夕方には土砂降りとなったが、総務部に戻った広四郎は長年にわたって溜めこまれた書架の簿冊の表紙を外し、バラバラにして台車に載せ、焼却炉に運ぶ作業を命じられた。

中央廊下を動物舎まで進み、外に出て、ずぶ濡れになって焼却炉のある建物に運ぶ。炉の前には書類の束がうずたかく積みあげられていた。少年隊が総出で放りこむのだが、基地全体から集まってくる書類に焼却がまったく追いついていない。

書類焼却が進む一方、引き込み線のプラットホームには貨車が入っていて、トラックが横付けされていた。ホームからも積み込みを行っているのだが、反対側の扉も開放し、両側から同時に積みこんでいる。

何を積み出しているかはわからない。

作業は深夜になってもつづいた。日付が変わろうとする頃、広四郎は台車を押してきた須賀と出会った。須賀は雇員に焼却炉の前まで書類を運びこむよう命じて広四郎の前までやって来た。胸ポケットからタバコを取りだし、勧めてきた。広四郎は手を振って断る。

「ありがとうございます。でも、私は喫《す》いませんので」

「あ、そう。私も最近になって喫いはじめたんだけどね」

そういって一本くわえ、マッチで火を点けた。いつの間にか雨はやみ、満天に星が散らばっている。

煙を吐きだした須賀が空を見上げ、半ば独り言のようにいった。

「ノミが中止になったよ」

「そうですか」

部隊長の訓示を聞けば、無理もないだろうと思ったが、慰めの言葉は浮かばなかった。

須賀が煙を吐いて、話をつづけた。

「新型爆弾の話、聞いてるだろ？」

「ええ、昨日ラジオで聞きました」

広島にアメリカが新型爆弾を落としたといっていたが、内容は曖昧でよく理解できなかった。たとえ詳しい発表があったとしても大本営の話はどこまで信用していいかわからなくなっている。

「たった一発で十万人が死んだって話だ。三月に東京が空襲を受けたときにも十万人が焼き殺されたが、何百機ものB29が一晩中焼夷弾を落とした。だけど、今度のはたった一発だ」

広四郎は言葉を失った。

「まだ発表にはなっていないけど、一昨日長崎にも同じ爆弾が落とされた。これも一発でおそらく同じくらい人が死んでるだろう。悠長に風船にノミをぶら下げて飛ばしているようじゃ、もう間に合わないんだ」

その後もしばらく暗い話がつづいたが、須賀の部下が出てきたのを潮に話を切り上げ、ふたたび書類の焼却作業に戻った。その夜、宿舎に戻り、寝台に倒れこんだのは午前三時だが、翌朝の六時起床は変わらない。

給食棟で簡単な朝食を済ませ、総務部に出勤すると席にいた堀田が手を挙げた。机の前には若い男が二人立っている。

「おはようございます」

「ああ、おはよう。昨日はご苦労さん」堀田が若い二人を手で示す。「今日は少年隊から応援に来てもらった」

紹介され、広四郎と少年隊の若い二人がお互いに挨拶をする。堀田がつづけた。

「今日は三人でロ号棟の作業にあたってくれ」

「はい」

通称ロ号棟は丸太を収容している監獄棟だ。

そろって総務部を出ると中央廊下をロ号棟に向かった。少年隊の一人が不安そうにいう。

「自分たち、ロ号棟に入るのは初めてなんですよ」

一歩先を歩きながら広四郎は背を向けたまま答えた。

「まあ、行ってみりゃわかるよ」

平然と答えたが、見栄《みえ》を張ったに過ぎない。広四郎にしても入口の前は何度も通っていながら扉の奥へ入ったことはない。

監獄棟の入口前まで来た。かつては剣付き歩兵銃を持った衛兵が立ち、厳重に守られていた鉄扉が今朝は開けはなたれている。のぞきこむとこれまで丸太の輸送時に何度か顔を合わせている特別班の軍曹が廊下の真ん中で仁王立ちになっていた。

広四郎は申告した。

「総務部庶務係三名、参りました」

「二階へ行け」

そっけなく命じた軍曹がすぐ後ろの階段を手で示した。三人は一礼し、コンクリート打ちされた階段を上った。踊り場でぐるりと方向転換したところで、思わず足が止まった。後ろからついてきた二人も同じだ。

ちょうど一人の兵士が背中を向け、階段を降りようとしている。右肩越しに後ろをうかがい、両腕には裸足の足を抱えていた。足の裏は汚れ、足枷がかちゃかちゃ音を立てる。慎重に一段ずつ降りてくる兵士を避け、壁際に寄った。顔を背けていたものの首筋を見れば、若いことはわかった。おそらく少年隊員だろう。

階段の途中ですれ違おうとしたとき、降りてきた少年隊員が引っぱっている丸太の後頭部が階段の縁から落ち、うつろな音をたてたので何となく目をやった。相手は丸太だし、顔を見れば、死んでいることはわかった。死んでしまえば、痛いも痒いもない。いつの間にか何も感じなくなっていた。

後ろからついてくる二人に目をやった。どちらも目を向けているが、まったく表情がない。十四、五歳なのだろうが、すっかり年寄りのように見える。ロ号棟に足を踏みいれるのは初めてといっていたが、生死に関わらず丸太は飽きるほど見てきたに違いない。

二階に上がるとまたしても特別班の隊員が廊下の真ん中に立っていた。今度は上等兵だ。

「総務部庶務課三名、参りました」

「そこ」上等兵が後ろをふり返り、廊下の左側を指した。「二番目の扉だ。中にいる者の指示に従うように」

「はい」

廊下の両側には扉が五つずつあった。いずれも開けはなたれている。手前の両側の部屋には机が放置され、椅子が転がっていた。指示された二番目の扉から部屋に入ろうとしてぎょっとした。

あお向けになった男が大きく見開いた目で広四郎を見つめている。顔が歪《ゆが》み、食いしばった歯を剝きだしにしていた。青白い顔をして、唇がどす黒い。

脅かしやがる——胸の内で毒づいた——死んでるくせに。

大きな目を広四郎に向けている丸太の腰から真横に足が生えていた。まばたきして、見直す。

丸太に丸太が重なり、手足がでたらめに突きでている。二重、三重、四重……、それ以上のようだ。死体の間から見えた白い手が見えない何かをつかもうとしているように、あるいは引っ掻こうとしているように指を曲げている。あまりの禍々《まがまが》しさに顔をしかめてしまう。

死体の上に死体、それが部屋一杯に重なっていて、窓際に向かってうずたかくなっている。鉄格子のはまった窓は全開になっていた。ガラスが真っ赤になっているのが目についたが、不思議な塗装をするものだと思った。

「ご苦労さん、手伝いだな」

奥から声をかけられ、目をやった。太った、短軀の男がにこにこしながらこちらを見ていた。襟章は紫地に銀星が五つ、広四郎と同じく雇員だ。

「総務部庶務課から来ました。三名です」

「ガスを使ったのは昨夜《ゆうべ》だ。もうすっかり換気してあるから安心してくれ」

毒ガスを使ってこの房にいた丸太すべてを殺したということだろう。チャンバーのガラスにぶつかってきた丸太の顔が脳裏を過《よぎ》っていく。あのときいっしょにいた篠原も今は亡《な》い。

「とりあえず一人あて一本ずつ運びだしてくれ。そのままじゃ、この房にも入れんでな」

「わかりました。どこまで運べばいいのですか」

短軀の男が窓の外、下を指す。

「獄舎のわきに溝を掘ってある。そこへ放りこんでくれ」

「了解しました」

広四郎は最初に目が合って脅かしてきた一本を廊下へ引っぱり出し、先ほど少年隊員がやっていたように両腕に丸太の足を片方ずつ持った。あとの二人もそれぞれ一本ずつ引っぱる。階段では丸太の頭が鈍い音を立ててぶつかったが、気にはならなかった。

何もかもすっかり馴れてしまっている。

丸太が窓に向かってうずたかくなっていたのは、おそらく毒ガスを吸った苦しさに外の空気を求めたのだろう。しかし、窓は施錠されていたし、鉄格子がはまっている。せめてガラスを打ち破れれば、と思いかけ、ガラスが真っ赤になっていた理由がわかった。鉄格子の間から手を入れ、何とか割ろうと殴るか、蹴るか、爪を立てるかした結果だ。窓に向かうほど死体の数が多くなっているのは、少しでも近づこうとしたからに違いない。

入口付近に丸太が重なっているのも同じ理由だ。折りかさなる丸太の間からのぞいていた白い手の指がかぎ爪のように曲がっていたのは、鉄扉の内側を引っ掻いていた名残《なごり》なのだろう。

階段を降り、廊下についている血跡らしき汚れを頼りに開けはなたれている鉄扉から外へ出る。空気を吸いこんで、ようやく獄舎に立ちこめていた悪臭に気がついた。死は身近にありすぎて、死臭すら感じなくなっていた。

溝はまだ掘っている途中らしく、現場で指揮を執る伍長の命令で雑草がまだらになっている地面に丸太を置き、二階に戻った。

二度目に運び終え、戻ったときには窓の鉄格子も窓枠も外されていた。短軀の男がいう。

「いちいち引っぱっていったんじゃ効率が悪い。ここから放り投げてくれ」

いっしょに来た少年隊員二人が組になり、広四郎は短軀の男が別の房から呼んできた初老の雇員といっしょに作業をすることになった。短軀の男は窓から顔を出し、下で穴掘りをしている者たちに声をかける役をになった。

広四郎が両腕、初老の雇員が足を持つ。窓の高さまで引きあげたところで、短軀の男が窓から身を乗りだし、下に向かって大声で告げた。

「投下するぞ」

広四郎も初老の雇員もろくに下を見ることなく、反動をつけて丸太を放り投げた。すでに死後硬直しているので、丸太は空中にあっても驚いたような目を宙に据え、手足をおかしな恰好にねじ曲げたまま、視界から消えた。

ふっと笑いそうになった。ほんの一瞬宙に浮かんだ死体の恰好はそれほどおかしかった。

少し遅れて地面を打つ鈍い音が聞こえてきたときには、次の丸太にかかっていた。丸太はでたらめに積み重なっていたため、今度は広四郎が手を持つことになった。幾分ひんやりした手首をつかんで持ちあげる。

丸太たちは重かった。食事は充分以上に与えられていた。細菌にしろ、毒物にしろ、健康な身体にどのように作用するかを観察しなくてはならなかったからだ。もちろん羨ましいとは思わない。

二階の窓からぽんぽん投げ捨てる方式に切り替えてから効率が上がり、三時間ほどで折りかさなっていた丸太を片づけることができた。一階に降り、外に出ると溝はとっくに掘り終えていたようで丸太もあらかた溝に入れられていた。

そこへドラム缶を積んだトラックがやって来て、溝のわきに並べていく。溝を囲んでいた少年隊員たちが指揮官の指示に従ってドラム缶の中身を積み重なった丸太たちにかけていった。

「重油だ」いつの間に降りてきたのか短軀の男がすぐ後ろに立って汗を拭っている。「油は血の一滴だが、この際しようがない。焼却炉は書類を焼くので手一杯だからな」

丸太たちに次々火が放たれ、猛烈な火炎が噴きあがり、黒煙が立ちのぼった。溝の深さは二メートル近くあり、長さはロ号棟の三分の二ほどもある。火がついたところで波形トタンが被せられた。

「昼飯にしよう」

短軀の男がいい、食堂棟に行った。死体を運び、重油をかけて燃やす作業をしたあとでも腹が減れば飯を食う。手早く掻きこみ、食堂棟わきの芝生に座ったり、寝転んだりして休憩したあと、午後は引き込み線のプラットホームで貨物の積み込み作業を命じられた。ロ号棟わきの溝からは黒煙が延々と立ちのぼりつづけていて、まだ数時間はかかるといわれたからだ。

飛行場からは二度飛行機が飛びたっていったが、やって来た飛行機はなかった。

陽が西に傾いた頃、丸太の焼却がほぼ終わったと告げられ、骨や足枷を拾う作業を行った。まだ熱を持っている骨をかますに詰め、一杯になったところで口をしっかり閉じてトラックの荷台に積みあげた。おそらく松花江へ運んで捨てるのだろう。足枷は一箇所に積みあげていった。

すべての作業が終わったときには真っ暗になっていて、広四郎は少年隊員二人とともに総務部に戻った。堀田に報告を済ませると少年隊員はその場で帰ってよいといわれた。総務部にほかの部員の姿はない。

椅子の背に躰をあずけた堀田がタバコをくわえ、マッチで火を点ける。煙を吐き、しばらく宙を見つめていたが、足元に置いてあったカバンを机の上に置いた。医者が往診の際に持ち歩くような革製の黒いカバン。見覚えがあった。篠原が新型毒薬を実験する際に使っていた。

くわえたタバコから立ちのぼる煙に目を細めた堀田がいった。

「これを持って、明日は林口《りんこう》の支部に行ってもらう」

「はい」

広四郎の返事にうなずいた堀田はタバコを灰皿で押しつぶし、煙を吐きだしてつづけた。

「現況を説明しておこう」

3

今朝早く、総務部わきの会議室に二十人ほどが集められた。総務部員もいれば、憲兵、軍医もいた。

前に立った堀田が全員を見わたして声を張った。

「特別命令を下す。ここに集まった諸君は五班に分かれ、これより我が部隊の支部、すなわち牡丹江《ぼたんこう》、林口、孫呉《そんご》、海拉爾《ハイラル》、大連に向けて出発する」

次いで懐から折りたたんだ命令書を取りだし、読みあげはじめる。支部の名とそこへ行く者の氏名が告げられていった。

昨夜、新型毒薬の入ったカバンを机の上に置いたまま、堀田が説明してくれたところによれば、二ヵ月ほど前、牡丹江で満人の男が憲兵隊に捕まり、尋問の結果、ソ連の工作員であることが判明したという。その男がしきりに接触していたのが林口支部の支部長、副長、庶務課長の三人らしい。

『うちの部隊は狙われている。昨日、部隊長の訓示にもあったように世界有数の破壊力を持つ兵器の開発に成功しているからな。ソ連は喉から手が出るほど欲しがっている。それで林口の連中に接触してきたんだろう』

林口支部長は内地に妻子があるということだが、現地に満人の愛人がいて、その愛人が関東軍憲兵隊防諜部の内通者でもあるという。情報はそこから入ってきたらしい。また三人そろってソ連極東軍がポストを用意しており、戦争が終われば、助命するだけでなく、支部長は佐官、副長と庶務課長は尉官として迎え入れられることになっている。

『そんなことはない、と俺は見てるがね。だが、今や軍には統率もへったくれもあったもんじゃない』

それだけに自決用といって青酸カリをぽんと置いてきただけでは、すんなりカタが付くとは考えにくい。

堀田が椅子の背に躰を預けたまま、目をすぼめた。

『そこで、だ。我が部隊は証拠隠滅と敵の侵攻を遅らせるため、飼育中のPネズミをすべて逃がすことにしたと告げる。Pが猛威をふるうのは確実なので、支部の監部将校には予防薬を服用してもらわなければならないと説明しろ。あとは篠原に教えられた手順通りに進めればいい。それこそ穂月、お前の腕の見せ所だ。わかっていると思うが、お前自身が服んでみせるという点が大事だ』

それだけ切羽詰まっているという証拠にほかならない。数ヵ月前ならソ連工作員と親しく接していることが判明した段階で憲兵隊は三人を拘束し、内地に送還しただろう。しかし、すでにソ連が侵攻してきた今となっては、敵中に逃亡されても、あるいは憲兵隊が捕縛し、処刑しても崩れかけている士気が一気に崩壊しかねない。

広四郎は、昨夜告げられた通り林口へ行くことになったが、同行するのは須賀軍医大尉と田《た》代《しろ》という憲兵だ。田代という名は初めて聞いた。

命令書を折りたたんだ堀田が顔を上げる。

「任務は二つだ。一つは書類等の焼却処分が完了しているかを確認すること、もう一つは幹部用に自決用兵器、青酸カリのアンプル二十本ずつを届けることだ。以上」

各支部に行く五つの班はそれぞれ三名で構成されるが、大連のみ支部の規模が大きいため、五名とされた。

命令受領後、全員そろってバスでハルビン駅まで行き、それぞれ目的地に行く列車に乗りこんだ。広四郎、須賀、田代の三人はまず牡丹江駅まで東行した。そこで牡丹江支部担当と分かれたはずだが、別行動なので顔を合わせることはなく、北へ向かう便に乗り換えた。

三人が乗りこんだ列車は、林口を経由して巨大砲台のある虎頭を終着駅としていた。

牡丹江駅を出発してほどなく列車は山間部に入った。満洲に来てからというもの、地平線まで広がる畑ばかりを見てきた広四郎には珍しい景色だったが、任務のことを考えると心は躍らなかった。

網棚に黒いカバンを載せていた。中には、新型毒薬、中和剤、紙コップ百個、白衣、マスク、防疫と記した腕章などが入れてある。

列車は山間部を抜け、窓外には見渡すかぎりの畑が広がった。作物は大豆が主で、一面緑の葉が広がっている。

「やっぱり凄いよなぁ」

窓側に座っている須賀が嘆声を漏らした。今朝、命令受領の際、軍医としては須賀が同行すると聞かされたとき、これも一つの縁——それも腐れの方——かと思った。

「そうですね」

向かい側の座席には平服姿の田代が座っていた。年の頃は三十前後で、髪を伸ばし、背広を着用していた。諜報活動に従事する憲兵がふだんからそういう恰好をしていることは知っていた。会議室を出ようとしたとき、堀田がそっと耳打ちしてくれた。広四郎の工作がうまくいかなかった場合、その場で田代が林口の幹部三名を射殺する、と。

軍が容赦なく事態に対処しようとしていることにぞっとしたものの、少し気が楽になった。任務完了を田代が見届けたあと、三人はふたたび列車で林口から牡丹江に戻る。到着はおそらく夜半になるだろうと田代がいった。

明日の正午には牡丹江支部に堀田が来て広四郎たちと合流する予定で、その後は、堀田の指示に従うことになっている。

田代が顔を上げ、ソフト帽を持ちあげて頭を掻いた。大きな欠伸《あくび》をする。丸い童顔で、人の好さそうな小さな目をした男だ。諜報憲兵だからといって触れれば切れる剃刀《かみそり》のような顔をしていたのでは隠密を旨とする諜報という仕事はできないのかも知れない。

「道のりも半分は来ましたかね」窓の外を見やった田代がいい、立ちあがった。「失礼して用を足してきます」

広四郎と須賀がうなずき返すと田代が通路を便所のある方に向かって歩きだした。座席は三分の一ほどが埋まっているに過ぎない。逆方向であれば、通路も出入口前も人が押し合いへし合いしているだろう。ソ連が攻めてきているのにわざわざ北へ向かうのは、よほどの重大事を抱えている者たちに違いなかった。

「荷物を下ろしておきます。ガラス器具もあるんで、抱えていた方が安心できます」

広四郎は立ちあがり、網棚に置いた黒いカバンを取り、席に座って膝に置いた。直後、天井がいっせいに爆発し、破片が勢いよく傍らを通りすぎた。思わず通路をふり返って、口元に手を当てた。

たった今、席を立って後方の便所に向かった田代が倒れている。正確にいえば、田代の残骸が散らばっていた。頭部は見当たらず、右腕、右足が胴体から千切れていた。車内のそこここで悲鳴が起き、たちまち充満する。

次いで前方で大きな爆発音がして、須賀ともども前方に投げだされた。広四郎は直立した前方の座席にしたたかに顔を打ちつけた。首がぐきっといやな音を立てたが、カバンの把手《とって》はしっかり握って離さなかった。

「あれ」

向かいの座席に手をついて躰を支えた須賀が窓の外を指さす。

黒い鳥のような影がゆっくりと旋回していく。日光がきらりと反射し、主翼の赤い星が見えた。

ソ連軍の戦闘機……。

汽車の速度はどんどんと遅くなる。それで前方から聞こえてきた大きな爆発音は機関車がやられたからだと察しがついた。

見る見るうちに向きを変えた戦闘機がふたたび突っこんでくる。主翼辺りにオレンジ色の炎がちらちらしたように見えた直後、ふたたび車内に爆発が起こった。戦闘機の放った機関砲弾がひとつ前の車輌を撃ちぬいたようだ。

右へ左へさかんに首を振った須賀がいう。

「一機だけのようだ」

「降りましょう」

乗客の数が少なかったことが幸いした。広四郎たちはソ連機が抜けていったのとは逆側の扉から外に出ることができた。背後で爆音がする。広四郎は須賀の手を引っぱって、とりあえず客車の下へ潜りこんだ。

脱出した乗客たちのうち、大半が大豆畑に向かって駆けだしていた。

戻ってきた戦闘機が畑の中を走る乗客たちに向かって銃弾を放つ。土煙が噴きあがり、何も見えなくなった。


ソ連の戦闘機はたった一機だったが、これがしつこかった。二度目には横から銃撃し、畑の中を逃げだした乗客を撃ち殺してから前方にまわって正面から車体に沿って銃弾を撃ちこんでいったのである。そこで弾が切れたのか、ようやく離れていった。

「近くに友軍はいないようだねぇ」

車輪の間から空を見上げて須賀がいう。広四郎も同調した。

「小銃弾の一発も撃ち返さなかったです」

「どうして敵戦闘機が単機で攻撃をしかけてきたのかな」

「さあ」

広四郎にはわかろうはずもない。

爆音が遠ざかり、辺りが静まりかえるまで車体の下で首を縮めていた広四郎と須賀はのそのそと這いだした。周囲を見渡す。地平線までつづく大豆畑には畝が整然と並び、葉が生い茂っている。ふり返って客車を見た。二度目に正面から銃撃を受けたとき、車台に重い金属を打ちつけ合う不気味な轟音《ごうおん》が耳を聾《ろう》したものの弾丸が貫いて届くことはなかった。しかし、客車はどれも屋根が落ちこみ、窓ガラスはすべて砕け散っている。

周囲を見まわしたが、動く者はない。それで機関車を見ようということになった。機関車を見るなり須賀が絶句する。

「これは……」

前部の蒸気機関は裂け、黒い鉄がべろりと開いている。運転台は蒸気機関の爆発によって押しつぶされており、ずたずたにされた貯炭庫からは石炭がこぼれ落ちている。

須賀が進行方向を見て、ふり返り、今まで走ってきた線路に目をやった。何を考えているかは見当がついた。須賀が広四郎を見る。

「ここって、どの辺りかな」

広四郎は首を振った。

「全然わかりません」

須賀が腕時計を見た。

「出発してから二時間近い」須賀が腕時計を見ていった。「撃たれて、汽車が止まって三十分くらいになる」

「そうですか」

「牡丹江を出るとき、駅員に訊ねたんだけど、林口まで約百キロ、汽車なら三時間弱といってた。襲われるまでに汽車が一時間半ほど走ってることになるから、おおよそ半分は来てると思う」

広四郎はうなずいた。

「そうですね」

須賀がふたたび進行方向に目を向けた。

「選択肢は三つある。ここにとどまって友軍が探しに来るのを待つか、林口に向かうか、牡丹江に戻るか」

「どちらに向かっても距離はさほど変わりませんが、戻るとなれば、さっき抜けてきた山を越えなくちゃなりませんね」

あえて任務について口にしなかった。

須賀が空を仰いだ。

「汽車の到着が遅れれば、友軍が偵察機を飛ばしてくるんじゃないか。あるいは邀撃《ようげき》の戦闘機か」

「満洲に来てから友軍の戦闘機を見たことはありません。大尉殿はご覧になりましたか」

須賀が首を振る。

「関東軍が見かけ倒しになっちまったのは、あんたも知ってるだろ」

「ええ」

「だからソ連の戦闘機が一機でのこのこやって来たんだ。こっちの反撃がないのを見越して。そこへ間抜けな汽車が通りかかった。行きがけの駄賃とばかりありったけの弾を撃ちこんでいった」

広四郎は周囲を見まわした。見渡すかぎり畑が広がっていて、遠くに家が見えたが、畑で作業をしている人の姿はまったく見えなかった。須賀にならって空を見上げていった。

「この辺りには何にもありませんね。汽車はお手頃な的です」

「そうだね」須賀が舌打ちする。「しょうがない。歩くか」

「どっちに？」

「林口に向かおう。任務は林口支部へ行けというものだし」

平坦《へいたん》な畑を歩く方がまだ少し楽そうだ。腕時計を見た。すでに午後三時になろうとしている。夏場とはいえ、五十キロを歩くとなれば、林口に着く頃にはすっかり日が暮れているに違いない。

「途中で集落でもあれば、役場の電話か電信が使えるんじゃないか」

「そうですね」

線路沿いを歩きだしたとたん、須賀が大きく舌打ちして吐きすてた。

「畜生、喉が渇いてきた」


真冬には頭の芯まで凍りそうなほど冷えるというのに、真夏は容赦なく太陽が照りつけ、気温は体温を超えることさえある。一時間も歩くと、須賀も広四郎も口を開け、舌をだらりと吐きだして歩きつづけた。

線路わきを歩くのは、また気まぐれにやって来るかも知れないソ連軍戦闘機に見つかる恐れがあったが、逆に友軍の偵察機か、林口駅から来る汽車か偵察隊に出会う可能性もあった。どちらも口にしなかったが、線路を外れ、だだっ広い畑に踏みこんでいくのはやはり怖かった。

だらしなく舌を出し、はあはあいうのを止められない。次第に頭がぼうっとしてきた。歩きだしてほどなくどちらもお喋りをやめていた。

ふいに須賀が駆けだし、線路わきの法面《のりめん》を下っていく。途中で足を滑らせ、尻餅をついたもののそのままずるずる滑っていった。

須賀が目指す先に川が流れている。

広四郎もすぐに追いかけた。それほど大きな川ではないし、濁っていたが、水というだけでまさに天佑《てんゆう》だ。須賀が服を着たまま、川にじゃぶじゃぶ入っていく。広四郎は岸に黒カバンを置き、その上に腕時計を外して載せた。だが、半長靴を脱ぐほど待ってはいられない。

川岸を蹴って、一歩、二歩、三歩と大股で水しぶきを蹴立て、頭から飛びこむ。火照った躰に冷たい水が気持ちいい。起きあがり、川に立った。水深は膝までもなかった。両手ですくい、泥が沈むのを待って飲む。川の水をそのまま飲むなど子供の頃以来だ。まさに干天の慈雨、ひび割れ、縮んでいた体中の細胞が一気にふくれあがるように感じた。

ようやく満足して、両手をだらりと垂らし、大きく息を吐いた。

すぐそばに立ち、両手ですくった水を見ていた須賀が微苦笑を浮かべて広四郎を見た。

「こんなときこそ部隊長発明の浄水筒が欲しいね」

「そうですね」

ハルビンに来て、防疫給水部に入る前に受けた講義で真っ先にいわれたのが、川の水をそのままに飲む危険性についてだ。コレラ、赤痢をはじめ、あらゆる病原菌が混じっている可能性がある。

須賀のいう浄水筒とは、長さ三十センチ、直径十センチほどの陶製で、部隊長の発明による。天辺《てっぺん》から泥水を注ぐと下部の給水栓から出るときには透明な水となっており、泥や砂だけでなく、病原菌さえも除去するとして前線部隊には不可欠の装備となっていた。

講義で教えられ、実物も見せられたが、これまで使ったことはなかった。

須賀が笑みを見せる。

「とりあえず今は生きのびることだ。腹を下したら、そのときに考えればいい……、というか、それしかない」

「そうですね」

須賀が岸に置いた黒いカバンを見ている。

「水筒なんか持ってないだろうね」

「空き瓶が一つだけ。三百シーシーくらい入れられますが」

第二薬と称して飲ませるただの水を入れておく広口瓶だ。

「小さいが……」須賀がうなずく。「まあ、何もないよりはましか」

そのとき広四郎は、対岸に白シャツに紺色のもんぺ姿の少女が立っているのを見た。十歳くらいに見える。

俺、幻でも見てるのか。

須賀が眉間にしわを刻んだ。

「どうした？」

やがて広四郎の視線を追って、対岸に目を向けた須賀も棒立ちになった。周囲に大人の姿は見当たらない。

ふいに少女が身をひるがえし、茂みに飛びこもうとする。

「待て」

声をかけながら須賀が水しぶきを上げ、追いはじめる。いったん岸に戻った広四郎は黒いカバンと腕時計をひっつかみ、須賀につづいて川を渡りはじめた。

川の真ん中では少し水が深くなったが、それでも太腿の半ばくらいだ。川から飛びだした須賀が少女の姿が見えなくなった茂みに向かって突進する。

広四郎も夢中であとを追った。

4

川を渡り、反対側の岸に上がった広四郎は藪《やぶ》を掻き分けて進んでいく須賀の背を追っていた。少女の姿はまるで見えない。

だが、しばらく進んだところで須賀が突然足を止めた。追いつき、並んだ広四郎は太い木の根元に座っている人々を見た。さきほどの少女も混じっている。

真ん中に禿《は》げ頭の痩せた老人が座っていた。白い顔が緊張しているのは隠しようもなかった。老人のすぐ後ろに寝かされているのは老婆で、少女はすぐそばでしゃがんでいた。ほかに赤ん坊を抱いた若い母親と寄り添う四、五歳くらいの男児、ほかに七、八歳くらいの男の子と女の子がいた。

「八人だね」

須賀の言葉にうなずいた。須賀はその場に立ったまま、両手を開き、手のひらを見せて声をかけた。

「我々は関東軍防疫給水部の者です。実はこの先の牡丹江寄りのところで我々の乗っていた列車が敵戦闘機の攻撃を受けて、九死に一生を得て脱出してきました。皆さんは、この辺りの方ですか」

「いえ」中心に座っている老人が口を切った。「儂らは虎頭から来た開拓団の生き残りです」

「生き残りって？」

須賀が驚いたように訊き返す。

老人が張りつめた表情のままうなずいた。

「集落を脱出するときには八十二名おりましたが、ここまでたどり着いたのは、ご覧の通り八人です」

「虎頭といわれましたが、大要塞があるところですよね。まさか」

「いえ、大丈夫です。大口径砲は計画通り橋や道路、鉄道を破壊してソ連軍を足止めしています。ただ要塞の守備隊から指示がありました。とにかく敵が大軍なので、開拓団はいったん避難せよ、と。それで脱出してきたのですが」

老人の顔が歪んだ。須賀と広四郎は、ふたたび老人が口を開くのを待った。老人が絞りだすように言葉を継いだ。

「匪賊どもです。満人か、漢人かはわかりませんが、先々月くらいから好き勝手をするようになりまして、儂らの集落もたびたび襲われました」

老人のいた集落からは国境の向こう側がよく見えたという。五月以降、ソ連軍の戦車やら大砲、トラックが急激に増え、兵隊の数も倍増どころか十倍くらいになったという。

虎頭砲台は従来通り警戒監視をつづけていたが、関東軍の守備隊が増強される気配はなかったという。

無理もない、と広四郎は思った。七十万兵力とうたわれた関東軍だったが、昨年半ば以降、次々に主力部隊が引き抜かれ、今年に入ってからはほとんど張り子の虎に陥っていた。あまりの兵力不足に今月に入って根こそぎ動員をかけたものの、まともな小銃すらそろわず竹槍《たけやり》が渡されているという話を聞いた。

　とても虎頭周辺に守備隊を配置する余裕などないだろう。それをいいことに漢人、満人たちの匪賊が夜な夜な襲撃してくるようになったというわけだ。

　老人がさらに顔を歪め、憤怒の形相となって吐きすてる。

「何が五族協和か。あいつらはかっぱらいと人殺しばかりだ」

　満洲帝国で暮らす大和《やまと》民族、韓《かん》民族、満洲民族、蒙古民族、漢民族の五民族が互いの文化、風習の違いを乗りこえ、協調して大いに繁栄していこうとする建国時の政策で、それぞれの民族衣装——なぜか日本人だけは三つ揃《ぞろ》いの背広姿だったが——に身を包んだ五人の男が満洲国の旗を振り、跳ねるような足取りで行進する戯画は、広四郎も新聞などで目にしていた。

　老人の話を聞いていると関東軍の威光が届いていたのも虎頭要塞周辺だけで、あとの広大な土地は文字通りの無法地帯だとわかる。ハルビンにしても埠頭区あたりでは昼間は日本軍の憲兵隊や満洲警察が睨みを利かせているものの、街並みが闇に沈むと満人や国民党、八路軍の特務員、そのほかヤクザじみた連中が好き勝手にしているともっぱらの噂だった。

　ふたたび老人が話しはじめた。彼らが入植したのは大要塞のある虎頭山の南側だったという。

「儂の家は山深い信州の小さな集落で代々小作をやっておりました。総本家が地主……、といっても田んぼなんか一町歩か二町歩か、たかが知れとって」

　うちと同じだ——広四郎は胸の内でつぶやいた。

「それを子へ、孫へと分けていきました。まさにたわけです。それぞれ次、三男が小作になって、それより遠い者は春先とか秋口とかの忙しいときに駆りだされて、何とか食っておったんです」

まるで自分の一族の話を聞かされているような気分になってくる。

「田んぼになりそうな地所は全部開墾しつくして、あとはそば、粟《あわ》、稗《ひえ》なんかこさえておりました。山って山はどこも段々畑や田んぼにして、それが天辺までいって、川べりも崖っぷちまで全部田んぼか畑です。それでも食えなくなったとき、役場で満洲に行けば、一家あて五十町歩もらえるといわれたんです」

老人が目をしょぼしょぼさせる。

「それでも知らん土地ですからな。すぐそばには露助がおるとも聞いておりました。だけど、関東軍七十万が守ってくれるから大丈夫、大船に乗った気でいろといわれて」

老人が首を振った。

「頭から信じたわけではありませんでしたが、もうどこにも行きようがなかった。その話にすがるしかなかったんです。それでも嘘ではありませんでした。儂の家も五十町歩もらいました。それに土が肥えてて、肥料なんか要らなくて、それでも大豆なんかびっくりするくらい大量に穫《と》れました。それに開拓といわれましたが、こっちに来てみたら、もう全部きれいな畑になってるんです。聞けば、南から来た漢人たちが畑を作ったらしいんですが、寒さが我慢できなくて土地を捨てて出ていったというんです」

老人は目を上げ、うかがうように須賀を、次いで広四郎を見た。

「信じませんでしたよ。信じられるもんですか。百姓が畑を捨てていくなんて。あなた方も見たでしょう。見渡すかぎり畑だ。一家あて五十町歩どころか、百町歩でも、まだあまりが出そうだった。たしかに平らで広い土地です。それでも切りひらくのは並大抵ではなかったでしょう。寒さくらい屁でもない。どの百姓もオンドルといって、床下にかまどの煙を這わせるような仕掛けのある立派な石の家を建てておりました。オンドルはあったかいんです。どんなに寒い日でもかまどに火さえあれば、ぽかぽかしておりました」

老人が大きく息を吐いた。肩が落ち、躰がしぼんだように見えた。

「でも、鉄砲向けられたら逆らえません。とくに百姓は。百姓は畑も家も守る。守れんときは逃げるしかない。そこだけは五族、皆、変わりませんでした」

周囲に座りこんでいる女、子供を見まわして須賀が訊いた。

「ご家族ですか」

「いや」老人は首を振った。「儂には三人倅がおりました。二人は兵隊に取られて、長男が残りましたが、ここまで来る間に長男も、儂の嬶《かかあ》も、孫たちも殺されてしまいました」

「臥《ふ》せっておられるのは？」

「同じ集落から来ました。血のつながりはないが、集落の者たちは皆同じ時期に入植しましたし、何かと力を合わせて生き抜いてきましたから家族も同じです。今では信州にいる親族よりずっと濃いと感じます」

全員がバラバラというわけではなく、女と抱かれている赤ん坊、女のそばにぴたりと寄り添っている男児は親子、男女の子供は兄妹《きょうだい》だという。老人、最初に川べりで見つけた少女、ひどい下痢をして一歩も歩けなくなって寝ている老婆の三人は家族がいないらしい。

老人があらためて須賀と広四郎を見た。

「汽車に乗って来られたということでしたが、どちらから？」

「ハルビンです」

「どちらへ向かわれるんですか」

「林口へ行こうとしておりました」

「それはいけません」

ふいに老人の語気が鋭くなり、須賀と広四郎はまばたきした。

「何か……」

「儂らは林口から逃げてきたのです。実は、林口に入るまでにも匪賊に襲われたのですが、それでも昨日までは六十人はおりました。それがこんな人数になってしまって」

「何があったんです？」

「ソ連です。昨夜遅くにソ連軍が侵攻してきて、町をめちゃくちゃにしました。あいつらは恐ろしい。情け容赦ない。いや、人間ですらない。獣《けだもの》ですよ。機関銃を持った獣です。軍人だろうが、民間人だろうが、内地の人間も満人もおかまいない。殺して、殺して、殺しまくった。女たちは子供から婆さんまで……」

言葉を切った老人がまたため息を吐き、付けくわえた。

「林口という名前の町はもうどこにもありません」

須賀が唸った。広四郎も唇をへの字にして老人を見つめている。老人が足元を見て、ぼそぼそといった。

「ダメですなぁ、いろいろ。帝国はお終《しま》いでしょう」

帝国というのが満洲を指すのか、それとも……。

老人の視線の先には、握り拳ほどの黒い鉄の塊が三つ転がっていた。陸軍経験のある広四郎には馴染みの品、手榴弾《しゅりゅうだん》だ。三発とも点火栓の安全ピンが抜かれている。

「生きのびたところで、儂らはどこへ行けばいいのか。周りは匪賊がうようよしている。後ろから露助が迫ってくる。誰も助けには来ない。いや、もう日本人はいないでしょう」

手榴弾は安全ピンを抜いたあと、点火栓を岩や鉄兜《てつかぶと》に叩きつけて内部に押しこむ。内蔵されている火薬が、ちょうどマッチを擦るように火花を散らし、火薬に点火、鋳鉄製の容器を破裂させる仕組みだ。容器は鋭い破片となって周囲にある物をずたずたに切り刻む。ただし、柔らかいものだけで、戦車などには歯が立たない。

「せめて皆でいっしょに死のうと輪になって、集落を出るときに区長から渡された手榴弾を大きな石に叩きつけたんです。儂がやりました。だけど三発とも不発でした」

老人の口振りは淡々としていたが、安全ピンを抜き、点火栓を石に叩きつけるときの恐怖を思わずにいられなかった。老人だけでなく、周囲で見ている人たちも同じような恐怖を感じていただろう。

だが、恐怖にまさる深い絶望があった。集落を出て以来、匪賊に襲われ、昨夜はソ連兵に襲われた。男は皆殺しにされ、女は犯されたあとに殺された。撃たれたか、切り刻まれたか、そうした光景をくり返し見せつけられてきた。

これで楽になれると思えば、恐怖に打ち克《か》つこともできた。ところが、空振りだった。それも三度。

王道楽土の、五族協和のといわれ、満洲に渡ってきた。五十町歩といえば、一、二町歩の田畑を親族、縁者で分け合って何十年も生きのびてきた水呑《みずのみ》百姓にしてみれば、目もくらむほどの広さだ。しかし、そこは漢人、満人たちが開墾した土地だった。木々を切り倒し、地中深く縦横に伸びた根を掘り起こし、均《なら》して、耕して、水を引いて、気が遠くなるほどの重労働の末にようやく畑とした。

諦めることに馴れている百姓が唯一執着するのが農地だ。それは広四郎にしても同じなのだ。長兄は父祖代々受けついできた小作の権利――畑そのものですらない――にしがみつき、小作人にもなれなかった次兄、広四郎はほかに行きようもなく軍隊に入った。

畑への執着は、漢人だろうと満人、蒙古人だろうと変わらない。匪賊などではなく、畑への執着が恨みに転じた百姓たちだ。

その瞬間、丸太が何者だったか理解した。彼らはたしかに反日分子には違いない。しかし、その中身は鉄砲で畑を追われた百姓だ。丸太ではなく、自分と同じ百姓たちを広四郎は殺しつづけてきたのだ。

今、目の前にいるのは、満洲に来て、ソ連国境の向こう側を眺めながら暮らしてきた人たちだ。土地を追われ、仲間を殺されながら逃げてきた人たちだ。頼みの綱の関東軍は張り子の虎になっていた。

何度裏切られるのか。

絶望して、五体がバラバラになる恐怖さえも乗りこえた末、手榴弾の不発という形でまたしても裏切られた。

帝国はお終いだと老人はいった。そのとき広四郎の脳裏を過っていったのは、階段に後頭部を打ちつけ、鈍い音を響かせた丸太を見つめていた少年隊員たちの表情を失った顔だ。少年隊員たち一人ひとりや広四郎自身が胸の内に築いていた誇り高き大日本帝国が跡形もなく崩れ去っていた。

ただの人でなし、だ。

「お婆ちゃんが」

少女の叫び声に広四郎は我に返った。老人も須賀も、ほかの人たちも皆少女に目を向けた。

「息してない」

「そうか」老人はゆっくりとうなずいて答えた。「わかった」

ふたたび老人は須賀と広四郎に顔を向け、交互に見るとおずおずと切りだした。

「ところで、ご相談があるのですが」

「何でしょう」

「手榴弾の余分をお持ちじゃありませんか。残りは七人となりましたが、できれば、最期くらい皆でそろって逝きたいもので」

「いや……」

須賀が腕を組み、首を振っていいかけるのを広四郎はさえぎるように口を開いた。

「手榴弾ではありませんが、一つだけ、方法があります」

老人の耳元でささやいた。黙って聞いていた老人がうなずくと広四郎は黒いカバンのところへ戻り、一同に背を向けてしゃがんだ。須賀を含む全員の視線を背中に感じながら広四郎は中和剤のアンプルを取り、ガラスの首を折った。中身を一気に飲みほす。強烈なえぐみでほおの内側がしわしわになった気がする。食道から胃袋へ落ち、拒絶しようとする胃袋が中身を押しあげて来る。奥歯を食いしばって抑えこむ。

『中和剤を服んだからといって、完全に青酸ガスの発生を止められるとはかぎらない』

篠原の声が脳裏を過っていく。

そのときは死ぬ、それだけだ。

新型毒薬は空気に触れると分解して、毒性を失ってしまうため、保存のためにはアンプルに入れておかなくてはならない。金属製の薬品ケースにはアンプルが二十本入っていた。林口支部の標的は三名だったが、予備として持ってきたのだ。

開拓民の生き残りは七名で、そのうちの一人は赤ん坊だ。赤ん坊に服ませる方法を思いつかなかった。新型毒薬を口に入れたときの刺激は凄まじい。致死量は少ないだろうが、果たして服ませられるかはわからない。

須賀に嘘を吐《つ》いていたことがある。茶色のガラス瓶に入れた蒸留水五百シーシーも用意してあった。新型毒薬を規定値に薄めるのに必要だからだ。原液のままでは、いくら舌を出させても口中に入れたとたん嘔吐してしまうと篠原から教わっていた。

どうかな、と思う。あと五分か十分、川が見つからなかったら飲んでいたかも知れないし、須賀の目を盗んで自分だけで飲みほしていた可能性もある。

広口瓶の目盛りを見ながら蒸留水を五十シーシー注ぎ、アンプル三本分の新型毒薬を入れた。注ぎ入れると同時に水と反応した毒が白く結晶する。ガラス棒でかき混ぜた。沈殿物は気にしなくてもいいといわれていた。毒素は水にしっかり溶けこんでいる。

調合を終え、広口瓶を地面に置いた。紙コップを七個取りだす。やはり赤ん坊に服ませるのは無理と諦めた。母親が服み、効果が現れたあとで考えればいい。考えるまでもなく、方法は三つだ。赤ん坊を処置するか、ここに放置していくか、連れていくか。

ままよ——広四郎は胸の内につぶやき、防疫の腕章を左腕に通し、広口瓶、ピペット、紙コップ七つを手にして立ちあがった。第二薬のトリックは必要ないと考えていた。新型毒薬が効くまでに一分もあれば、全員が服むだろう。

広口瓶を持ちあげ、全員を見渡して告げた。

「川から生水を飲んだ人は、伝染病にかかる恐れがあります。ペスト、コレラ、赤痢、ありとあらゆる病気のばい菌がうようよしているのです。そこで今日はこの予防薬を服んでもらいます。私も先ほど川の水を飲みましたので、皆さんといっしょに同じ薬を服みます」

紙コップを並べ、広口瓶から五シーシーずつ正確に測って紙コップに注いでいった。

「では、紙コップを取ってください」

まず老人が取るとほかの者も次々コップを取った。最後に残った一個を広四郎が取りあげる。

「非常に刺激が強い薬です。苦いというか、辛いというか、でも、我慢して服んでください。ただし、歯を溶かす恐れがありますのでこのように舌を出して……」舌を出し、下の前歯にかぶせるようにしてみせる。「歯を保護してください」

須賀が目をまん丸に開いて広四郎を凝視していた。

舌を下の前歯にかぶせるようにして紙コップを呷った。新型毒薬の溶液が一気に咽の奥へ放りこまれる。

顔をしかめた。演技は必要なかった。二度目だが、馴れることはない。

「このように服んでください。ひえぇ、苦い」

まず老人が服んだ。赤ん坊を抱いた母親が服み、息子が真似をする。少女と兄妹が服んだ。全員が噎せ、呻いた。

老人は予防薬ではないことを知っていた。

ひょっとしたら誰も予防薬などではないと思っていたのかも知れない。だが、ためらう者はなかった。

五分後、新型毒薬を服んだ全員が倒れていた。赤ん坊を抱いた母親だけが、苦しげに息をしている。母親の執念が毒の効きさえ凌駕《りょうが》しているのかも知れない。

須賀が近づき、母親の前にしゃがんだ。母親はすがるような目を須賀に向ける。うなずいた須賀が赤ん坊の首筋にそっと手をあてた。首を絞めているようには見えなかった。だが、すぐに赤ん坊は動かなくなった。

母親は安心したように頬笑み、須賀に小さく頭を下げると目をつぶった。

広四郎はその場に膝をつき、したたかに吐いた。できるだけ早く胃を空っぽにしろと篠原にいわれてはいたが、嘔吐はごく自然なものだった。

5

開拓団生き残りである八人の集団自決に手を貸してから半日、真夜中になっていた。

夜空いっぱいにちりばめられた無数の星を見上げているうちに広四郎は、自分が昇っているのか、落ちているのか、わからないような不思議な気分になってくる。流れ星が一つ、左から右へ突っ走り、白銀に輝く細い線となってすぐ消えた。流れ星の落ちていった先に、低く赤い三日月が浮かんでいる。

満洲に来てからのんびり夜空を眺めるなど初めて、と思いかけ、故郷にいるときにも何もしないで夜空を見上げていたことなどなかったと思いなおした。

夜明けに畑に出て、日が暮れて手元が見えなくなるまで働く毎日で、綿のようにくたくたになって、粗末な晩飯を掻きこんだあとは垢《あか》じみた夜具に寝転がると欲も得もなく、すとんと眠りに落ちた。

くわっ、とイビキが聞こえ、目をやる。すぐとなりで背を丸め、手枕をした須賀が眠りこんでいた。

須賀が歩きながら半ば独り言のようにいっていたのを思いだす。

『頸動脈《けいどうみゃく》だよ。赤ん坊だからね、首の後ろから手をあてて、親指と人差し指でつまむだけだ。力をいれる必要もなかった』

新型毒薬を服んだのに、赤ん坊が気にかかって死にきれずにいた母親の顔を広四郎も見ている。どうにかしてやらなくちゃと思いながらも動けずにいたとき、須賀が近づいて、赤ん坊に手を伸ばした。赤ん坊に変わった様子は見られなかったが、母親の眉間が緩み、次いで目をつぶったのはわかった。もう一人の子供は母親の右の脇腹に顔を突っこみ、動かなくなっていた。こちらは新型毒薬が効いたのだ。

藪を出て、歩きながら須賀がぼそぼそとつづけていた。

『脳に血液が回らなくなれば、すっと闇に落ちていくだけといわれている。大して苦しみはないともね。自分で経験したわけじゃないから本当のところはわからないけど』

たしかに赤ん坊はもがいたり、泣いたりしなかった。

『だから首吊り自殺するつもりなら、できるだけ細い紐がいい。気管が潰れて息ができなくなるんじゃなく、頸動脈を圧迫すれば楽に死ねる。細すぎちゃ、体重を支えきれなくて切れちゃうから論外だけどね』

冗談のつもりでもあったのだろう。喉の奥でくっくっくと笑った。

全員が動かなくなったあと、須賀は一人ひとりの首筋に触れ、脈がないことを確かめてまわった。登戸が開発した新型の毒薬だが、効き目が完璧とはいえないと広四郎が説明したからだ。毒を服んだ六人のうち、川べりで見かけた少女だけ脈があったようだが、弱々しかったので、もう少しすれば、息絶えるだろうと須賀がいった。もし、川べりで広四郎たちと出会わなければ、今夜も少女は生きていただろう。

だが、その先は……。

考えても詮ないことだ。

川まで戻ったところで、広四郎は新型毒薬の残ったアンプルの首をすべて折り、中身を川に捨てた。林口がソ連軍に占領されたならば、もう必要がない。証拠隠滅というより一刻も早く縁を切りたいという気持ちの方が強かった。

残っていた蒸留水を須賀に渡した。かまわないのかと目で訊いてきたのでうなずくと飲みほしたあと、川の水を汲んだ。広四郎は広口瓶をよく洗って、同じように水を汲んだ。黒いカバンに入っていた医療器具、白衣、マスク等々は歩きながら順次捨てていき、最後にカバンを川に捨てた。

わずかの間、流されていたが、ずいぶん離れたところで沈んでいった。

陽は傾いていたが、まだ明るさが残っているうちに汽車の残骸にたどり着いた。そのおかげで汽車の周りに散らばっている人影を相手より先に見つけることができた。手に手に小銃や青竜刀らしき湾曲した刀をもった連中が十数人、貨物車から物資を運びだしていた。客車からも男が二人出てきた。

友軍が調べに来たわけではないのはすぐにわかった。広四郎と須賀は線路わきの藪に身を隠し、周囲をうかがった。粗末な服を着た匪賊だ。あるいは元百姓かも知れないが、広四郎には区別がつかない。

匪賊の姿が見えなくなり、陽が沈んですっかり暗くなるまで藪の中に身を潜めていた。その間、話し合った結果、牡丹江に向かうのは変えないにしても線路の上を歩くのは危険だと意見が一致した。それでも線路から大きく離れるわけにいかない。牡丹江への道筋は線路をたどっていくしかない。線路の位置を確認しながら辺りに気を配って、慎重に進むことにした。

途中、腹が減ってどうしようもなくなり、畑に入って、収穫前の大豆を食べた。青臭くて、口がひん曲がりそうなほどえぐみが強かったが、空っぽの胃袋にはご馳走《ちそう》に違いなかった。畑を離れ、それほど歩かないうちに二人とも腹がぐるぐるしだした。生の大豆のせいか、川から生水を飲んだせいかはわからない。一人が用を足している間、もう一人が見張るなどと悠長なことをやっている余裕はなく、適当に藪に入っては尻を丸出しにして下痢便をひり出した。

線路を確認しながら歩いたが、どちらか一方が便意をもよおして藪に飛びこむともう一方も近くの藪でしゃがんだ。付き合ったわけではない。便意は絶え間なく尻の穴を刺激しつづけたのだ。

何度もくり返すうち、辺りが真っ暗になり、とりあえず休憩することにした。牡丹江まで五十キロほどとして、明日の昼までに部隊の支部にたどり着けばいい。何とかなるだろうと二人はうなずきあったが、ようは歩きつづけられなくなっただけだ。

線路から少し離れたところに雑木林を見つけ、縁に少し入りこんだところに潜りこんだ。広四郎は須賀に先に眠るようにいい、三時間ほどしたら起こすので交代しようと提案した。須賀が了承し、ごろりと横になったかと思うとたちまちイビキをかきはじめたという次第だ。

日が暮れ、夜が深まるに連れ、昼間の灼熱《しゃくねつ》が嘘のように冷えこんできた。夜まで蒸し暑い内地とは違う。涼しくなったのはよいとして、ヤブ蚊の活動が鈍くなるほどではないらしい。耳障りな音が聞こえるたび、広四郎はそっと手をあてて蚊をつぶした。勢いよくぴしゃりとやりたかったが、須賀を起こしては申し訳ない。

耳をそばだてていた。時おり蚊の羽音が聞こえる以外には、ちょろちょろと水の流れる音がしていた。近くに用水路が引かれているのかも知れない。

空は星でいっぱいでぼんやり明るかったものの、地上は真っ暗で鼻先に自分の手を持ってきても見ることはできなかった。赤い三日月が西の空に低く残っているだけだからだろう。

何もせずに空を眺めていると満洲に来てからのことがいろいろ思いだされてきた。かれこれ一年弱になる。もう一年かと思う半面、まだ一年しか経っていないという気もする。

戻れるのかな、と思った。

実家の周辺から石井部隊に行った人たち——その中には叔父もいた——は、出稼ぎだったたから一年か二年、たんまり稼いで故郷に錦を飾った。次兄は二年間軍隊で働き、国民の義務を果たして帰ってくるつもりだったろう。だが、訓練中の事故で死んでしまった。広四郎は二年の兵役を済ませ、帰郷している。

今回も石井部隊にいれば、再召集や徴用から逃れられるとしか考えていなかった。戦争はどうやらダメらしい。どのような形であれ、戦争が終われば、故郷に帰ることになるだろう。それからのことは、帰ってから考えればいい。

もし、次兄が生きていれば、広四郎は高等小学校を終えたら東京にでも出て働いていたかも知れない。

身の振り方は、一度実家に戻ってから考えるかと思いかけたとき、ふっと昼間出会った開拓団の人たちが浮かんだ。

あの人たちには帰る場所などあったのだろうか。広四郎たちと出会わなければ、今でも南に向かっていたに違いない。老婆はあそこで死んだだろうが、ほかの人たちは、どうなっていたか。とくに赤ん坊をふくめ、子供たちは……。

ふいに気がついた。

戦争に負ければ、日本が、ひいては故郷、つまり広四郎にも帰る場所がなくなってしまうということではないのか。


はっと目を開けた。

目の前に巨大な黒い物体がひくひく動いている。頭の中には灰色のもやが詰まっているようで何も考えられない。広四郎は目をしばたたき、うごめく黒い物体を凝視した。顔に熱い吐息がかかる。

犬……、いや、狼《おおかみ》？

目を見開く。いや、犬だ。今まで見たこともないようなでかい犬が広四郎の目の辺りの匂いをしきりに嗅いでいる。

ようやく頭の中の歯車が嚙み合い、回りはじめる。飛び退《の》こうとしたが、全身がしびれて動けなかった。

犬の下目蓋が持ちあがり、鼻の両わきにしわが寄ったかと思うと食いしばった、尖った牙がずらりと剝き出しになる。とりわけ犬歯が長く、三センチもありそうだ。低い唸り声が聞こえ、徐々に高まり、くわっと口を開けて、嚙みつこうとした刹那、ズボンのバンドほどもありそうな太い革の首輪が喉を絞め、犬の顔が遠ざかる。

ガシンと牙を嚙み合わせる音が聞こえ、悔しさを晴らすように大声で吠えたてた。

首輪につながる太いロープを握る節くれ立った手が見えた。直後、背後の草むらから見たこともない短機関銃が二挺《ちょう》突きだされる。さらに三挺、四挺と増えた。どれも円形の弾倉が取りつけてあった。

怒鳴り声が聞こえた。ロシア語のようだ。意味はわかった。

広四郎は両手を突き上げた。となりで須賀も手を上げているのが気配でわかる。たちまち十人ほどの草色の軍服を着た男たちが雑草を掻き分けて現れた。全員が短機関銃を構え、銃口は広四郎と須賀に向けられていた。どの男も瘦せて、背が低く、貧相だったが、顔立ちは満人には見えなかった。汚らしい髭面で顔全体が黒ずんでいるのは何日も風呂に入ってないからだろう。襟につけた徽章は赤地で星が二つ縫いつけてあった。

これがソ連兵なのか。

周辺を警戒、探索していた兵たちが戻ってきたのか、たちまち人数が二十人以上になった。

短機関銃の銃口が上がる。

広四郎と須賀はことさらゆっくりと立ちあがった。兵たちの指は引き金にかかったままだ。体中がざわざわとしていた。

犬はまだはっ、はっ、と荒い息を吐きながら広四郎を見ている。

身体検査をされ、軍服の内ポケットに入れてあった身分証と腕時計を取りあげられ、ほかには何も持っていないことを確かめられた。短機関銃に追いたてられ、線路わきを歩きだした。ロシア語はひと言もわからなかったが、銃口で小突かれれば、命じられていることは理解できる。

一時間も歩かぬうちに周囲が明るくなってきて、空気が均質な淡い群青に染まった。北に向かっているのは確かだが、右手にぼんやりと黒い影が見えてきたことではっきりした。

列車の残骸は放置されたままになっている。敵戦闘機の機銃掃射を受けて、まだ一日と経っていないのだから当たり前かも知れないが、喉の渇きに耐えかね、濁った川の水を飲んだあと、開拓団の生き残りと出会い、集団自決の手伝いをした。

もう一つわかったのは、真夜中まで歩いたつもりでも汽車の残骸からそれほど離れていなかったことだ。

広四郎は須賀と並び、うつむいてとぼとぼ歩きつづけた。半長靴が重い。そこへ雨が降ってきた。雨は軍服、下着、軍袴、褌にまで染みこんでくる。軍帽のつばから水滴がしたたりおちた。何より靴に染みこんで、ますます重くなったのには閉口したが、声を発することはできなかった。まわりにはソ連兵たちが肩にかけた短機関銃のかすかな金属音が満ちている。

二十名ほどといえば、小隊規模だろう。全員が短機関銃を所持している。帝国陸軍では兵には小銃が渡るだけでしかない。ソ連にはありあまるほど武器があるのか、それとも最前線に投入された特別な部隊なのか……。

どうでもいい。

濡れた地面を見つめながら肚の底で吐きすてる。だが、取り留めもない思いをもてあそんでいないと恐怖が湧きだしてくる。恐怖の根源には、くり返し叩きこまれた戦陣訓があった。

生きて俘虜《ふりょ》の辱めを受けることなかれ。

今は軍属の身だが、かつては帝国陸軍兵士だった。こうして俘虜になれば、軍人としては失格、否、日本人でさえなくなるということか。すっかり寝入っているところを襲われたとはいえ、間抜けさは責められるだろう。

どうするか。一か八か逃げだしてみるか。

視界の右側には、規則的に踏みだされる須賀の軍靴が見えていた。左側は線路だ。おそらく枕木の下に敷かれた砂利《じゃり》を踏んだ瞬間、撃たれるだろう。死ねば、「生きて俘虜の」の「生きて」の部分はなくなる。

丸い軍靴の爪先は泥にまみれていた。となりを歩く須賀の軍靴も同じだ。汚れているのは軍靴だけではなかった。軍服、軍袴のところどころに泥がこびりつき、躰の内側にまで染みこんでしまったような気がした。

逃げだす決心もつかないまま、ただ歩きつづけた。腕時計を盗られているので、どれほど時間が経ったのかはわからない。先を歩く小隊長らしき男が声をかけ、一行は線路を右に外れて、一軒の農家に入った。

庭先に十数人が座りこんでいるのを見て、ぎょっとする。いずれも日本兵だ。もちろん武装は解除され、短機関銃を持ったソ連兵がぐるりと囲んでいた。

そこで昼飯となった。農家が用意したものかソ連兵が作ったのかはわからなかったが、与えられたのは赤いコーリャン飯だ。昨日、生の大豆を食っただけで、しかもその後下痢をして腹の中身をすべて排出していたので、何であれ、火の通ったものを口にできるだけでありがたかった。それでもぼそぼそして、固く、味のないコーリャンは不味《まず》かった。

昼飯を終えるとふたたび歩きだすことになった。このとき日本兵は二つに分けられた。士官とそれ以外だ。それ以外のグループも階級順に列び、軍属である広四郎は最後尾となった。日が暮れようとしたとき、ふたたび農家に寄り、日本兵たちは納屋に入れられた。その後、またしてもコーリャン飯が出た。とりあえず糞、小便は納屋の隅に穴を掘り、そこで済ませることだけを決めた。

納屋の扉は閉められたが、不思議と鍵もかんぬきもなく、自由に開閉ができた。理由は翌朝、わかった。

納屋の壁は横長の板を張ってあっただけで、ところどころに隙間があった。そこから外の様子をうかがっていた三人がそっと扉を開け、抜けだしたのである。まだ夜は明けきっておらず、周囲はうす暗かった。また、納屋の周囲に人の気配もなかった。

広四郎は地面に寝転がったまま、薄目をあけて見ていた。おそらくほかの兵士たちも同じだったろう。

納屋を出た兵士たちは三方に分かれ、草むらに向かって駆けだした。

直後、あちこちから銃声が響いた。いずれも短機関銃を連射にしている。一人は背中を撃たれてのけぞって倒れ、もう一人は足を撃たれて転げまわった。最後の一人が何とか草むらに到達しようとしたとき、草の間から立ちあがったソ連兵が下から上へ掃射した。撃たれた日本兵はバンザイでもするように両手を上げ、血飛沫《ちしぶき》を上げてあお向けにひっくり返った。

ソ連兵たちが一斉に大笑いする。それから倒れた三人に向かっててんでに連射し、首がもげ、手足が千切れ、腹が裂けて、全身がバラバラになるまで撃ちつづけた。

短機関銃の性能を確かめるというより新しいオモチャで思う存分遊んでいるようにしか見え

なかった。

懲罰なのか朝飯はなく、何ごともなかったように二日目の行進が始まった。さすがに昼には空腹が耐えがたくなったが、これまでと同じように農家に入り、コーリャン飯が与えられた。そこでもまたソ連兵、日本兵の数が増えた。

夕方、大きな駅についた。駅名の表示板には林口とある。八月十五日になっていた。俘虜となり、初日の昼飯時に分けられて以降、須賀の顔を見ることはなかった。

第五章　再生《リボーン》

1

戦争が終わってまる二年、牡丹江の北でソ連軍に捕まった広四郎は、いまだシベリアの収容所で抑留生活をつづけていた。

昭和二十二年九月。

床にあぐらをかいた配膳当番が高さ二十センチもない台の上で炊事場から受けとってきたパンの固まりにナイフを入れていく。ナイフは古くて、所々錆び、刃がぼろぼろになっているので切るのに苦労するし、切り口もでこぼこ、ぼろぼろになる。

台を囲んでいる十九人の一人として、広四郎も息を詰め、配膳当番の手元をじっと見つめていた。

パンは幅十センチ、高さ十二、三センチほどで長さは二十五、六センチあった。上部がこんもりと盛りあがっていて、全体が焦げている。パンは二センチちょっとの幅で十等分され、次いで縦に真っ二つに切られる。そうしてできた二十切れのパンを当番が台上に並べる。当然、不揃いなのでぼろぼろのナイフで切ったために台上に落ちた切れ端や屑《くず》をパンの上に載せ、一つあたりの大きさが均等になるよう調整する。

すべてを終えたところで当番が周囲の男たちを見まわし、訊いた。

「よろしいか」

わずかの間、沈黙があったが、一人が台上を指さした。

「上段の右から三番目は、その斜め下、下段の右から四番目に比べると小さい」

別の男がいう。

「同じくらいだろう」

「いや、違う」

最初に指摘した男は譲らない。配膳当番が一同を見まわしたあと、下段右四番目に載せてあった欠片を四分の一ほどちぎって、上段右三番目に載せた。ふたたび訊いた。

「よろしいか」

全員がうなずいた。

配膳当番が右上から一つずつ取りあげては、自分のすぐ左に立っている男に渡した。受けとった男が飯盒《はんごう》の蓋に取りわけられたスープを一つとって、それぞれ自分用の寝台まで行き、腰を下ろしてさっそく食べはじめた。部屋には二段ベッドが十台入っていた。

朝食の配分は毎朝だが、すんなり終わることはほとんどなく、たいてい誰かがいちゃもんをつける。ときには言い争いが高じて取っ組み合いになることもあったが、この頃はめっきり減った。配膳当番が上手に切り分けるようになったのと、喧嘩をするほど体力がなくなってきたからだ。

広四郎もパンを受けとり、飯盒の蓋のスープを手にして自分用の寝台に行った。上段なので、まずは寝台にパンとスープを置き、それから躰を引きあげた。

パンを少しかじる。二、三度噛むと歯の間にかみ切れない藁《わら》の破片のようなものを感じる。小石でもないかぎり吐きださず咀嚼《そしゃく》して嚥みくだすようにしていた。畑の雑草をろくに抜かず、そのまま刈り取って、脱穀もいい加減なのでパンには草の破片が混じっていた。小石が入っていることも珍しくない。パンは塩気がきつい上、酸っぱかった。

牡丹江の北側で須賀とともに拘束され、林口までの約百キロを歩かされたのだが、あのとき、紙一重でソ連軍の手を逃れられたことはあとから知った。

昭和二十年八月十三日、ソ連軍の牡丹江攻略部隊が迫っていたが、日本軍守備隊が牡丹江北側の丘陵地帯——汽車で林口に向かいながら山越えは満洲に来て初めてだなどとのどかに思っていた辺り——に陣地を築き、頑強に抵抗していたのだ。翌々日の八月十五日には新京の司令部に停戦命令が届いたものの激戦のさなかにあった牡丹江守備隊には受け容《い》れる余裕などなく、十六日まで牡丹江を守り、その間に多数の民間人を南へ退避させ、守備隊の大半が退却できた。十三日の時点で広四郎と須賀は、牡丹江守備隊の陣地まであと数キロというところまで近づいていたのである。

ソ連戦闘機の銃撃を受け、機関車が破壊されたあと、牡丹江へ戻る途を選択していれば、虎頭要塞の麓から脱出してきた開拓団の生き残りと出会うこともなく、難なく日本軍守備隊に合流できていただろう。

いくら思い返そうと過去は変えられない——広四郎は不味いパンを嚥みくだした。

林口で貨車に乗せられ、運ばれた先にはロシア語の看板が並んでいたので、てっきりソ連との国境を越えたのだと思った。しかし、北端とはいえ、まだ満洲、黒河だったのだ。

降ろされてから二週間、次々に駅に運びこまれる物資を貨車に積みこむ作業をさせられた。食糧品が主で、ほかには衣類、梱包《こんぽう》された機械などもあった。日本軍が溜めこんでいた物資で、日本に送りかえすと通訳はいったが、列車は北へ向かった。何のことはない火事場泥棒の手伝いをさせられたに過ぎない。

物資の搬出を終えたところで、初めて帰国《ダモイ》といわれた。たった二週間だったが、はい《ダー》、いいえ《ニィエット》、ダモイの三つは理解できるようになっていた。そうして有蓋貨車に乗せられた。

一輛の前半分には短機関銃を持った監視兵が乗り、ストーブが据えられ、薪《まき》が天井まで積みあげられていた。後ろ半分が捕虜用だが、そこは上下二段に分かれ、一段あたり十人ずつ詰めこまれた。壁を背にして向かいあって座り、ようやく肩幅ほどのスペースができる。上下に仕切られているので、立ちあがることはできず、用便の際に移動するのに中腰になるのが精一杯だった。用便も床に設けられた穴から垂れながすか、四斗樽《しとだる》に溜めるしかなかった。寝るときは、頭と足を互い違いにして横になったものの、寝返りどころか、身じろぎもできなかった。

それでもようやく日本に帰れるとなれば、何もかも我慢できた。最初の三日間は扉は厳重に施錠され、あとは小さな窓が夜間だけ開けられるようになった。移動にも二週間がかかった。

停車した貨車の扉が開けられると目の前に水平線が広がっていた。捕虜たちは我先に飛びだし、喚声をあげて水辺へ走った。水をすくいあげ、口にふくんで塩辛くないことに愕然とした。想像を絶するほど巨大だが、湖だった。

監視兵はずっとにやにやしていた。捕虜たちをまんまと欺したことがよほど嬉しかったに違いない。

九月に入ったとはいえ、彼岸まで十日ほどあった。だが、夏服のまま風に吹かれるとガタガ夕震えが来た。最初に命じられたのは、木造の小屋を作る作業だ。基礎を作り、柱を立て、壁と床を張って、二段ベッドを作るうち、収容所建設をさせられているのがわかった。冬服や防寒着が支給されたのはようやく十月下旬になってからだ。ありがたかったが、冬を越すという意味だと思うと気持ちは沈んだ。

　そして十一月、十二月と数千人単位の日本兵捕虜が運びこまれてきた。中には民間人もいたようだが、ソ連兵はお構いなしだ。しつこく抗議すれば、宿舎の裏へ引っぱって行かれ、あっさり射殺された。地面に転がった死体にソ連兵が手を触れることはない。捕虜たちのところへ来て、片づけていいと許可するだけだ。

　最初のうちこそ、誰かが死んだ夜には通夜らしきこともやったが、やがて冬が来て、栄養失調と凍死が相次ぐようになると凍りついた地面が掘れないこともあって地面に転がし、雪を被せるだけになった。そのため夜半に狼か野犬がやって来て掘り返し、屍体《したい》を食い散らかすようになった。顔をしかめたのも最初だけですぐに馴れてしまった。

　死者の着ているものや所持品を奪うのは、当初は深夜皆が寝静まってからだったが、動物にずたずたにされるくらいならと外に出す前に剝ぎ取るようになった。それもだんだん早い者勝ちの様相を呈するようになり、死ぬ、もしくは少々息が残っていても確実に死ぬとわかれば、その場で寄ってたかって素っ裸にした。

　最初の冬は三人に一人の割合で死んだ。ソ連軍が支給した防寒着は零下三十度まで耐えられるといわれたが、四十度までは作業は続行、五十度まで下がってようやく休止となった。

　広四郎たちに命じられたのは周囲の巨木を伐り倒して湖のそばまで運んでくる仕事だ。斧《おの》を半分ほど打ちこんだところで、反対側から大鋸《おが》で伐り倒す。急斜面に足を踏んばっての作業だし、半年以上に及ぶ冬の間は極寒となる。

零下三十度以下のときに素手で金属に触れると瞬時にして凍りついてしまう。斧や鋸《のこぎり》なら火のついた薪を持ってきて金属の方を温めてやれば離せたが、レールや貨車の扉の取っ手などにうっかり触れれば、温めようはない。皮膚が剝がれるのを覚悟で無理矢理引きはがすしかなかった。

たった一度だが、目撃した。指がレールにくっついてしまった男だった。野太い気合いをかけ、手を引っ張った。レールの方に真っ黒な指が残った。黒ずんでいるのは、すでに凍傷によって壊死している証拠だが、痛みは凍らない。男は絶叫した。

下痢をした者はたいてい死んだ。広四郎が最初の冬を生きのびたのは、胃腸が丈夫だったおかげだ。二度目の冬は、斜面で作業中、足を滑らせて転び、その上に巨木が落ちてきて腰を傷めたおかげで長らえることができた。痛い思いをしたが、診察の結果、治療を受けながら軽作業に就くよう命じられた。

そして間もなく三度目の冬が来る。栄養状態はどんどん悪くなっている。それでなくとも乏しい食糧ゆえ、朝食用のパンの配分に誰もが血まなこになるのだ。

これまで広四郎は一度もパンの大小を指摘したことはない。それだけでなく、極力目立たぬようにしてきた。監視兵には逆らわなかったし、捕虜仲間とも争いはしなかった。

作業はきつく、監視兵の気まぐれに振りまわされる。どちらも怖かったが、もっとも怖いのは捕虜仲間の密告だ。収容所の規則を破ったり、作業で手を抜けば、監視兵に連行される。どこへ連れていかれるのか、誰も知らない。いったん連れだされると二度と戻ってこないからだ。

作業がらみだけでなく、思想教育もあった。共産主義について講義があり、ほんのわずかでも批判的な態度、不服従の姿勢が見えれば、やはり監視兵にどこへともなく連れていかれる。言葉尻をとらえられ、密告された仲間が何人もいた。いや、そうした状況下では誰も仲間とはいえなかった。

七三一部隊は細菌を兵器として使ったため、部隊員だと露見すれば、連行の対象となるという噂も聞いていた。モスクワに連れていかれ、拷問のあげく、戦犯として処刑されるというのだ。広四郎の身分証では、所属部隊は新京にあった関東軍本部となっていた。部署は総務部庶務課で、当初の尋問で日々雑用をしていた、いわゆる雑役夫だと答えるとそれきり咎《とが》めはなかった。

しかし、油断はならない。収容所には数千人がいる。ハルビン、さらに七三一部隊にいた者がいないともかぎらない。たまに須賀はどうしているだろうと思うことはあった。林口の手前で将校とそれ以外に分けられて以来、会っていないし、消息を知っている者はまわりにはいなかった。もちろん知っている者がいるかなどと訊いてまわることもしない。自分で自分の首を絞めるようなものだ。同じ理由で堀田や蔵本についても訊こうとはしなかった。

酸っぱいパンを食べ、塩辛いだけのスープを飲んでしまえば、あっけなく朝食は終わる。広四郎は最後に飯盒の蓋を嘗めてきれいにした。

二年前のあの日、初めてソ連兵を目の当たりにしたとき、広四郎は彼らがチビで痩せており、貧相だと思った。一人や二人ではなく、そこにいた小隊規模の全員がそうだった。満洲で見てきた白系ロシア人は、いずれも白人で背が高く、恰幅《かっぷく》がよかった。男だけでなく、女にしても同じ。

体格がよいのは満人たちも負けなかった。背も高く、力も強かった。初めてソ連兵を見たとき、日本人の百姓とあまり変わらないと感じた。むしろ顔色は悪く、何か悪い病気を抱えているのではないかと思ったほどだ。

収容所に来てから共産主義に関する教育で、過去数千年にわたって貴族階級が貧しい百姓たちの食い物を巻きあげ——搾取という言葉をここで知った——、自分たちだけがうまいものを食ってきた結果が白系ロシア人と、目の前にいるソ連兵との体格差だといわれた。なるほど収容所にいるソ連兵たちはいずれも貧弱で、顔色が悪く、歯がぼろぼろになっていた。

そうした貧相な兵隊が丸い弾倉のついた短機関銃——日本人の間ではマンドリンというあだ名で通っていた——を吊って歩きまわっている。搾取されていた百姓たちが肥え太った貴族階級を打ち倒し、主役に躍りでたのが大正六年に起こったロシア革命だという。自分の生まれた翌年なのですんなり憶えた。

そしてロシア革命の指導者の一人にして、もっとも偉大なのがスターリン大元帥閣下だというのが教育の主旋律だった。スターリン閣下、万歳といえば、ソ連軍、ひいては共産党の受けがよくなり、待遇が激変する。温かくやわらかなベッドで寝られ、美味《おい》しい食事が与えられた。

共産主義に同調する者は、捕虜の中で指導的な立場となり、同胞たちを見くだし、断罪する。彼らがしているのは単なる密告で、暴力に裏打ちされた権力をもっているのはソ連兵だが、殴られ、蹴られ、殺される側の恨みは密告者に向かった。マンドリンの前では捕虜の声など簡単にかき消されてしまうからだ。

広四郎は、共産主義にさしたる抵抗を感じなかったが、同調もしなかった。なぜか。

虚《うつ》ろだったからだ。石井部隊長の訓示があった翌日、基地に残っていた数百本の丸太を処分したときに二階から引きずり降ろされていた丸太の後頭部が階段の角に衝突して鈍い音を立てたとき、いっしょにいた少年隊員たちの無表情がまるで変わらなかったのをよく憶えている。十四、五歳だったはずだが、ずっと年寄りに見えた。おそらく自分も同じような顔をしていたのだと想像した。

満洲帝国が潰れ、大日本帝国が崩壊したとき、同時に少年隊員や広四郎自身の内にあった帝国も崩れてしまった。残ったのは、何もない荒れ野だ。さえぎるもののない虚ろな場であれば、どんな風もただ吹き抜けていく。

共産主義教育にさして抵抗を感じなかったのは、帰るべき場所がもはやどこにもないからでしかない。今日一日を何とかやり過ごす。明日も同じ。重労働の俘虜生活がいつまでつづくかわからない。絶望を乗り切る方法は、今日を何とかやり過ごすことでしかなかった。また冬が来る。零下三十度、四十度の日々が来る。

来年の春まで生き残れるかはわからない。その先への希望はない代わり、死は完璧な逃避、死んでしまえば、何もかも終わる。

そんな日々がつづく中、百名が帰国できるといわれ、発表された名簿に広四郎の名も入っていた。素直には信じられなかった。ダモイといわれて、黒河で貨車に詰めこまれ、二週間後に着いた先が現在の収容所なのだ。今ではシベリアのほぼ中央、バイカル湖——海だと大騒ぎして飛びこみ、水が塩辛くないとがっかりした——のそばでイルクーツク付近だということはわかっている。

一方で広四郎が拘束されたのは、日本が全面降伏する前であり、さらにソ連は九月三日まで戦争がつづいたとしている。軍属も戦時捕虜の適用を受けるのかわからなかったが、終戦前から重労働を課せられ、すでにまる二年が経過しているのだから優先的に帰されたとしても不合理ということはないだろう。

いずれにせよぬか喜びはあとの落胆が大きくなるだけだと自らを戒《いまし》めた。

発表があってから三日後、来たときと同じように二段構造の貨車に乗せられた。昼間は扉が施錠され、夜間にだけ小さな窓が開いたが、そこから夜空の星を見て、自分たちのいる場所や走っている方向をつかめる知識のある者はいなかった。

またしても何日もつづく大移動となった。日が経つほどに気温が少し高くなっているのを感じていたが、誰も口にしなかった。言葉にしたとたん、夢から覚めてしまいそうで怖かったのかも知れない。広四郎にしても同じことだ。

貨車に詰めこまれて十四日目、一人の男がついに口にした。

「どうやら南に向かっているようだな」

誰も答えようとしなかったが、男は気にする様子もなくつづけた。

「同志諸君のため、ここで一つ申しあげておきたいことがある。今回選ばれた百名はソ連の思想に共鳴していると見なされ、帰国後はその思想普及に役立つと期待されたためだ。そのことを忘れないで欲しい」

誰もが押し黙ったままだ。口を開かない理由が夢が弾けそうで怖いというほかにもう一つあった。喋っている男は、すべての収容所に配布され、壁に貼られている日本語新聞の通信員をしていた。それだけにソ連政府の受けがよかったが、逆に捕虜の間では密告屋と忌み嫌われていた。

「申しあげたいのは、貨車から降ろされたあと、帰国船に乗るまでに最後の講習と面接試験があるということだ。そこでスターリン大元帥閣下への感謝の念を心から申し述べることが肝心なんだ。これは同志諸君のためを思って申しあげていることを理解して欲しい。せっかくここまで来て、いよいよ日本へ、祖国へ帰れるという段になって、しくじらないでもらいたい。皆が皆、私と同じくらいスターリン大元帥閣下に感謝しているとは思わない。だけど、よく考えてくれ。ここにいる誰もが少なくとも二年もの間、あの苦しい収容所生活を生き抜いてきた。もし、最終試験に合格できなければ、まだ教育が足りないとして収容所に逆戻りになる。ここのところを考えるんだ。大事なのは、まず帰ることだろう。そこを思い起こして欲しい」

翌朝、貨車が止まり、閉ざされていた扉が開かれ、全員降りるように命令された。雑草の生えた操車場のようなところだが、間違いなく潮の香りがした。誰もが大きく息を吸いこみ、何度も匂いを確認した。潮の匂いを胸いっぱいに吸いこみ、今度こそ海のそばに来たと噛みしめるためだ。

だが、まだどの港に来たのかまではわからない。

全員が降りたあと、ソ連軍監視兵の動きが慌ただしくなった。何人もの兵士が走り寄ってきて、やがて将校もやって来た。

昨夜、大演説をぶった男が空っぽの貨車の中で横たわり、息絶えていたのである。広四郎はすぐそばで二人の日本人捕虜がささやき交わすのを聞き、背筋がぞっとするのをおぼえた。

「毒殺か。七三一でもいたかね」

「毒なら登戸だろう。七三一は伝染病の方だ」

その場を離れたかったが、動くに動けなかった。

貨車の中で死んでいた男がいった通り、到着してから講習があった。もっとも二日間だけで、三日目には試験と称して作文を書かされたが、これも講師をしている日本人が口頭でいう通りに書けば、事足りた。内容はスターリンに感謝し、寛大なる人格に感服したというものだったが、広四郎に抵抗はなかった。

その後、順番に面接を受けたが、一人あたりの時間はせいぜい五分程度でしかなく、所属と階級を確認されただけだという。

広四郎の番が来た。ドアをノックし、入れという答えを待って入室する。

「失礼します」

中には木製の机が一つあり、正面にソ連軍将校が座っていた。わきに通訳として作文を口述筆記させた、あの講師が座っている。将校の正面に置かれた椅子を示し、座るようにいわれたので椅子を引き、腰を下ろした。

顔を上げると将校と目が合った。珍しく金髪でブルーの瞳をしている。白系ロシア人を思わせるが、瘦身で頰が殺げ、鋭い眼光は酷薄そうに見えた。

将校が何かいったが、通訳は目を見開き、見つめ返しているだけだ。将校が広四郎をまっすぐに見たまま、怒鳴った。何をいっているかはわからなかったが、通訳を叱りつけたのはわかった。

通訳が顔を歪め、広四郎に目を向けていった。

「お前は第七三一部隊にいたな？」

2

最初の質問に答えられないまま、将校による尋問は打ち切りとなり、二人の兵士に別室へ連行された。しばらくして兵士をともなって戻った通訳が汽車の準備ができたと告げ、停車場まで連れてこられた。

広四郎は、胸の内で自問していた。青い目をしたソ連軍将校に七三一部隊の一員だと指摘されたとき、即刻否定すればよかったのか、と。

いやいや、かまをかけられたのかも知れない。最後の最後に七三一部隊員をあぶり出すために、時おり、もしくは全員に同じ質問をした可能性はある。

いや、違うと広四郎はまた胸の内でつぶやく。将校が質問を口にしたとき、目の前にいる通訳が目を剝き、しばらく絶句したあと、叱責されて広四郎に伝えてきた。ほかの誰かに同じことを訊いているならこの男が口も利けなくなるほど驚くことはなかったはずだ。

それに最初の質問だった。広四郎が椅子に座るなり訊いてきたのだ。

ならば、どこで、いつ、どのように露見したのか。湖のそばにあった収容所に二年いたが、七三一部隊について尋問を受けたことはなかった。身分証では新京本部勤務となっている。ずっとそれで通ってきたと思っていたが、勘違いだったのか。

わきに立つ通訳が首を振り、感心したようにいう。

「しかし、驚いたなぁ。本当に七三一だったとはねぇ」

「総務部庶務係……、早い話が雑役夫です。それよりロシア語、上手ですね」

通訳が苦笑する。

「僕は南満洲鉄道《まんてつ》に勤めてたんだ。いずれは独立してロシア人相手に商売をするつもりだった。こんなことのために勉強したわけじゃないんだけどね」

「勉強は満洲で？」

「東京外国語学校のロシア語科だよ」

リュウと名乗ったハルビン領事館通訳が脳裏を過《よぎ》る。

「私の知り合いにも外国語学校出の人がいましたよ」

「ロシア語をやってたのかい」

「いろいろ喋れました。ロシア語、満語、漢族の言葉をいくつか、それに英語とフランス語も日常会話くらいならできるっていってました」

「凄いね。今は？」

「わかりません」

広四郎は首を振った。

「いろいろあったものねぇ」

停車場に貨物列車が入っていたが、乗れとはいわれていない。有蓋貨車が一輛、最後尾につながれている。連結が終わると駅員が通訳に声をかけてきた。何をいっているのかはわからないが、準備完了とでもいったのだろう。どこからともなく先ほどの二人組の兵士がやってきた。

通訳が扉が開かれている貨車を手で示した。

「さあ、乗って」

「私専用車輛ですか。ずいぶん待遇がよくなったもんだ」

軽口をたたき、胸ほどの高さがある床に両手をかけて乗りこんだ。二人の兵士がつづき、最後に通訳を引っぱりあげる。

広四郎は貨車の中を見回した。古びてはいたが、きちんと掃除されている。兵士の一人が手振りをした。通訳が後ろから声をかける。

「壁際によれといってる」

広四郎はいわれた通りにした。兵士がしゃがみ込み、車輛の柱に鎖でつながれている足枷を広四郎の左足に着けた。金属音が響いて、鍵がかかる。兵士は二、三度引っぱって確認した。

もう一人の兵士が広四郎の足元にパンと水筒、木桶《きおけ》を置いた。パンは黒っぽく丸い。水筒には見覚えがある。日本兵が使っていたものだ。

二人の兵士は貨車から降りた。

「せいぜい一昼夜だからパンは一個で足りるだろう。水筒の中身は水だ。桶は……」

「わかります。糞小便用ですね」

「そう」

広四郎は左足を持ちあげ、足枷を指さした。

「自殺防止だよ。飛び降りられても困るんで。向こうですぐに外されるだろう」

「一昼夜ということは、元の収容所に戻されるわけじゃなさそうですね。ここはウラジオストックですか」

「ナホトカ、ウラジオよりももう少し東……」

通訳が顔をしかめ、後ろをふり返った。広四郎が声をかける。

「誰も聞いてませんし、私も誰にもいいません」

「まあ、そうだね。日本への帰国船は、ここナホトカから出る。君は本当にあと一歩というところまで来てた。残念だね」

「そうだったんですか、本当に残念ですね」

「それほど落胆しているようにも見えないが」

「いやいやがっかりしてますよ」

そういったものの、結局これでいいという思いがあった。足枷が丸太を思い起こさせたせいだ。広四郎の足枷には鍵穴があって、脱着できるようになっていた。丸太用の足枷は着けさせるときに金具にリベットを通して潰した。丸太の死体を始末するときには、足枷ががちゃがちゃ鳴ったものだ。

平房送りという言葉を知ったのがいつだったか、はっきりと憶えていない。少なくとも総務部に移ったときには意味がわかっていた。部隊内ではなく、ハルビン市民の間で使われていた言い回しだ。スパイ容疑をかけられ、憲兵隊に拘束されると平房送りだといわれた。正しくはスパイと確定し、死刑判決を受けたあと、平房、つまり七三一部隊に送られて実験材料の丸太にされる、ということだが……。

自分が足枷を着けられ、初めて丸太の恐怖と絶望を思った。卑怯だ。何もかもから目を背けていたのだ。彼らもまた人間で恐怖も絶望も感じること、ひょっとしたらスパイではないかも知れないこと、帝国陸軍兵士の命を救うための研究など嘘っぱちに過ぎないこと……、そうしたあらゆることからだ。そしてソ連軍に拘束されてから自分が七三一部隊にいた記憶さえ消すよう努めてきた。自分の命に関わるからだ。これまた卑怯くさい。そして拭いようのない恐怖がまとわりついていた。いつか必ず天罰がくだる、と。今、こうして足枷をつけられ、貨車に乗せられていると恐怖も不安もあったが、どこか安堵していた。

そう、これでいい。

顔を上げ、通訳を見た。

「先ほど一昼夜といわれましたが、私はどこへ行かされるのですか」

「ハバロフスク」通訳は目を伏せ、早口でいった。「第七三一部隊の関係者はそこに集められている」

「そこで……」

通訳が両手を胸の前に立てて、一つうなずいた。話はこれまで、というのだろう。

「おかしな言い回しだが、どうかご無事で」

「ありがとうございます。あなたも……」

名前を聞いていないことに気がついたが、通訳には教えるつもりがないらしく、くるりと背を向けると貨車から出ていった。扉を閉め、留め金をかける金属音が響く。高いところに窓が切ってあるので中が真っ暗になることはなかった。

広四郎は床に座り、とりあえず水筒を手に取った。蓋を外して、ひと口飲む。生ぬるい水は臭かった。

たった一昼夜で貨車が止まり、扉が開かれた。ハバロフスクの停車場はちゃんとホームがあるらしい。ソ連軍兵士が入ってきて、足枷の鍵を外しにかかる。

つづいて入ってきた男を見て、広四郎は目を見開いた。

「やあ、久しぶり。まる二年になるかな」

須賀が明るい笑みを浮かべていった。

三メートルほどの高さがある丸太をびっしり並べた塀は、収容所としてはお馴染みだ。同じ高さの木製の巨大な扉のわきに監視兵が詰めている小屋がある。短機関銃《マンドリン》を肩にかけた兵士が先導しているせいか、近づいただけで監視兵が出てきて、詰め所のすぐわきにある小さな扉を開けた。

ソ連兵同士が敬礼を交わし、広四郎と須賀は会釈をして中に入った。塀の内側には、鉄条網を張った杭《くい》が立ち並び、木造の収容棟群を囲んでいる。

出入口にもっとも近い小ぶりな収容棟に近づくと先を歩いていた兵士が足を止め、タバコをくわえて火を点けた。須賀がそのまま収容棟に近づき、ドアを開ける。鍵がかかっていないのにちょっと驚いた。

廊下になっていて、左側には窓、右側にはドアが三つ並んでいた。手前のドアをノックした須賀が返事も待たずに開けた。

「連れてきた」

「はい」

中はそれほど広くない部屋で、右側に机があり、立ちあがった男は軍服を着ていた。被服が充分そろわず誰もが軍服を着ているのだから珍しくはない。広四郎にしてもつぎだらけの軍服——軍属であっても階級章が違うだけで軍服に変わりはない——を着つづけている。

違和感をおぼえ、目を凝らす。男は四十年配に見えたが、襟には軍曹の階級章を……、階級章？　目をしばたたき、もう一度見直した。戦争が終わって二年になるというのに男の軍服はまったく戦時のままなのだ。もちろんソ連軍の制服ではない。

軍曹が奥へとつづくドアをノックし、中に入って、ドアをきちんと閉めた。すぐにドアが開いて顔を出し、声をかける。

「どうぞ」

須賀につづいて、部屋に入った広四郎は目を瞠《みは》った。床と壁は節くれ立った板張りで、かつて広四郎のいた収容所そのままだが、作り付けになった五台の二段寝棚ではなく、窓を背にした大きな机、その前に簡素で古ぼけてはいるものの長椅子が二つ、テーブルを挟んで置かれている。

机に向かっていた男が立ちあがった。すらりとした体軀で髪をきっちりと分けて撫でつけていた。軍服を着ているが、階級章はもちろんのこと、いかなる徽章もつけてはいない。机を回りこんだ男がにこやかに近づいてくると広四郎に声をかけた。

「穂月君だね。初めまして」

「あ……、お初にお目にかかります」

あわてて一礼したが、初めてではなかった。一度だけ顔を見ている。七三一部隊の基地飛行場で篠原とともに降りてきた参謀だ。

須賀が口を挟んだ。

「ご挨拶させていただくのは初めてですが、穂月さんは早瀬《はやせ》中佐殿のお姿を一度拝見しております。平房の飛行場です。あのとき穂月さんは登戸の技師を迎えに出ておりました。私もごいっしょさせていただいた、あの輸送機です」

「そうだったか。これは失礼した」

「いえ……」

言葉に詰まるうち、立ち話も何だからと座るように促され、広四郎は須賀と並んで座った。失礼しますと一礼して部屋を出て行く軍曹を広四郎は思わず目で追ってしまった。早瀬が笑いをふくんだ声でいった。

「頑固者でねぇ。帝国陸軍など消滅したんだといっても服装を変えようとしない。ソ連の連中も奴の気骨を認めてくれてね、とくに害があるわけでもないから見逃してくれている」

すぐにドアがノックされ、軍曹がきびきびと告げる。

「参りました」

「通せ」

早瀬が片手を上げて合図すると大柄な若い白人――おそらくはロシア人――が入ってきて早瀬のとなりにさっと腰を下ろした。

「紹介しよう」早瀬が右手で示した。「ソ連陸軍のラストボロフ大尉だ」

立ちあがるべきかと思ったが、とくに何もいわれなかったのでちょこんと頭を下げるだけで済ませた。早瀬がラストボロフに紹介する。ロシア語なので何をいっているのかわからなかったが、須賀、穂月の名は何とか聞きとれた。

早瀬が広四郎に目を向けた。

「イルクーツクにいたんだね」

「はい」

「君を探していたんだよ」

目を剝いてしまった。早瀬がつづけた。

「君のことは、須賀君から聞いた。知っていると思うが、シベリアには七十万人からの戦時捕虜がいてね。捕虜といっても民間人もずいぶん混じっているが。おかげで君を探しだすのにも骨が折れた」

「どうして私を……」

早瀬がてのひらを見せて広四郎を制し、組んでいた足を下ろして身を乗りだしてきた。

「君は、二年前の八月十一日にあった石井閣下の訓示を聞いているかね」

「はい」

ちらりとラストボロフを見やる。気にするなとでもいうように早瀬が首を振り、言葉を継いだ。

「閣下がおっしゃったことで間違いないのは、閣下が開発された兵器が戦争の帰趨《きすう》をひっくり返すどころか、地球人類すべてを滅ぼすほどの威力を秘めているという点だ」

早瀬がじっと見つめてきたが、何といえばいいのかわからず黙っていた。

「さて、先ほど君は私の従兵が階級章をつけているのを不思議そうに見ていた。なぜかな」

「それは……」

「とっくに戦争が終わっているのに、かな?」

「ええ……、はい、そうです」

早瀬が顔の前で手を振り、元のように背もたれに躰を預けて足を組んだ。

「違う違う。日本は戦争に負けた。それだけだ。つまり敗戦だ。しかし、終戦ではない。戦争は終わっていない。確かに日本はゲームから降りた。だからプレーヤーではない。ドイツもイタリアも負けたからプレーヤーではない。しかし、ほかの国はどうだ? アメリカは? イギリスは? そしてここにいるソ連は?」

広四郎は身じろぎもせず早瀬を見返している。階級章のみならず右肩に吊す黄金の紐――参謀肩章までが見えた気がした。生き生きとした目の光には、収容所で見てきた同胞たちの疲れきった様子はまったくない。

「戦争が終わったなどと間抜けに浮かれているのは、日本人だけさ。何が終戦か」

言葉を切り、探るように広四郎を見つめたあと、早瀬の表情が一転、笑顔になった。

「日本に帰りたいか」

「はい」

思わず答えてしまった。早瀬が満足そうに二度、三度とうなずく。

「そうだろう。まして君の場合、二年の艱難辛苦《かんなんしんく》を何とか生きのびて、ようやくここまでたどり着いた。本当にあと少しで船に乗れるところだったんだから」

ふたたび表情が一転し、沈んだ顔つきになった。早瀬の表情が変わるたび、広四郎は大きく持ちあげられては突き落とされる気分を味わっていた。

「まして君は石井部隊にいたことがソ連側に知られてしまった。こうなるとモスクワまで連れていかれて、国際的な戦争裁判に引きだされ、さんざん情報を引きだされたあと、戦犯として裁かれることになる。ところで戦争裁判について、どの程度知っているかね」

「収容所の壁新聞で読んだことはあります」

「戦犯容疑者にはA、B、Cの三つの階級があるというのは？」

「よく知りません」

そうかといって早瀬が早口に話しはじめた。

「面倒くさい定義はあるが、簡単にいってしまうとA級は戦争主導者、つまり戦争を始めた連中だ。昭和二十年秋から翌二十一年にかけて百二十六名が逮捕されたが、逮捕前に近衛文麿《このえふみまろ》は服毒自殺、生きて虜囚の辱めを受けずと戦陣訓を垂れた東条英機は拳銃自殺を図ったが、失敗。二重に生き恥を晒《さら》した」

一瞬、怒気がわきあがる。だが、すぐにしぼんだ。何を今さら、だ。

戦犯の話が始まってから須賀がうつむき、しきりに両手を揉んでいるのが気になったが、目をやるわけにもいかなかった。

「罪状でいうならAは平和に対する罪、Bが通例の戦争犯罪、Cが人道に対する罪だが、勝てば英雄、負ければ犯罪者、これが戦争裁判だ。名目はともかく実質はA級は戦争指導者、B、C級がそれ以下でBが士官、Cが下士官、兵、それに軍属と考えていい」

軍属といったとき、早瀬が広四郎の目をのぞきこんでいるような気がしたが、思い過ごしかも知れない。

「さてお偉いさんはともかく問題はBC級の方だ」

須賀の両手の動きが激しくなったが、ちらりと見た早瀬がソファの背に躰を預け、皮肉っぽい笑みでも浮かべるように唇を歪めた。

「人道に対する罪とはねぇ。最たるものは他人の命を奪うことだろう。勝った方は負けた方よりたくさんの人間を殺した。だから勝った。つまりより多く殺した方がそこまで殺せなかった奴を殺人者だと弾劾して、裁く。肝心なのは戦争に勝つこと。いくら戦争犯罪の証拠をかき集めたところで敗戦国は訴追すらできない。それに文化の違いなのか西洋人というのは銃や爆弾で殺すより銃剣で突き殺したり、刀で首を斬り落としたりする方が残酷で罪が重いと考える」

須賀の動きがぴたりと止まった。

早瀬が静かに告げる。

「昭和二十年三月三十日、平房で須賀君は満人俘虜を斬首し、穂月君はそいつを押さえつけ、首を差しださせた。どちらも同罪だよ。ソ連軍は君たちの行動について証人を押さえている」

あのとき首を斬り落とした丸太は、二度にわたって広四郎の昇進を助けてくれ、そのおかげで根こそぎ動員を免れ、生きながらえることができた。そして三度目、今度は広四郎を絞首台に送ろうとしている。

またしても天罰という言葉が脳裏を過っていった。じたばたするよりいっそ諦めた方が楽なのではないか。

早瀬が広四郎の目の前に人差し指を突きたてた。

「たった一つ、日本に戻る方法がある。非常に厳しい方法だが、生きて日本の土を踏むためには、これしかないと須賀君は覚悟を決めた」

広四郎は目を上げ、まっすぐ早瀬を見つめた。

「しかし、彼の選んだ道は非常に険しい。おそらく一人では成功はおぼつかないだろう。だが、君の助けがあれば、何とか成功に導けるという。だから君の行方《ゆくえ》を探した。そしてようやく見つけた」

早瀬は自らの言葉が広四郎に染みこむのを待つように言葉を切った。広四郎は生唾を嚥んだ。早瀬が話をつづける。

「君には二つの道がある。須賀君の手助けをして、ここにいるラストボロフ大尉が立案した作戦を成功に導くか、モスクワに行って裁判を受けるか。選ぶのは君自身だ。これは命令ではないし、そもそも私にはもう君に命令を下す権限はない。だからあくまでも君の自由意志で選択できる。もちろん須賀君の手助けをすると決めるまで、作戦の内容は一切明かせない」

つい二日前、ようやくつかみかけた日本への切符が指先から逃げていった。落胆し、絶望したあと、諦観に浸ろうとしていた。その切符がふたたび掌中に戻ろうとしている。何をさせられるのかわからないが、須賀の手助けならできるかも知れないし、モスクワに行けば、まず間違いなく生きては帰れないだろう。

広四郎は顎を引くようにして深くうなずいた。

「わかりました。私も肚をくって須賀さんと行動をともにします」

「よくいった」

するどくいった早瀬がたたみかけるように言葉を継ぐ。

「一つ教えておこう。石井四郎《しろう》は戦犯としての訴追どころか逮捕すらされていない。なぜかわかるか」

広四郎は首を振った。早瀬が小さくうなずいてつづける。

「第七三一部隊が作りあげた武器……、細菌兵器は全人類を滅ぼすだけの威力を秘めているため、世界各国の軍隊が研究している。だが、世界で唯一石井部隊だけが人体実験を行い、実戦に使用した。そのデータをアメリカに提供するのと引き替えに免責された」

言葉を切った早瀬が目を細め、重ねて訊いた。

「なぜ、アメリカはそこまでして石井を助けようとしたのか」

「わかりません」

「二年前の八月、広島と長崎に原子爆弾が投下されたのは知っているだろ」

「はい」

「アメリカは昭和十七年に原子爆弾の開発に着手した。当初の標的は、日本ではなく、ドイツだったがね。昭和二十年七月に実験が成功して、翌月には広島、長崎だ。実験成功から使用まで一ヵ月となかった。だが、アメリカが開発していたのは原子爆弾だけではなかった……、原爆だけでは足りなかったといった方が正確かな」

言葉を切った早瀬が長椅子の背に躰をあずけ、広四郎をまっすぐに見つめた。

「戦争が終わり、アメリカは戦費で国の財布は空っぽ、何より国民が疲れ切っているからね。あと数年で陸軍を縮小し、動員できる兵員は二百万人規模になるだろう。逆にソ連は、次なる敵をアメリカと明確に定め、軍備の充実につとめている。ソ連だけで六百万人、連邦の同盟諸国の兵を合わせれば、一千万の動員が可能だ。次なる戦場がヨーロッパ大陸となれば、主力は陸軍となる。アメリカは自軍の三倍、悪くすれば、五倍の兵と戦わなくてはならなくなる。広々とした大地に散開している敵兵力に原爆を投下しても、どれほど効果があるものか。だから原爆の開発と同時に毒ガスや細菌をばらまく兵器の研究をしていた。これなら散らばっている敵にも痛撃を与えられる。昭和十八年、遅くとも十九年にはソ連とアメリカの戦争は始まっていたんだよ。生身の人間相手に毒や病原菌がどれほど効果を発揮するかという実験結果を持っていたのが世界で唯一、石井四郎というわけだ。それでアメリカは、実験結果を独占する代わり石井や七三一の連中を免責にした」

早瀬がふたたび身を乗りだした。

「くり返すが、日本は戦争に負けただけ、つまり敗戦だ。終戦など、どこにもない。わかったか」

「は……」喉に引っかかった声を広四郎は無理矢理圧しだした。「はい」

「ついては、君は須賀君とともに日本に潜入することになる」

潜入？　帰国じゃないのか。戸惑う広四郎を尻目に早瀬がラストボロフに目を向け、うなずいた。

「それでは今次作戦について説明します」

ぽかんと口を開けてしまった。多少訛《なま》りはあったが、ラストボロフは日本語を使っている。それから作戦の概要について説明したが、あまりに凄惨な内容に呆然とし、吐き気すらこみ上げてきた。

救いは、あくまでも実行者は須賀で、広四郎は補助役に過ぎないこと、どのような形であれ、生きて日本の土を踏めるということだった。

3

昭和二十二年十月。

ハバロフスクの収容所で、早瀬が帰国ではなく、潜入といった意味はすぐにわかった。広四郎は須賀とともに汽車でウラジオストックへ移動し、そこでソ連の貨物船に乗せられた。到着したのは新潟港で、そこからはトラックで物資とともに東京まで運ばれ、大きな病院らしき建物の前で降ろされた。

病院だと思ったのは、トラックを降りた須賀と広四郎を待ち受けていた男が白衣を着ていたからに過ぎない。白衣ほど人間の正体を隠すのに便利なものがないことはハルビンでの経験からよくわかっている。男に従って建物に入り、階段で四階に上った。部屋に入れられ、待っていた男を見て、須賀、広四郎ともに声を失った。

ラストボロフ。

テーブルを挟んで向かいあった。ラストボロフが二人の前に新たな身分証を開いて置いた。身分証には見たこともない名前がローマ字で記されていたが、貼られているのは広四郎の顔写真であり、浮き印が施されている。

ラストボロフの説明によれば、二人とも連合国軍司令部に雇われたソ連軍の雇員ということらしい。ロシア語と英語で身分を保障する旨が印刷されているようだが、広四郎にはよくわからなかった。

名前と所属先、勤務先となる病院の名前は暗記するようにいわれた。職種は二人とも雑役夫で、軍医である須賀には気に入らないようだが、広四郎にすれば振り出しに戻っただけだ。

「それぞれの身分証に打ちこまれている名前は実在する日本兵のものだが、二人ともシベリアで死んでいる。しかし、彼らに関する書類は我々がすべて保管しているのでアメリカ軍にはわからない。ただし、あなた方が不用意に身分証を使うことがあれば、我が軍の情報部に連絡が入ることになっている。常に指示に従って行動するように」

日本語で説明を受けながら須賀も広四郎もわかった《ダー》と返事をした。ラストボロフがつづける。

「またあなた方の正式な身分証も我々が保管している。万が一、逃亡すれば、連合国軍と日本の警察が追跡し、戦犯として逮捕されることになる」

ふたたび、ダーと答えた。

それからラストボロフが作戦について確認していき、最後に告げた。

「標的は荏原《えばら》にある。実行日は十月十四日」

須賀が呻き声を漏らし、言いつのった。

「ちょっと待ってくれ。明後日《あさって》じゃないか」

「心配は要らない。明日、車で現地を下見ができるよう手配してある。手順はそのときに説明する」

冷然と見返してくるラストボロフに須賀も広四郎も言葉を返せなかった。翌日の下見には同行を命じられなかったので、終日拠点の病院で過ごした。

二日後――。

十月半ばにもなれば、イチョウの葉は鮮やかな黄色となり、枝にはギンナンの実がすずなりだ。

東京の秋は優しい、と広四郎はしみじみ思った。

ハルビンなら風がすっかり冷たく、鋭くなっており、イルクーツクでは地面が凍りついていた。今は軍服を着ているだけで、分厚い外套もなく、道路わきに立つイチョウの古木に左肩をあずけて立っていられる。

身を寄せているイチョウは巨大で、おそらく近隣の御神木なのだろう。地蔵尊の小さな祠《ほこら》が五つ並んでいた。いずれも古く、明治時代か、ひょっとしたらそれより前からあるのかも知れない。

戦争が終わって二年が経っているというのに物資不足はつづいているようで、市中で見かける男たちの大半は階級章のない軍服を着ている。目立ちなくなければ、軍服を着ている方が都合がいい。軍服は古着屋でいくらでも手に入れられるという。

地蔵尊の前を通っている道路は旧中原《なかはら》街道と教えられた。広四郎は時おり西に目をやった。

街道の先がゆるやかに左へ曲がり、両側にはバラックの家が密集していた。その先にラストボロフに指示された標的、安田銀行荏原支店があった。

須賀とは、五反田《ごたんだ》駅までいっしょに来て、構内から別行動となった。須賀が先を歩き、広四郎はその後ろ姿や周囲を見ながら地蔵尊の前まで来て、そこで待機となった。三十分後に地蔵尊で落ちあうことになっていた。

腕時計を見た。約束の三十分を十分過ぎている。何かあったのかと不安になったが、もう少し待ってみようと思いなおした。五分前にも同じことをしている。他人の家の玄関先や道端に突っ立っているよりイチョウの陰にいた方がまだ人目につきにくい。

知らず知らずのうちに爪先を小刻みに動かしているのに気がついて、舌打ちし、また旧街道の湾曲したところを見やった。須賀が現れるとしたらその方向なのだ。

また爪先を動かしそうになったとき、夕間暮れの中、焦げ茶色の背広を着て斜めに雑嚢をかけた須賀が現れた。落ちあうといっても広四郎は須賀が誰かに尾行されていないか確認したあと、少し離れてあとからついていくことになっている。

イチョウの陰に身を隠し、須賀の背後に目を凝らす。誰も現れなかった。そこでようやく地蔵尊を離れ、少し先を行く須賀の後方を歩いた。焦ることはなかった。須賀が五反田駅から省線電車に乗ることはわかっていた。切符はそれぞれが買い、同じ車輛でも離れて乗ることになっている。

地蔵尊から歩いて二十分ほどで五反田駅に着いた。東京、上野方面行きのホームに上がっていく須賀をちらりと見て、広四郎も階段を上る。入線してきた列車に乗るのを確かめ、同じ車輛に乗った。どこで降りるのかは打ち合わせていない。品川、新橋、東京を過ぎ、須賀が扉の前に立ったのは御徒町《おかちまち》の駅だ。

須賀につづいて降りた。

乗客が結構多かった。人波の流れにまぎれて改札口まで来てしまい、そのまま出る。須賀の姿が見えず、背中に汗が浮かびそうになったとき、右の方から声をかけられた。

「こっちこっち」

須賀が広四郎を見ていた。近づくと一つうなずき、何もいわずに歩きだした。ついてこいということなのだろう。須賀はごちゃごちゃとした飲食店街に入っていった。


日本酒の味などろくにわからない広四郎だが、これだけははっきりわかる。不味い。コップを鼻先に持ってくると匂いを感じるより前に目がちかちかする。壁に貼ってある油染みた短冊には合成酒とあった。何と何を合成したのか想像がつかない。

須賀が口にしているのは三杯目だが、広四郎は一杯目を持てあましていた。目の前の皿にはたぶんおでんという代物が盛ってあった。出されたときには、すっかり冷めていた。ひょっとしたら前の客の食い残しをそのまま回しているのかも知れない。

「大丈夫だ、何も心配は要らない」

須賀が濁った声でいう。目の焦点が定まらず、唇がだらしなく濡れている。広四郎の肩をばんばんと叩いた。

「まあ、飲め」

「はあ」

コップを持ちあげ、ほんの少しすする。きつい刺激が舌に突き刺さってくる。

須賀が上着のポケットからつぶれかけたタバコの箱を取りだし、曲がった一本を抜いてくわえた。マッチを擦り、火を点ける。タバコの箱を差しだしてくる。

「喫いませんので」

広四郎は断った。前も同じことがあったが、須賀にすればどうでもよく、まるで憶えていないのだろう。

「あ、そう」あっさりタバコをポケットに戻した須賀が言葉を継いだ。「今日は予定通り進んだ。すべて計画通りにうまくいった」

それからふんと鼻を慣らし、コップ酒を呷る。黒ずんだカウンターにコップを置き、ちっちっちと舌打ちして、言葉を継ぐ。

「うまくいけば、計画を立てた専務のおかげ」

専務は、ラストボロフを指すのだろう。取り決めてはいなかったが、察しはついた。計画は作戦だ。

早瀬が須賀と広四郎にさずけた作戦の目的は、七三一部隊および陸軍登戸研究所が開発した強力な兵器を終戦――早瀬は敗戦といいつづけたが――のどさくさにまぎれてアメリカが独占したことを暴露することにあった。細菌や毒を使った秘密兵器の秘密が世界中にバラされてしまえば、独占は不可能になる。さらに非人道的なアメリカの正体があらわになれば、民主的な国家として世界を指導していくこともできなくなる。覇権を握るといった方がより正確だ。

作戦はラストボロフが立案したのだが、そもそものアイデアは須賀が早瀬に提案したという。牡丹江から林口に向かう途中、汽車が銃撃され、何とか生きのびたあと、出会った開拓団の自決を手助けした広四郎の手際を見て思いついたという。

とんでもない内容だった。戦時中に開発された遅効性の新型毒薬を使って銀行強盗を働き、世間の耳目を七三一部隊や登戸研究所に集めようというのだ。実行犯である須賀、従犯の広四郎は日本に帰って来ていないのだから容疑者として浮上することはないし、事件後、ラストボロフがソ連の軍情報機関を使って二人を逃亡させる手はずになっている。

今日の計画では、第一段階の実験として、須賀が銀行に行き、赤痢の予防薬だとして行員たちに第一薬と第二薬を服ませてみるというものだ。もっとも今回は試行なので第一薬は新型毒薬ではなく麦茶、第二薬は単なる水道水だと須賀が拠点を出る前に説明した。

コップの中身を飲みほした須賀がカウンターの内側にいる中年女にコップを突きだす。

「同じのを」

「はいよ」

中年女が一升瓶を持ちあげ、須賀のコップに注いだ。さっそく口をつける須賀から目を逸《そ》らした。

須賀が袖を引いてきて、低い声でいった。

「金の心配なら無用だ」

広四郎の返事を待たず、須賀が広四郎の肩に腕を回し、ぼそぼそとつづける。酸っぱい口臭が不快だ。

「これ、これ」

そういって舌をべろりと出して、下の前歯に被せる。胃袋の底が重くなった。

「すごい効果だね。誰も疑わなかったよ」

生温かい吐息が頰にかかる。須賀を押しのけたい衝動に駆られるが、何とか我慢する。

「飲みすぎですよ。そろそろ帰りましょう」

「俺は酔ってなどおらん」そういった須賀だが、うなずいた。「大事の前だったな。そうしよう。出るぞ」

ほっとして店を出ると須賀がふたたび肩に手を回してきた。

「大事の前祝いだ。待合に行って、乾杯しよう」

「いえ、私は宿舎に帰ります。大事の前とおっしゃるなら今こそ……」

「付き合いの悪い奴だ。帰れ、帰れ」

ふらふらした足取りで遠ざかっていく須賀を幾分ほっとした思いで広四郎は見送った。


須賀と別れた広四郎は御徒町駅から電車に乗り、ふと一駅となりの秋葉原で降りた。午後九時になろうとしていた。何か目的があったわけではなく、目の前で扉が開き、ホームに出ただけのことだ。心の奥底では考えていたのかも知れないが、意識にはのぼっていなかった。

階段の登り口で見上げた先の看板に千葉方面とあったのを目にして、ふらふらとホームに出て、ちょうど入ってきた電車に乗った。

一度は故郷に行きたいと心のどこかで思っていたのだろう。たぶん。しかし、許されるはずはなかった。新潟から東京に来たときに着いた病院は田町《たまち》の近辺にあり、同じ敷地内に併設されている職員寮が宿舎とされた。正式な身分証、満洲での経歴等、一切の正式書類はソ連に押さえられており、万が一逃亡すれば、連合国軍司令部名で指名手配をかけられる。

さらに不安だったのが七三一部隊の生き残りだ。石井部隊長の最後の訓示にあったように秘密を漏らした者は地獄の底まで追いかけて必ず成敗するといっていた。戦争に負けた今となっては、帝国陸軍や七三一部隊にどれほどの力があるのか想像もつかなかったが、早瀬の立案とはいえ、今ではソ連の下っ端工作員に成りはてている。秘密を漏らしてはいないし、これからも漏らすつもりはない……、そこまで思って苦笑せざるを得なかった。

たとえ世界平和の、地球人類を救うためのと大義名分を声高に叫んだところで、アメリカが七三一部隊の開発した新型兵器を独占していることを暴露しようと画策しているのだから裏切り者には違いないし、そもそも広四郎の動機は自分の命を守りたいという一点でしかない。

酔った勢いでは決してなかった。そもそも合成酒をコップに半分飲んだに過ぎない。須賀と別れ、駅まで歩いている最中にふと思いだした。

館長の葬儀に出たのは今ごろの季節じゃなかったか……。

いや、やはり望郷の思いを断てなかったのだろう。広四郎の故郷は電車の便が悪かった。省線電車で最寄りまで行っても、そこから十キロ近く山道を歩かなくてはならない。しかも昨夜、最寄り駅で降りたときには夜も更けていた。東京に戻る電車はすでになく、そこから歩いて実家に向かうのは難しかった。

どうしたものか——とりあえず待合室に入り、木製ベンチに座って思案を巡らせているうちに眠りこんでしまった。

起こされたときには日付が変わろうとしていた。待合室の照明を落としに来た駅長に肩を揺すられたのである。問われるまま、答えた。満洲から復員してきて、ようやく東京まで来たのだけれど、実家に帰りたくて電車に飛び乗ったはいいが、こんな時間になってしまった、と。実家があるとした地名は、石井部隊長の名前がそれほど浸透していない辺りを適当にあげた。秘密厳守より生き残ってしまったことへの後ろめたさゆえだ。

当初は知らなかったとはいえ、十ヵ月——今からふり返れば、たった——の勤務で部隊が何をしてきたかを知ってしまったし、丸太を運んだ。さらには本人たちの希望とはいえ、逃げてきた開拓団の自決に手を貸している。

駅長は同情してくれ、ベンチで夜明かしをすることを許してくれただけでなく、宿直する職員用の毛布を貸してくれた。おかげで寒い思いをしないで済んだ。優しい日本の秋とはいえ、火の気のない駅舎で一晩過ごすとなれば、それなりに冷える。

翌朝。

駅舎に入ってきた駅長に広四郎は頭を下げた。

「おはようございます」

「おはよう」

広四郎は折りたたんだ毛布を差しだした。

「ありがとうございました。おかげで寒い思いをせずに済みました」

毛布を受けとった駅長がにこやかに訊きかえす。

「風邪、引かなかったかい」

「はい」

「そいつは何よりだった」毛布をベンチに置いた駅長が新聞紙の包みを差しだす。「これを。女房が握り飯をこしらえたんで、持っていって」

「泊めていただいただけでもありがたいのに」

「いいから。俺も中支《ちゅうし》から復員してきたクチだから他人ごとにも思えなくて」

駅長は四十がらみに見えた。丸顔で人の好さそうな顔をしている。年格好からすると再召集だろうと想像がついた。

「ありがたく頂戴します」

広四郎は包みを受けとり、一礼した。

「気をつけてね。さ、早いところ、親父さん、お袋さんに元気な顔を見せてやりなよ」

「そうします」

受けとった握り飯の包みを雑嚢に入れ、駅舎を出た広四郎は入口の右側にある水飲み場で水筒の水を入れ替えて歩きだした。

二時間ほど歩いて、川にぶつかった。橋のたもとに止まり、周囲を見渡す。田んぼはすっかり刈り取りが終わり、水は抜かれ、切り株が残っているだけだ。

広四郎は雑嚢からくたびれた軍帽を取りだし、頭に載せるとよれたつばをつかんで引き下げた。石井閣下を頼って村を出て、今では部隊が何をしてきたかわかっていることもあったが、何より正式に復員したわけではなく、潜入の身なのだ。

萎えそうになる足を踏みだし、橋を渡る。少し歩いたところで左に折れ、田んぼの間を通る少し幅のある農道に入る。しばらく歩いたところで、顔を上げず、目だけ動かして左を見る。実家があった。父、母、兄夫婦と甥たちの顔が次々浮かんでくる。

おや?――広四郎は目を凝らした。

屋根が艶のある青い瓦で葺《ふ》いてあり、壁の漆喰《しっくい》も塗り替えたようだ。広四郎の送金で改修したのだろうか。小作に追われ、家の改修まではとても手が回らなかった。青い瓦は総本家の真似をしたに違いない。父が常々うらやましがっていたのを思いだす。

部隊で自分のしてきたことが次々に脳裏を過っていった。そうして手にした金を送って、実家がきれいになっているのを目にするといたたまれない気持ちになった。

今はダメだ、今日のところは諦めよう。

腹を決め、足を速める。やがて丁字路にぶつかる。右に目をやった。こんもりした木立が並んでいる。墓地だ。穂月家の墓もある。

せめて御先祖様や死んだ兄貴に手を合わせていくか。

木立に踏みこみ、卒塔婆《そとば》が並んでいる墓地に入る。迷わず墓所に着き、墓の前に立った。かつては卒塔婆を並べてあるだけだったが、今は墓石が建っていた。家だけでなく墓まで新しくしたようだ。

墓の前にぬかずき、帽子を取って腋の下にはさむと両手を合わせた。口の中で念仏を二、三度つぶやき、帽子を被り直して立ちあがる。墓の裏に回った。

最後列に父の名が刻まれていた。死んだのは、今年の夏だ。

「父ちゃん、ただいま」

死んでいるおかげで声をかけることができた。享年六十四。もう少し長生きしてくれれば……。

そう思いながらとなりの次兄の名を見ようとして愕然とする。

穂月広四郎　昭和二十年八月九日没　享年三十

次兄の名はそのとなりにあった。墓誌に刻まれた自分の名前に目を戻したとき、思わずつぶやきが漏れた。

「そういうことか」

役場から報せが届いたのかも知れない。いずれにせよ家族は広四郎の死を受け容れた。石井部隊から生きて引き揚げてくるより死んだ方が気が楽なのかも知れない。ひねくれているとも思ったが、みょうにすっきりした気分にもなった。

墓地を出て、先ほど渡った橋がかかっている川に向かった。川べりに古びた神社がある。そこがかつての道場だった。

最後に神社に参拝し、道場があった場所を見て、駅に向かおうと考えていた。神社に入ろうとしたとき、前を行く女に気がついた。赤ん坊を負ぶい、左手に大きな風呂敷包みを下げている。歩くのにも難儀しているように見える。

どうして左手一本で、と不思議に思ったが、右袖が畳んであるのに気がついた。右腕がないのだ。

風呂敷包みを道路わきに置く。見過ごせば、館長に叱り飛ばされそうな気がした。たぶん道場の前にいるからだろう。

速歩で追いつき、声をかける。

「お手伝いしましょう」

ふり返った女の顔を見て、広四郎は思わず声をあげそうになった。

4

　しばらくぽかんと口を開けていた広四郎だが、何とか声を圧しだした。

「リンさん？」

　女——館長の孫娘にして、広四郎にとっては初めての師匠リンに違いなかった。しかし、眉間を寄せて見つめ返しているばかりなのであわてていった。

「広四郎です。穂月広四郎」

　リンの目がみるみる見開かれ、眸《ひとみ》が小刻みに震えた。穂月家代々の墓誌が脳裏をかすめ、広四郎は苦笑した。

「生きてます」

　何かいおうとして唇をわなわな震わせているリンの手から強引に風呂敷包みを取った。ずっしりと重い。それから片足ずつ上げてみせ、笑みを浮かべた。

「ちゃんと両足もありますから幽霊じゃありません。さて、と。どこまで行く予定なんですか」

　リンが消え入りそうな声で駅の名を告げた。昨夜、待合室で寝かせてもらった駅だ。最寄りには違いないが、道のりは十キロになる。幼児を背負い、ずっしり重い風呂敷包みを提げて歩こうとしていた。

　広四郎はまた笑みを浮かべた。

「今日はついいてますね。ちょうど俺も同じ駅に向かうところだったんです。駅まで手伝います

た。

歩きだすとリンもついてきた。背中の幼児はぐっすり眠っている。幼児をのぞきこんで訊いた。

「できれば、俺は早くここから消えたいので」

広四郎は帽子のつばをぐいと引き下げ、もう一度頬笑んだ。

「でも……」

よ」

「いくつですか」

「三つです。もう歩けるんですけどね、距離があるとやっぱり時間がかかるもので」

「名前は?」

「広子《ひろこ》、広いに子供の子です」

「へえ、俺と同じ字だ」

リンがかすかに笑みを浮かべる。弱々しくとも笑顔はいいと広四郎は思った。

「この子の父親が広いの一文字でひろしだったんです。広の子で広子、単純でしょ」

「いさぎいいじゃないですか。ご主人は……」広四郎ははっとして、ひとつ頭を下げた。「よけいなことを聞きました」

「いえ、大丈夫ですよ。一昨年《おととし》四月の東京空襲でうちのまわりが皆焼けたんです。そのとき主人も……」

「そうだったんですか。ごめんなさい」

「どうして謝るんですか」

「つらいことを思いださせてしまって」

「今じゃ、ずいぶん楽になりました。日々暮らしに追われていると何となく気がまぎれるので、その日暮らしも悪いことばかりじゃありません」

橋を渡り、駅に向かって歩きつづける。

ぽつりぽつりとリンが語った。自宅の西には軍の巨大な兵器工場があり、そこが狙われた。ところが、アメリカの爆弾は目標の工場にはかすりもせず、東側と南側の広大な一帯を焼き払ったのである。

焼け跡に立ったとき、目と鼻の先の街がそのまま残っているのに腹が立ったという。

焼夷弾がいくつも落とされ、火災が広がってきて、リンは夫とともに脱出した。しかし、すぐ裏の年寄り夫婦の家で妻の方が崩れてきた梁《はり》に挟まれて動けなくなった。

「助けに行ったんです。何かと私たちに親切にしてくださった家でしたし、うちの亭主は見過ごせなかった。私もいっしょに行こうとしたんですけど、主人が止めたんです。足手まといだし、お隣さんを助けて、すぐに追いかけるからって。そうして自分は引き返してお爺さんを大声で呼んだんです。お爺さんも気がついて、あとは二人でその家の奥さんを引っぱり出そうとしたとき……」

燃えていた家が崩れたという。リンは夢中で駆けよったが、焼けた電柱が倒れてきて、気絶した。

人を助けようとして死んだリンの亭主と、人を殺しながら生き延びてきた自分——真逆だ。

「気がついたら救護所に寝かされてました。救護所といっても雨戸を並べてケガをした人が寝かされているだけで。あとで警防団の人に助けられたと聞きました。そのときには腕がなくて、包帯が巻かれてました」

うつむいて歩きながらリンは喋りつづけた。

「翌日のお昼頃になって、ようやく動けるようになってから家を見に行ったんです。火は消し止められていましたけど、まだあちこちから煙が立ちのぼってました。近くの空き地に焦げた柱なんかが積みあげてあると思ったら人だと教えられて。皆、炭になってました。顔なんかわかりません。服も焦げてなくなってましたし。それでも諦めきれなくて、ひょっとしたら私みたいにどこかの救護所に寝かされているかも知れないと思って探しまわったんです」

リンが首を振る。

「うすうすはわかっていたんです。亡くなっているって。でも、諦めてしまうのは申し訳なくて、ただそれだけで歩きまわっていたんです。そのうちに腕の傷が膿《う》んで、すごく熱が出て、もう苦しくて苦しくて、うちの主人《ひと》は死んでしまったし、家も焼かれて、何もかもなくなって、いっそ楽になりたいって毎日思ってました。ちょうどそのときです、この子がお腹《なか》にいるとわかったのは。皮肉なものです。結婚して十年、子供が欲しかったんですが、なかなかできなくて、もう諦めていたのに」

広四郎はさえぎるようにいった。

「ご主人の執念です。生きたいという思いでしょう。それに俺にはご主人が頑張れっていってくれているように思えます」

リンの言葉には、主人とうちの人が入り混じっていた。たぶん胸の内ではうちの人と呼んでいるのだろうと思ったとたん、胃袋の底がさわさわして、広四郎はあわてた。

「そうですね」リンがうなずいた。「私より二十も年上だったんです。空襲があったときは五十を過ぎてました。でも、生きていたとしてもその後はわからないですね。夏には根こそぎ動員がありましたから」

　ふたたび胃袋の底がさわ、さわ、さわした。今度はヤキモチではなく、後ろめたさだ。広四郎は再召集や徴用を逃れるために石井部隊に入ったのだ。部隊にいても根こそぎ動員がかかると大半は逃れられなかった。たまたま堀田に見いだされ、銀星が五つになって……。

「穂月さんは」

「え？」

「何をされてたんですか」

「満洲です。軍隊じゃなく、軍属の方でしたけど」

「そうでしたか」

「今日はこちらに何か用事でもあったんですか」

「月に一度、祖父の実家に来てお米を分けてもらっているんです。配給だけじゃ足りないので。うちは私と娘だけですから何とでもなりますけど、ご近所の人が困っていて。ふだんあれこれ助けてもらっているので」

「館長のご実家は、俺が通ってた道場の近くと聞いたことがあります」

「百姓をしてるんです。道場の方は、総領弟子が継いで、今もありますけど、わが家とは縁がなくなりました。私は祖父が亡くなったときにはもう嫁いでましたし」

　葬儀のとき、寺にいたのかと訊きたかったが、今さら訊いてどうなるものでもない。それからも取り留めのない昔話をつづけ、帰り道は今朝来たときよりはるかに短く感じられた。

　リンと話しているのは楽しかった。切符を買うとき、駅長に今朝の礼をもう一度いい、リンは近所に住む幼なじみだと紹介した。朝と同じ穏やかな笑顔に送られ、東京行きの列車に乗りこんだ。

　建て付けの悪い引き戸をがたがたと開けたリンが広四郎をふり返って苦笑した。

「ひどいあばら屋でしょ。でも、これでも壁に板を張れただけましになったんですよ。少し前まではむしろを張りまわしていたんで」

　引き戸もどこかの雨戸のようだ。おそらく燃え残りの部材を掻き集めて建てたのだろう。

「むさくるしいところですが、とりあえずどうぞ」

「お邪魔します」

　引き戸の先は土間……、ではなく剝き出しの地面で、その上に礎石を置き、床を三、四十センチ浮かしてあるだけのようだ。端に広四郎は提げてきた風呂敷包みを置いた。持ち手を時おり替えてきた。それでも両肩ともに抜けそうに痛んだ。

　川べりで出会ったあと、三時間ほど歩いて最寄り駅に着き、上野行きの列車に乗った。上野で乗り換え、王子駅までやって来た。列車での移動だけでも二時間以上かかっている。王子駅からしばらく歩いてようやくたどり着いた。途中は結構な上り坂になっている。

「この荷物をいつも?」

「月に一度だけですが」リンが笑みを浮かべる。「でも、もうそれも終わりです」

「終わりって……」

「昔、道場があったのは神社の境内だったでしょう。道場といってもただの原っぱだったけど。あの神社の裏手に大伯父《おおおじ》の家……、といっても代替わりしてますが、総本家には違いないんです。祖父《じい》ちゃんは百姓を嫌って武道の道に進みましたけど、親子って変なところが似るんですかね、今度は父が武道を嫌がって役所に勤めました」

役所勤めをしたというリンの父親、館長の一人息子も病を得て四十そこそこで亡くなったらしい。母もあとを追うように、とリンはいった。

「そうだったんですか。実家の墓にまいって、道場の方を回って駅に帰ろうとしてたんです。そのときリンさんを見かけたのですが、道場の前だったからでしょうね、館長の叱責が聞こえたような気がしたんです。見て見ぬ振りかって」

リンが大きく目を見開き、まじまじと広四郎を見た。

「どうかしましたか」

「昨日が祖父の十三回忌だったんですよ。それで私は総本家に泊めてもらって」

「館長のお引き合わせだったのですね。さきほど、これで終わりといわれましたが」

「伯父からもう勘弁してくれといわれました。父の子は私一人だったんですが、伯父の家には子供が十人いて、小作ですから食べるのも大変なんです」

「そうはいっても……」

いいかける広四郎をさえぎるようにリンがいった。

「うちの人が亡くなってからでもまる二年以上、総本家だからと伯父はずっと私を助けてくれました。感謝しています」

まっすぐに見つめるリンの顔を見て、ふと思った。

こんなに色が白かったっけ。

もっとも記憶にあるリンはせいぜい十三、四歳までだ。野天の道場に毎日通い、連日炎天下で稽古をしていた。

「穂月さん……」

これも違う。あの頃は広四郎と呼び捨てだった。師匠であれば、当然だと思いなしていたが、お互い三十を超えている。

「ご家族は」

「縁がなくて」

苦笑いを浮かべたとき、墓の裏側に刻まれた自分の名がまたしても脳裏を過った。死んだ者に家族のあろうはずがない。

実は、といおうとしたとき、リンの背中で幼児が泣きはじめた。

「ちょっとごめんなさい」

左手だけでさっさと負ぶい紐を外し、慣れた様子で幼児を躰の前に回す。右腕は肘まで残っているようで、曲げた肘で幼児を支え、左手を添えて床に立たせた。幼児は母親の腕をつかみ、まだ泣いている。

「お腹が空いているのかも。また、ちょっとごめんなさいね」

左手で幼児の背中を持ちあげ、右肘を首の後ろに回すと抱きあげた。そのままくるりと背中を向ける。

「もうお乳の時期なんかとっくに終わっているんですが、これから重湯を作っていると時間がかかるので」

幼児をあやしながらわずかに丸めたリンの背を見て、これもまた違うなと胸の内でつぶやき、ひっそりと苦笑した。

しばらく幼児を揺すっていたリンがふり返った。

「本当にごめんなさい」

「いえ、子供のことですから」

「寝たみたい」

そういってリンは奥に敷いた布団に幼児を寝かせ、ふうっと大きな息を吐いて、ふたたびふり返った。

顔がさらに白い。目がすうっと細められ、目玉がまぶたの裏に隠れたかと思うとそのままくずれるように前に倒れこんできた。

「リンさん」

広四郎は片膝を床につき、倒れかかってくるリンの肩に手をあてた。


「本当にごめんなさいね」

床に横たわったリンが広四郎を見上げていた。顔は相変わらず青白かった。唇を嘗め、言葉を継ぐ。

「時々ね、ふっと気が遠くなることがあるの。貧血のせいだと思うんだけど」

「そうなんですか」

広四郎は幼児を抱いていた。リンを寝かせて、少しするとまたしても泣きだした。起きあがろうとするリンを制して広四郎が抱きあげた。今まで甥っ子を抱いたことはあったが、女の子は初めてだ。頑丈な百姓の倅とは違い、ちょっとした加減で壊れてしまいそうだった。それに抱きあげて、さらに激しく泣かれたらとほうにくれてしまうと思った。

ところが、不思議なことに泣きやんだ。しきりに首をかしげているとリンがにっと笑みを浮かべた。

「足の臭いのせいかも」

「あっ、いやぁ」

リンが倒れかかったとき、とりあえず膝をついて移動し、リンを幼児の横に寝かせたあと、半長靴の紐をほどいて玄関に置いた。

昨日の朝からずっと履きっぱなしで、しかもずっと紐で締めあげていた。足は蒸れ、臭いは逃れようがなかったろう。

イルクーツクの収容所では水が貴重で、ソ連兵が口をゆすいだあと、顔を上向け、吐きだした水で顔を洗うのを見て、当初こそ、吐き気を催すほどに嫌悪したが、数日もしないうちに皆が真似するようになっていた。風呂など望むべくもなく、二年間で下着を替えたのも数えるほどでしかない。そのうち嗅覚が麻痺《まひ》してきたのだろう。足の臭いなどここ数年気にしたこともなかった。

「お恥ずかしいかぎりで」

「いえいえ、ごめんなさい。実はうちの人も足が臭かったの。それもとんでもなく。でも、わかるわけがないわね。この子が生まれてくる前にうちの人は死んじゃったんだから。ひょっとしたら広子は私のお腹の中で嗅いでいたかも」

「そんなこと、ありますかねぇ」

広四郎は首をかしげた。リンが語気を強める。

「わからないわよ。私は懐かしい気がしたけど」

いつの間にか言葉遣いがぞんざいになっていた。昔のリンが帰ってきたようで、広四郎には好ましかった。

5

はっと目を開いた。頭がぼうっとして、自分がどこにいるのか、何をしているのか、わからなかった。
二、三度まばたきしたところで、広四郎はドキッとした。
赤ん坊——広子を胸に抱いてあぐらをかいていたはずなのに今は胴の右側を下にして眠っていた。圧し潰してしまったかも知れない。とたんに心臓の鼓動が速くなる。

目の前に丸く、白いものが見えた。正体がわかってほっとすると同時に笑みがこみあげてきた。

何と、また器用な……。

広子の寝ている恰好を見て思ってしまった。どのように動きまわったのかは想像もつかない。小玉床にだらりと伸びている広四郎の右腕にぴたりと背中をつけ、尻をこちらに向けている。小玉のりんごほどしかない頭がほんの少しくぼませた手のひらにすっぽり収まっていた。薬指と小指の付け根あたりが濡れ、生温かく、やわらかな吐息が指の間をさわさわ流れていくのを感じる。

広四郎は右腕を動かさないよう気をつけて頭をもたげ、のぞきこんだ。頰が丸くて赤い。おだやかに呼吸をしている。左腕の内側に感じるほのかな温もりで、胸の奥底にあった固いむすぼれがほどけていく。

広子は広四郎の指に顔を押しつけ、眠りこんでいた。空気の流れは規則的な寝息、濡れているのはよだれのせいだ。

またしても笑みがこみ上げそうになった刹那、ふいに部隊での情景が浮かんできた。部隊長の訓示があった翌日、監獄棟に入って、丸太の始末をしたときだ。少年隊員二人と二階に上がろうとしたとき、丸太を引きずって降りてくる別の少年隊員と行き会った。階段の縁に丸太の後頭部がぶつかり、うつろな音がした。

丸太だし、もう死んでいるし、と自分にいい聞かせつつ目で追ううち、後ろから来る少年隊員たちの顔を見た。二人とも完全に無表情でみょうに年寄りじみて見えた。おそらく広四郎同様、丸太だ、死体だと自分にいい聞かせていたのだろう。

俺も似たような顔をしていたはずだ……。

そのあと二階に上がった広四郎たちは、特別班員の指示で二階から一階へ丸太を運び、監獄棟の外へ出した。足枷がついたままの、変に冷たい丸太の足首を握った手に、今、広子が小さな口をつけている。

下唇が震えた。

涙が湧きあがってきそうだ。

階段をずり落ちていく丸太とすれ違うときのまるで感情のない目で二人の少年隊員が広四郎を見ている。声にこそ出さないが、その目はいっていた。

お前だけが何を脳天気に……。

広子が声を出し、頭を動かす。後始末をしている監獄棟から引き戻される。だが、胸底にはわだかまりが残っている。この手は汚れている。穢《けが》れきっている。

　広子の頭を支えている右手をじっと見つめているうち、林の中に潜む八人の姿が浮かんできた。年寄りと子供、そして若い母親に抱かれた赤ん坊。その前に立ち、紙コップを手にしている男が舌をべろりと出している。見えるはずのない、自分の顔だ。

『歯を溶かす恐れがありますのでこのように舌を出して』

　自分はすでに中和剤を服んでいる。必ずしも中和剤が効果を発揮するとはかぎらなかったが、まずは広四郎が手本を見せなくてはならなかった。皆でいっしょに死ぬことを老人は望んでいた。

　右手に持った駒込ピペットで一人あて五シーシーずつ紙コップに新型毒薬の溶液を注いでいった。篠原に特訓を受けたおかげで、決まった量を正確に、しかも素早く汲みあげられるようになっていた。

　まず自分が服んでみせる。思いきり顔をしかめ、ちゃんと刺激が強いこと、ひどい味がすることを教えた。びっくりして吐きだしてしまわないようにするためだ。

　それから全員が指示通りに呷り……。

　また、広子が動き、広四郎を引き戻してくれる。今度は背中を広四郎の腕にこすりつけ、尻を腋の下にこじ入れようとしている。

　わかっている。広子の力をもってしてもこの右手を浄《きよ》めることはできない。それでも今はもう少しこの温もりを感じていたい。

　丸太ではなかった。人だ。誰かの親であり、誰かの子だった。日々の暮らしがあり、笑い、怒り、哀しみ、涙を流した。

　丸太などであるものか。

だが、今また広四郎は人を殺そうとしている。世界の全人類を救うためなどでは決してないことがわかっている。C級戦犯としての訴追から逃れるため、自分が生きのびんがため、だ。何という卑劣漢か。

「よく寝てるね」

声をかけられ、目を動かした。リンが広子をのぞきこんでいる。目を動かし、広四郎を見て、圧し殺した声でいった。

「朝ご飯の支度ができたけど」

「いや、もう少しこのまま寝かせておきましょう」

だが、それも長くはなかった。ほどなく広子が目を覚まし、小さな口をいっぱいにあけて欠伸をした。

雑炊の朝食を終えたあと、広四郎は両手をついてリンに頼みこんだ。

「お願いがあります。事情があって、しばらく身を隠していなければなりません。ここに匿《かくま》ってもらえないでしょうか」

須賀も元参謀もソ連軍も連合国軍も知ったことじゃない。

あと少し、いや、できる限り長く広子といっしょにいたい。二度と陰惨な世界に落ちこまないためには、広子の温もりがどうしても必要なのだ。


昭和二十二年十一月。

広四郎には一つの強い思いが固まりつつあった。せめて広子が幼い間は、リンの右腕の代わりをしたい、と。

しかし、口に出すことはしなかった。リンの性分を考えたからではない。そんな余裕はない。このまま行けば、広四郎はまた人を殺さざるを得ない。そこから逃げだすためには、しばらくの間身を隠している必要がある。

リンが夫婦で住んでいた場所は、北に十分も歩けば、江戸時代から桜の名所として知られる飛鳥山《あすかやま》があった。山の向こう側は明治期に製紙工場が建てられ、付近では印刷業が盛んで大小様々な工場があった。リンの亡くなった夫も製紙工場で働いており、一帯は昭和二十年四月の空襲で丸焼けになったものの、その後の二年七ヵ月で少しずつではあったが、復興していたのである。

リンがかつての伝手《つて》をたどってくれたおかげで、広四郎も紙問屋で製紙工場から印刷会社に用紙を運んだり、印刷会社からできあがった製品を官公庁や企業に運ぶといった日雇いの仕事ができるようになった。給料に不満さえいわなければ、仕事はいくらでもあったが、紙は重く、きつい肉体労働には違いなかった。

日雇い仕事を始めて一ヵ月ほどが経ったある日、早朝から印刷会社への紙の搬入、その印刷会社で刷り上がったパンフレットを受けとり、丸の内の総合商社まで運搬、そのまま晴海《はるみ》港へ行き、会社近くの倉庫に巨大なロール状の原紙を入れて一日の仕事を終えた。

いつもより二時間も早くに出社したので、午後三時過ぎにはあがってよいといわれ、帰宅するとちょうど家の前にリンが立っていた。となりに立つ広子がリンのスカートの裾をつかんでいる。

「ただいま帰りました」

リンと広子が一度にふり返る。

「お帰りなさい。今日はさすがに早かったね」

リンがいい、広子が駆けよってくる。両手を差しだし、抱きあげるとさっそく小さな両手で広四郎の顔を撫でまわす。広四郎は笑みをこぼしながらいった。

「そうですね。朝が早かっただけじゃなく、それからずっとあっちこっちと振りまわされました。くたくたです」

「ご苦労さまでした」

「どうして外に出てるんですか」

「広子が退屈そうにしてたからちょっと表《おんも》に出てみたの」

「なるほど」

「今日は調子もいいいし」

このところ体調がすぐれず寝ていることも多いリンだが、元気な頃は近所の薪炭屋《しんたん》で帳簿付けの手伝いをしたりしていた。読み書き、算盤ができるだけでもたいへん重宝がられるのだ。もっともリン自身は、左手で書く字が下手くそだと不満そうにしている。

「それはよかった」

そういうと広子が両手で広四郎の頰をぴちゃぴちゃ叩き、よかったよかったとくり返す。小さな尻を左肘ですっぽり包み、右手を添えている。じんわりと温もりが伝わってくる。

遠くから市電の鳴らす鐘の音が聞こえた。

「ちんちん」

広子が鐘の音を真似る。

「そう、ちんちん」

くり返してやると広子がきゃっきゃっと笑う。

市電の停留所は省線の駅より少し近いが、市電沿線に用でもないかぎりリンが利用することはなかった。

リンが目を細め、市電の音が聞こえてきた方を見やった。

「市電も走るようになった。あの夜は一面が火の海で、市電も全部燃えちゃった」

空襲のあった夜のことだ。リンは夫と右手を失った。

「翌朝もまだ火は残ってたみたいで、そこらじゅうから火が出てたって。私は昼まで救護所で寝てたから知らなかった。起きあがれるようになったときは、火事はだいたい消し止められていて、それでこの辺までうちの人を探しに来られたんだけど」

リンが左手を上げる。市電とは反対側だ。

「そっちに外国語学校があったの」

「東京外国語学校ですか」

ちょっとびっくりして訊き返した。ハルビン領事館のリュウと、ナホトカの港で出会った講師兼通訳の出身校だ。リンが目をぱちくりさせ、まじまじと広四郎を見た。

「ええ、そう。どうかした？」

「大したことじゃありません」広四郎は首を振った。「満洲で出会った人がそこの出身だといっていたのを思いだしたものですから」

「あらご縁があるわね。その人も無事に復員したのかしら」

「ごたごたしてましたからね。あっちで別れて、それっきりです。外国語学校は今もそこにあるんですか」

「それが間の抜けた話なの。もっと東京の中心の方にあったらしいんだけど、空襲が激しくなってきて、ここに疎開してきて、新しい校舎を建てたの。それが四月の空襲で丸焼けになっちゃって」

「また、そこに建てるんですかね」

広四郎はリンの指さした方を見やった。更地——たいていは自家製の畑にしている——にはぽつりぽつりと家が建ち、何軒か固まって小さな集落となっているところもあった。戦争が終わって二年ちょっとになる。焼け残った材料を掻き集めて、掘っ立て小屋を作るところから始めたのだろう。

「もう師走になるんだね」

リンがしみじみという。十一月三十日になっていた。

「十二月の最初の日曜日には、道場で餅つきをしたのよ。お弟子さんたちが皆集まって」

「堀田中尉殿も……」

思わず口を滑らせてしまった。リンが広四郎に目を向ける。

「堀田重蔵《じゅうぞう》さん？　四角い、怖い顔で、目のぎょろっとした人？　憲兵になって、満洲に行って……」はっとしたようにリンの目が見開かれる。「そういえば、穂月さんも満洲に行かれたんですよね」

「はい。でも、下の名前は知らないんです。たまたま出会って、お互いに館長の弟子であることがわかりました」

「顔は怖いけど、思いやりのある人だった」

「俺は堀田中尉殿に引き立ててもらって、それで帰ってくることができまして」

「堀田さんといっしょということは……」

いいかけたリンだったが、首を振り、笑みを浮かべた。強ばった、ぎこちない笑みだった。

堀田がどの部隊にいたのか、リンも噂ぐらい聞いていたのかも知れない。

「私、堀田さんを恨んでる」

「えっ？」

「堀田さんが軍人の道を選ばず地元に残っていれば、祖父が亡くなったあとも道場を継いで盛りたててくれたと思う。堀田さんこそ祖父にとって総領弟子だったし、期待もしていた。だけど、自分は武人として国の御楯《みたて》になりたいと……」

リンが力なく頰笑み、首を振る。

「それをいわれちゃかなわないよね。堀田さんが出征したあと、二番……、いえ、三番でもないか、もっとずっと下だけどやたら調子のいい奴が出てきて、祖父が亡くなったときに葬儀を取り仕切って、総領弟子みたいな顔をするようになったの」

小声で一番だらしないのは私の父だけど、と付けくわえる。

「その人が今も？」

「そう。自分が二代目館長の名跡をとったら初代館長を神様に祭りあげちゃって、直系の子孫には目もくれなくなった」

「そういうことだったんですか」

「でも、昔のこと。堀田さんは？」

「わかりません。終戦間際に別れ別れになってしまって」

広四郎は堀田を悼むように顔を伏せた。髭が浮いて、ざらざらした広四郎の頰を広子が小さな手で撫でている。

その夜遅く、リンが激しく咳《せ》きこむ音で広四郎は目を覚ました。なかなか止まらない上、そのうちごぼごぼという湿った音になった。起きあがり、電灯を点け、ぎょっとする。口元に手を当て、上体を起こしたリンの前に血が飛びちっている。

「リンさん」

「大丈夫、すぐに治まるから」

リンが顔を背けたまま、弱々しい声でいう。最後まで聞かずに広四郎は家を飛びだしていた。頼れるのは、広子が熱を出したときに連れていく町医者しかいない。闇の中を駆けに駆け、医院に着くと表のガラス戸を叩いた。

しばらく叩きつづけ、声を嗄《か》らして呼ぶうちに医者本人が眠そうな顔をして出てきた。広四郎はリンが血を吐いたと伝えた。それだけで医者は院内にとって返し、寝間着の上に分厚いコートを羽織って黒い革のカバンを持って出てきた。

カバンは広四郎が持ち、とって返す。診察し、注射を打ったことでリンが落ちつきを取りもどして眠った。

広四郎は医者のカバンを持って、医院まで送っていくことにした。メガネをかえ、ちょび髭を生やした医者がうつむいたまま喋りつづける。

「いかんなぁ。肺だ。結核だよ」

結核なら死病だ。どこの家でも子供が多いのは、一つには結核のせいでもある。広四郎の故郷でも七人兄弟の内、四人が結核で死んだ家もあった。広四郎は言葉を失い、ただ前を見つめ、足を機械的に前に出していた。どこを歩いているのか、何を踏んでいるのかまるでわからない。足元がまるで頼りなかった。

医者がつづけた。

「戦時中、イギリスのチャーチルが肺病で危篤になった。そのときペニシリンで治療して一命を取り留めたという話を聞いている」

「ペニシリンですね」広四郎は希望の光が射してきたように感じて、医者に顔を向けた。「それじゃ、リンさんにもその薬を是非……」

医者が語気鋭く、断ち切るようにいう。

「簡単にいうな。日本にはほとんど入ってきていない。入ってきたとしても使えるのは進駐軍くらいだし、信州でペニシリンを使ったという話を聞いたが、よほど力のある人間じゃなければ使えないし、治療費にしても少なくとも十万円はかかるらしい」

「十万……」

石井部隊で働き、数年で十万円を送金したという話を聞いていた。広四郎がもらっていた給料も決して少なくはなかったが、とてもじゃないが十万には届かなかった。せいぜい実家の屋根をぴかぴかの青瓦に葺き替える程度でしかない。

そんな大金、どうやって……、いや、方法はある……、それにしても……、チクショウ……。

第六章　青鬼

1

朝になるまで二度目の喀血《かっけつ》がなく、動かせるようなら連れてくるようにと医者に指示されていたので、広四郎は隣家からリアカーを借り、リンと広子を乗せて医院まで運んだ。医院は古い石造りであった上、空襲で全焼した境界線の北側にあった。灰色の表面こそ少しばかり焼け焦げがあったものの建物自体はほぼ無傷のまま残っていた。

リンを運びこんで、初めて医院には入院施設などないことを知った。玄関から入り、診察室わきの廊下を通って裏口のわきにある四畳半の部屋にリンを連れていった。リンは足元こそおぼつかなかったが、支えてやれば、歩くことができた。医者の家族は二階に住んでいる。妻と二人の娘がいた。上は中学生、下は小学生という。下の娘が広子を二階に連れていってくれた。結核は伝染する。娘たちはあらかじめ父から言い聞かされていたのかも知れない。むしろ広子をどのようにして母親と離すかと気を揉んでいたが、聞き分けがよかった。子供ながら母の異常事態を察していたのだろう。

広四郎はリンに出会ったときに着ていた階級章を外した軍服を着て、雑嚢を斜めに提げていた。非常用資金として雑嚢の底に縫いこんであった百円札五枚を折りたたんで医者に差しだし、頭を下げた。

「とても足りませんが、当面の治療費です」

「うむ」医者が受けとる。「どうするつもりだ？」

「ペニシリンを探してみます」

「あてはあるのか」

「二、三、知り合いをあたってみるつもりです」

嘘。訪ねていく先はたった一つ、須賀とともに拠点としていた田町の病院しかない。任務を放りだし、一ヵ月半も連絡をしていないのだからすんなり受けいれられるかわからない。潜入している身だが、警察に突きだすような面倒なことはしないだろう。戦争が終わって時間が経ち、少し落ちついたとはいえ、占領下にあって日々街角や路上で行き場のない人々が死んでいる。身元など誰も気にしない。

しばらくの間、医者は広四郎を見ていたが、やがてうなずいた。

「わかった。私も当たってみよう」

「よろしくお願いします」広四郎は深々とお辞儀をした。「リンさんと広子を、どうかよろしくお願いします」

医院を出た広四郎は市電の停留所まで歩き、そこから大塚に出て、省線電車で新橋まで行った。塀沿いを裏口にまわると詰め所があり、灰色の制服を着た男が座っていた。のぞきこむと男が小さな窓を開けたので、須賀の偽名を出して会いに来たと告げた。もちろん広四郎自身も日本に潜入する際、付与された名を使っている。

男がどこかに電話をかけるとしばらくして白衣の男が来て、ついてこいという。あとに従うと寮の裏玄関を入って、すぐ左にある部屋に案内された。簡素ながらソファとテーブルが置かれている。調度類は何もなかった。

一時間が経ち、二時間が過ぎた。ドアを開ける音が聞こえたときには、とっくに正午を回っていた。朝から何も食べていなかったが、緊張で胃袋が縮みあがっているせいか、まるで空腹を感じない。

入ってきたのは、ぴかぴかに磨きあげた黒い革靴を履き、濃紺の三つ揃いを着た須賀だ。光沢のある布地——おそらくは絹製の柄物ネクタイを締めている。広四郎は立ちあがって、須賀を迎えた。

だが、須賀は目もくれず向かいの長椅子にどっかり座ると足を組み、タバコを取りだした。銘柄はラッキーストライク。ソ連製ではなかった。パッケージの上部を叩いて、一本抜き、くわえて、マッチで火を点ける。ゆっくりと煙を吐き、広四郎を見上げていった。

「うっとうしいな。座れよ」

「はい」広四郎は座るなり両膝に手を置いて、頭を下げた。「この度はご迷惑をおかけしました。申し訳ありません」

須賀は答えようとせず、二服目を吸いこんで煙を吐く。げっぷをした。呼気にネギの匂いが混じっている。薬味を使えるようになったのかと思ったが、やはり空腹は感じない。かすかな吐き気を催しただけだ。

須賀がそっぽを向いたままいった。

「帰ってくるとは思ってた。非常用資金を使い果たせば食うにも困る。我々はここにはいない人間だからね。下手に身分証を使えば、進駐軍か警察の手が回ってソ連に通報される」

　これまで身分証の提示を求められたことはないが、切羽詰まれば、偽造された米穀通帳は使っていたかも知れない。通帳がなければ、米の配給を受けられないからだ。だが、書かれているのは当然偽名であり、リンに訊かれても説明のしようがなかった。

　ちらりと広四郎を見た須賀が感心したようにいった。

「ちゃんと洗濯してあるようだ。洗濯してくれる人でも見つかったか」

　洗濯はリンが片手でしてくれた。仕事から帰ってきたとき、軒先に干してある軍服、軍袴を目にしたとき、柄にもなく幸せって、こういうことかと思ったものだ。

　広四郎は肚をくくり、テーブルに両手をついた。

「お願いがあってまいりました」

「ほお、今ごろになってのこのこやって来たと思ったら、いきなり願いごとかよ。なかなか神経の太いことで」

　顔を伏せたまま、つづけた。

「ペニシリンを手に入れたいのです。須賀さんであれば、伝手をご存じではないかと思いまして」

「買いかぶりだよ。今の私ゃ、一介の雑役夫に過ぎませんからね。あんたの大切な人……、そうか、その軍服を洗濯してくれた人が結核になったか。それはお気の毒に」

　言葉とは裏腹にもの凄く嬉しそうな響きがあった。須賀がつづける。

「ペニシリンは今ではイギリスなら一兵卒にも投与される。アメリカも状況は同じだろう。ソ連も国内はいざ知らず少なくとも東京に進駐している部隊にはすぐに入ってくるだろう。情け深い鬼畜米英が分けてくれる。だけど日本には入ってこない。石井部隊も細菌や毒ガスなんか研究してないで、本来の任務である防疫に専心していれば、今ごろは潤沢にペニシリンを持っていただろうに」

そのとき、ドアをノックする音が聞こえた。須賀が答える。

「どうぞ」

ドアが開き、誰かが入ってきた。広四郎はまだ顔を上げられずにいた。靴音を響かせ、テーブルのわきに立った男の声が頭上から聞こえてきた。

「久しぶり」

はっとして顔を上げた。須賀同様、三つ揃いの背広をりゅうと着こなして、地味な織り柄ながら高価そうなネクタイを締めていた。髪は伸ばしていた。

喉の奥に苦い塊がせり上がってきそうになる。広四郎は身じろぎもせずに男を見上げていた。ハルビン領事館から丸太を運んできたときに受けとりをやっていた特別班の軍曹だ。須賀が面倒くさそうにいった。

「立ち話も何だから座りなよ」

うなずいた元軍曹が須賀のとなりに腰かけた。須賀が広四郎に目を向ける。

「知ってるだろ?」

「はい。部隊で何度かお目にかかりました」

「名前は加茂《かも》とでもしておこうか。名前なんて甲でも乙でもいいんだけど、呼び出し符丁がないと不便だから」

須賀が身を乗りだしてくる。またネギが臭った。

「今後は失敗は許されない。加茂さんが専門の立場から我々を見守ってくれるわけだ」

監視がつくらしい。広四郎はうなずき、目を伏せた。うなだれたといった方が当たっているだろう。

理解した。昭和二十年三月三十日、広四郎が押さえた丸太の首を須賀が軍刀で刎《は》ねたとき、すべてを見届けたのが加茂だ。広四郎、須賀が戦犯とされるのに充分過ぎる証人といえた。


昭和二十三年が明け、一月になった。拠点に戻って何もしないまま一ヵ月半が経過したものの何の動きもなく、ペニシリンのペの字が出ることもなかった。

広四郎は焦《じ》れていた。

監視下に置かれているのはわかっていたが、部屋のドアは施錠されていない。病院の最上階――四階だったが、階段の表示は〝5〟になっていた――の個室に起居し、同じ階にある食堂で三食を供された。

外出は須賀か加茂を通じてソ連軍の許可をもらえばできるといわれていたが、おそらく外に出れば、尾行がつくだろう。リンについて知られるわけにはいかない。かつての看護婦詰め所のようなところにソ連兵、背広姿の男たちがいた。男たちの中には日本人がいたので会話は日本語で足りた。階下に行くときには、そこの窓口で許可をもらうようにといわれていたが、ほかの階にどのような施設があるのかわからなかったし、用はなかった。リンを置いてもらっている医院の住所、電話番号もわかっていたが、連絡するわけにはいかない。

そうした中、加茂が須賀と広四郎を四階にある小さな会議室に呼んだ。加茂が窓を背にして座り、須賀と広四郎はテーブルを挟んで向かい側に並んだ。

加茂がテーブルに両肘をつき、指をからみ合わせる。

「穂月も戻ったことだし、そろそろ第二回目を決行しようと考えている」

軍隊時代なら軍曹に過ぎない加茂が軍医大尉である須賀に向かって口を利くにしてはぞんざいだが、戦争はすでに終わっているし、軍隊も階級章もない。

「一度目は須賀先生が気後れなさったのか、見事に失敗した」

あえて須賀を先生呼ばわりしたのは、嫌み以外の何ものでもない。須賀がきっと加茂を睨んで口を開いた。

「支店長が交番のお巡《まわ》りを呼んだからだ。私はうまくやった。あんな目と鼻の先に交番があることを見落とすなんて、そもそも計画を立てた奴の失敗というべきだろう」

お巡りと聞いて、広四郎は穏やかではいられなかったが、黙って加茂と須賀のやり取りを見ているしかなかった。

反り返った須賀がせせら笑うような表情を見せる。

「すべて計画通り進行させた。私は行員たち全員に毒を服ませた」

「歯科医が使う麻酔薬をね。あんた、医者でしょう」

広四郎は目をしばたたいた。歯医者の使う麻酔薬とは、どういうことか。まるで意味がわからない。須賀には第一薬の代わりに麦茶を使うといわれていた。もちろん毒ではないから被害はない。あくまでも予行演習だといっていたのだ。

須賀がなおもいいつのる。

「行員たちを殺害する必要はないだろう。一定時間躰をしびれさせて、自由を奪えば、金を奪うことができる」

「金？」加茂が片方の眉を上げる。「そんなもの、どこにある？　それに行員たちは動けなくなったか。あの薬がどれほど効果があるものか、医者ならわかるだろうが」

「私は軍医だからね。歯医者が使ってるしびれ薬がどの程度のものかなんて知ったこっちゃない。歯を抜かれても痛みを感じないんだ。服ませれば、躰がしびれると考えた」

「あの薬については俺も勉強したよ。歯一本分の歯茎をしびれさせるのに二シーシーくらい注射するそうだね。それも歯茎に直接だ。先生は、あのとき何シーシー使ったのかな」

「十シーシーは使った。アンプル五本分だ。ラベルには二シーシー入りとあった」

「それを薄めたんだろ？　あのとき行員は二十名もいたんじゃないのか。それに対して十シーシーの麻酔薬を薄めて服ませた。歯茎をほんのちょっと麻痺させるのに二シーシー必要なんだ。それも注射しなくちゃいけない。それを水で薄めた上、ごくごく飲ませた。それで全身が痺《しび》れて動けなくなるかね」

「殺すよりはましだろう」

「おやおやおや」加茂が芝居がかった仕草で首を振る。「部隊では悪魔の医者といわれた須賀先生の言《げん》とは思えないな」

「平房にいたときは、研究が目的だった」

「しかも相手は丸太だから？」

加茂の言葉に須賀がふたたびうつむいた。

「済んだことは仕方ない。汚名返上を期待してますよ、先生」

「もちろんだ」

須賀は顔を上げず声を圧しだした。

「では、次の作戦を説明しよう」加茂がテーブルの上に地図を広げ、指さした。「私鉄線の中《なか》井《い》駅」

そこから指を斜め上に移動させ、一点を指してとんとんと叩いた。

「標的はここ」

銀行名を告げ、次いで標的として選んだ理由を話しはじめた。

「まず住宅街にあること。近所で赤痢かチフスのような伝染病が発生し、罹患したと思われる者が本日この銀行に来て、入金をしていったことがわかった。そのため、間もなくGHQの防疫班が消毒に来るが、その前にまずは今日扱った現金、小切手などを消毒し、行員の皆さんには予防薬を服んでもらう必要があると告げる。ここまではいいかな」

広四郎と須賀がうなずく。

「この手口がうまくいくのは、須賀先生が三ヵ月前に証明してくだすった。何もかも計画通りうまくいったんだよな?」

「ああ」

「ああ?」

加茂の語尾が上がり、須賀が顔を伏せ、いい直した。

「はい」

「結構。駅から二百メートルだ。歩測したので間違いない。ただし、結構な上り坂になる。次に決行の曜日と時間だが、月曜日、午後三時、閉店直後に行う。月曜日は、前日日曜日の売上金などが集められるので一週間のうちで一番多く金が集まる。そして銀行というのは、午後三時に窓口業務を終わらせて、その日一日取り引きをした金をきっちり勘定しなくてはならない。

肝心なのはここだ」

加茂が言葉を切り、須賀、広四郎ともに身を乗りだす。

「集めた金を集計して、金額を確認し終えたら本店もしくは地域の中核店に運ぶ。これを現金送達、略して現送《げんそう》という。すでに現送を行ったかを確認しろ。銀行の者には、ここの金が運ばれてしまっては、運ばれた先でも同じように消毒を行わなくては大変なことになるといえばいい。現送が済んだあとでは、銀行にほとんど金が残ってない。細菌を市中にばらまいてしまったことになる。いいか」

須賀と広四郎はうなずいた。

加茂が椅子の背にもたれかかり、タバコの箱を取りだした。須賀と同じくラッキーストライクだ。金色のライターで火を点け、深々と吸いこんで大量の煙を吐きだして言葉を継いだ。

「忘れてならないのは、我々の目的だ。何でしたかな、須賀先生？」

「石井部隊の研究成果をアメリカが独占し、世界中の人々を殺す威力のある兵器を開発せんとしていることを世間に知らしめること、そのためには大事件を起こし、世間の耳目を……」

大義名分など、広四郎にはどうでもよかった。早瀬がいっていたようにまだ戦争は終わっていない。それだけのことだし、戦争となれば、どの国も正義を振りかざしながら悪辣非道をくり返す。広四郎にとって大事なのは……。

須賀を言い負かした加茂が得意げに鼻をひくひくさせて告げた。

「では、肝心の第二回の実行日だが、明後日、一月十九日、月曜日だ」


昭和二十三年一月十九日月曜日、午後三時を回った。

昨日、そして今日の午前中と現場——私鉄線中井駅周辺を偵察した際、案外人通りが多いことに広四郎たちは驚かされた。去年十月に荏原で実施した初回試行では、周辺が収穫を終えた田畑だったせいか、ほとんど人通りがなかった。

二度目の現場は、駅の北にある高台の高級住宅地が爆撃を受けなかったこともあって復興が早かったようだ。駅の周辺にはバラックながら住宅や商店が建ち並び、人々が行き交っていたのである。

そのため急遽《きゅうきょ》作戦が変更され、須賀が一人で実行するのは荏原のときと同じながら加茂は中井駅で監視役をつとめ、広四郎は山手通りに停めた逃走用乗用車で待機することになった。銀行を襲った須賀が駅まで戻り、加茂と合流して車まで来ることになっている。後部座席の広四郎は時おり後ろをふり返り、駅の方からやって来るはずの二人を探した。

広四郎は下唇の内側を噛んでいた。落ちつかない気分がつづいている。

原因は須賀にあった。最初の試行のときは第一薬の代わりに麦茶を飲ませるといっていたのに歯科用の麻酔剤を使っている。だが、加茂とのやり取りを聞いて愕然とした。最初から登戸研究所が開発した新型毒薬を使うはずだったものを須賀が勝手に歯科用麻酔薬にすり替えたらしい。

殺すまでもなく、躰が痺れて動かなくなれば、予定通り実行できると須賀は主張した。しかし、目的は七三一部隊の研究成果を独占しているアメリカの邪悪さを世界に知らしめることにある。だからこそ登戸研究所が開発した新型毒薬を使い、七三一部隊にいた元軍医の須賀が凶悪事件を引き起こす必要があった。

シベリア抑留から逃れたい須賀が思いつき、同じ収容所にいた早瀬に提案、早瀬からソ連軍参謀部に伝えられ、工作員のラストボロフが作戦を立てた。広四郎にしてみれば、ソ連もアメリカもどうでもよく日本に帰って来たかっただけだし、今はリンを助けたい一心でしかない。

また、一回目の試行で須賀から聞かされていた作戦内容と、須賀の行動の食い違いが疑念を生じさせていた。

殺すまでもないと須賀が主張するのは、実行する度胸がないからではないのか。

いくらアメリカの陰謀を暴露するためとはいえ、今になって十数人もの銀行員を殺害することには広四郎も納得できてはいない。だが、ペニシリンを入手できるかどうかが作戦の成否にかかっているとするならば、成功して欲しい……、いや、絶対に成功してもらわなければならない。

しかし、どうすれば、須賀が本気かどうかを明らかにできるか見当がつかなかった。落ちつかない原因はそこにある。

午後三時三十分を回る頃、山手通りに二人が現れ、そのまま車に乗りこんだ。加茂が助手席に座り、須賀と広四郎は後部座席に並んで腰かけた。加茂が顎をしゃくっただけで走りだす。

ふり返りもせず加茂が訊く。

「首尾は？」

「予定外の人間がいて、高田馬場《たかだのばば》の支店長だというが、どう見ても軍か警察の関係のようで……」

作戦を実行する度胸がないという証拠に気がついた広四郎はまくし立てようとした須賀のコートのポケットに手を突っこんだ。ぎょっとした須賀が怒鳴る。

「何をするか」

声がひっくり返っていた。

指先が固い物に触れた。やはりあったと思いながらつかみ出し、握っていた手を開いた。小さなガラス瓶――中和剤のアンプルだ。首は折れていない。中和剤は作戦開始前に服用しておかなければならない。服んでいないのは、最初から実行するつもりなどなかったことの証拠だ。

加茂がふり返る。広四郎はアンプルの頭をつまんで持ちあげた。

「次は俺がやります」

加茂が広四郎を見返したが、ほんの一瞬に過ぎなかった。うなずく。広四郎はつづけた。

「成功した場合には、ペニシリンをいただきたい」

加茂が怪訝《けげん》そうな顔をし、須賀が広四郎の横顔をまじまじと見ている。

「結核治療用のペニシリンです」

「わかった。調達しよう」加茂が広四郎、次いで須賀を見る。「ただし、急がなくてはならない。アメリカや日本の警察が今回の失敗と去年十月の事案とを結びつける可能性があるし、何よりソ連が早急に結果を出すことを望んでいる。失敗、未遂のまま我々の行動がつぶされたんでは、本来の目的であるアメリカの悪事を暴露するにはとうてい及ばない」

加茂の目玉が右、左と動いた。広四郎は身じろぎもせず見返している。

2

拠点としている田町の病院に戻ると加茂と再会した応接室に入った。テーブルを挟み、須賀、広四郎の向かい側のソファに腰を下ろした加茂がさっそく切りだす。

「実は、今回の作戦に関しては予備計画がある。それであれば……」

ふいに須賀が割りこんだ。

「待ってください。去年、荏原で実行したとき、警察官が来ました。あのときはたまたまかも知れないけど、次は三回目になります。どこの銀行にも電話機くらいある。近所で伝染病が発生したとなれば、最寄りの警察署に問い合わせるくらいはするでしょう」

加茂が訊きかえす。

「だから？」

「本当に伝染病を発生させるんです」

広四郎は息を嚥み、加茂は怪訝そうに眉根を寄せた。須賀が言葉を継ぐ。

「我々が拠点としているこの病院は医科大学附属です。そして親ともいうべき大学は細菌学の権威が創始者となっている。病院にはなくとも大学の研究室には病原菌が保管されているでしょう。それこそ赤痢でもチフスでも、Ｐでも」

Ｐという隠語は広四郎、加茂ともに馴染みだ。七三一部隊にあって須賀が担当していた病原菌でもある。

ペスト。

「しかし、さすがにＰでは騒ぎが大きくなりすぎる。赤痢かチフスが妥当でしょうね」

須賀の声には、かつての尊大さが蘇《よみがえ》っているように思えた。

ハルビンの春香街で新型毒薬の実験をした際、登戸から来た篠原があらかじめ近所の井戸に赤痢菌を投げこんだといっていた。七三一部隊ではお馴染みの手口なのかも知れない。

「細菌を井戸に放りこんだとして、潜伏期間がありますから発症者が出るまで二日ほどかかるでしょう。それから都の衛生局が検査をして原因菌を突きとめ、それからＧＨＱへの通報となる。もし、次の月曜に作戦を決行するなら早い内……、できれば、今夜にでも菌を投入しなくてはならない」

加茂が目を細め、須賀を探るように見つめた。

「今夜のうちに？」

「週末にも発症者が出なければ、騒ぎにはならないし、都の衛生局はともかくＧＨＱは日曜日には絶対に動かない。週明け、押っ取り刀でやって来る」

「こっちの目論見どおりに動くか」

「そんなこたぁわからない」須賀があっさり首を振った。「一か八か、ですよ。ＧＨＱが出張ってこなければ、危険を覚悟で決行するか、撤退するか」

「わかった。さっそく細菌の手配にかかろう」

ふたたび須賀が訊く。

「予備計画の標的は？」

「私鉄武蔵野《むさしの》線、椎名町駅近辺だ」

「近いな」

須賀がつぶやく。もっとも東京に土地勘のない広四郎にはぴんと来なかった。須賀がいった通り、大学の研究室には赤痢、発疹《はっしん》チフスそのほかの細菌の見本があった。潜伏期間が一、二日だからと須賀が赤痢菌を選び、水溶液を作った。

ふたたび三人そろって車に乗りこみ、病院を出たときには、真夜中になっていた。加茂が運転手に指示をしながら一時間ほど走り、住宅街に止めさせ、ライトを消した。つづいてエンジンが停止した。

　須賀が躰を起こした。

「ここは？」

　加茂が答える。

「標的から西へ五百メートルほど来たところだ。すぐ先の路地を左に入ると長屋になってて、三軒目にあたるところが共同井戸だ。この時間だから誰もいないと思うが、周囲には気をつけろ」

「わかった」

　須賀が降りていくと加茂が助手席から後部座席に移ってきた。広四郎は須賀が見えなくなった辺りに目を向けていたが、闇が深い。おそらく自分の手も見ることができないだろう。

「俺は孫呉に行かされたんだ」

　窓の外を見たまま、加茂がいう。

「え？」

「孫呉の支部だよ。あんたは林口を割りあてられたんだろ。須賀といっしょにさ」

　ようやく昭和二十年八月十三日のことをいっているのだとわかった。

「ええ、そうです。加茂さんも十三日に？」

「まさか」

　加茂がひっそり笑う。見ることができなくとも苦笑しているのはわかった。

「その前からだ。六月くらいから国境の向こう側ではソ連軍が増強されていた。戦車や野砲の数が違うし、兵隊も大勢いた。奴らが来るとはわかっていたんだが、中央からはソ連との交戦を極力避けよという命令が来ていた。あからさまに避けろといってきているわけではなく、いつまで経っても準備命令ばかりだった。おかしいだろ?」

「そうですね」

「八月九日、ソ連軍が一斉に国境を越えて来た。ほら、見たことか、だ。まあ、俺は八月には孫呉に入っていたんで、書類やら資材やらの始末は始めていたがね。でも、とてもじゃないが間に合わなかった。孫呉の支部に残っていた資料は接収され、人間はまとめてシベリア送りだ。そこで、あの中佐に会った」

早瀬だろうと察しがついた。

「そうだったんですか」

「あの方に教えられたよ。陸軍中央は本気でソ連にアメリカとの仲介を頼もうとしているって。いくら追いつめられていたとはいえ、正気の沙汰じゃない」

加茂が首を振るのが気配でわかった。

「俺たちには知らされなかったが、中央は昭和二十年春には日本はもうダメだと見切っていた。だから七月のうちに孫呉行きを命じられてもびっくりしなかった。我々の部隊は軍機だらけだったからな。人も書類もモノも、何であれ、決して敵の手に渡してはならない」

加茂の話を聞きながら、八月初めに孫呉に行っていたら部隊長が石炭山に立って全隊員に与えた訓示は聞いていないのかとぼんやり考えていた。

「敵の手に絶対渡してはならないという石井部隊長直々の訓示が八月十一日にありました」

「それを受けて、あんたは林口に行った。支部の幹部を集団自決させるために。実際、よくできた台本だよ。誰だって欺されて服むわな。あんたが考えたのか」

「いえ」

広四郎は顔の前で手を振って否定した。指導を受けたのは篠原からだが、篠原が発案したともかぎらないだろう。その篠原も空路日本へ帰る途中で撃墜され、戦死している。

「でも、あんたと須賀は林口にたどり着けなかった」

「はい」

胃袋の底を冷たい手で撫でられたような気がした。林に並んで正座している子供たちの姿が脳裏を過《よぎ》る。

「その途中で開拓団の集団自決には手を貸したけどな」

やはりそこに来たか。

「一部始終を見ていた須賀がまるで自分の発案であるかのように、あの手口を早瀬に上申したわけだ」

驚きはなかった。顚末を詳細に説明できるとすれば、須賀しかいない。

「あのときに使ったのは新型毒薬といわれていただろ？　登戸が開発したって」

「はい」

「だから始末しなきゃならない、痕跡も残すな、といわれていた。ところが、だ。新型毒薬のアンプルは全部で三万本残ってて満洲にはそのうち五千本だか一万本だかが回っていた。もう負け戦のどさくさだ。あんたは林口まで運ぶように命じられたが、俺が孫呉に行ったときは手ぶらだったよ。孫呉支部にも在庫があったからね。二千本だったかな」

加茂が身じろぎをする。

「それをさ、全部、ソ連軍に没収された。丸ごと、全部。今、俺たちが使っているのは、そのうちの一部だ」

須賀が戻ってきた。加茂が窓を下ろし、声をかける。

「前に乗れ」

うなずいた須賀が助手席に乗りこむと運転手がエンジンをかける。

「首尾は？」

「うまくいった。周りには誰もいなかった」

「よし。さすが悪魔の医者だ」

加茂が笑いをふくんだ声でいった。


一月十九日深夜——ひょっとしたら日付が変わっていたかも知れない——、共同井戸に赤痢菌の水溶液を投下した。須賀の指示によって潜伏期間を見て、翌々日、一月二十一日水曜の昼過ぎから広四郎、須賀、加茂は手分けして近所の医院を見回った。

前を通りすぎながら医院の窓からのぞきこみ、混みあっているようであれば、受付で風邪で受診したい旨を伝えた。咳が出るといえば大っぴらにマスクを着用できるからだ。

病院の様子をうかがうと同時に周囲の地理を頭に叩きこむ意味があった。

三人がそれぞれ一、二ヵ所回ったが、どこも混んでいたし、とくに患者が多かった医院には須賀が入り、待合所で母子や近所の主婦同士の会話に耳を傾け、下痢、発熱といった症状を聞きつけてきた。

同じ二十一日の夕方、須賀がくだんの医院を騙《かた》って都の衛生局に電話を入れ、伝染病の疑いがある検体を検査してもらいたいといったところ、検体を提出するようにいわれただけでなく、同じ地域から問い合わせが相次いでいるので検査には時間を要するとの返事を得た。一方、加茂はＧＨＱ民政局に関わりのあるソ連軍を通じて探ったが、都から伝染病についての通報は入っていないとのことだった。

当初から動きまわるのは二十一日水曜日だけと決めていた。木曜日、金曜日は拠点から一歩も外に出ないで過ごした。新聞は全紙隅々まで目を通し、ラジオは点けっぱなしにしていたが、伝染病発生のニュースは流れないまま、土曜日となった。米軍を主体とするＧＨＱは週末には少数の当直を残すのみでまず動かない。

週が明け、一月二十六日月曜となった。

午前十時にいつもの応接室に加茂、須賀、広四郎がそろった。加茂がテーブルに手書きの地図を置く。駅、標的の銀行、道路、赤痢菌を投げこんだ井戸と周辺の長屋などが記されていた。ひと通り歩いているので、道路や家並み、銀行周辺の様子などが浮かんでくる。

加茂が口火を切る。

「さて決行日となった。現在までのところ都の衛生局には問い合わせがあり、検体の検査が行われているようだが、まだ隔離、消毒等の動きはない。須賀先生はどう考える？」

先生という尊称に嫌みな響きは感じられなかった。

「まだ菌が検出できていないんだろう。菌が出れば、ＧＨＱの許可を得て消毒に動くはずだ」

須賀が首をひねる。「十九日に投下して今日でちょうど一週間になる。発症者が出て、検査段階にまで進んでいるが、まだ結果が出ていないのかも知れない。今日、遅くとも明日には結果が出るだろう」

「明日か」加茂が顎を撫でた。「月曜日の閉店直後を狙うのは、休み明けで一週間のうち、もっとも現金が集まっているからだが、我々の目的はアメリカが強力兵器を独り占めしていることに耳目を集めさせる点にある。その目的からすれば、現金の多寡は二の次ともいえる」

「被害金額が少なければ、話題にならないんじゃないか」

須賀が口を挟んだ。

「我々の計画通りに進めば、二十人前後が死ぬ。金の多寡など誰も気にせんよ。それにGHQの出動があった方が真実味が増すといったのは先生だろ」

「そりゃ、そうだが……」須賀は冴《さ》えない表情でうなずいた。「たしかに都の衛生局が井戸の消毒に来れば、それだけでも充分な気がする。当然、地元の警察署には事前連絡がいくだろうし、銀行が問い合わせても都が消毒をしているという答えが返ってくるはずだ。そこへ穂月が都の衛生局だといって現れる」

広四郎は胃がしくしく痛むのを感じた。

実は加茂に命じられ、一度銀行に入っていた。銀行とはいっても元は質屋という日本家屋を改造しただけで、あまりにこぢんまりとしていて拍子抜けした。かつては質草を入れた土蔵を改造して大金庫を二つ作り付けにしてあった。混みあっている時間帯に入り、さっと見まわしただけですぐ出てきている。

わずかの間だったが、絶えず客が出入りしていて活気があった。

「そして……」

さらにつづけようとした須賀を制した加茂が苦笑いを浮かべた。

「そこからあとはわかってるし、そもそもは穂月が満洲で実行したことだ。先生からくり返してもらう必要はない」

須賀は唇を尖らせてうなずいた。

加茂が須賀と広四郎を見た。

「決行する。GHQの動きがあろうとなかろうと本日午後三時過ぎ、銀行の閉店直後に。それでもできるだけGHQをからめておいた方がいい。成功率が高くなるだけでなく、あとあとアメリカの謀略を暴き立てるときにも信憑性《しんぴょうせい》が増すだろう。そこで俺は一つの仕掛けをした」

須賀、広四郎ともに身を乗りだし、それを見た加茂が満足げな笑みを浮かべた。

「今朝方、警視庁に密告したんだ。椎名町の井戸に赤痢菌を放りこんだのは、元七三一部隊の連中だとね」

ぽかんと口を開けてしまった。見なくても須賀も似たような顔つきになっているのがわかる。加茂はますます満足度を深めているように見えた。

「七三一部隊の元隊員には不満分子がいる。先日話したように部隊長はじめ幹部連中は戦犯免責となっている。実のところ、部隊の研究成果は米軍が没収したんじゃない。奴らは実際に何があったか探りきれずにいた。敗戦直前に書類、実験器具、兵器はすべて焼却処分にされたと思っていたんだな。そこへ石井四郎がGHQの情報部に取引をもちかけた。データを渡すかわりに幹部連中……、といっても自分の息のかかった奴だけだが、そいつらを戦犯免責にしろって」

加茂が自らの言葉に大きくうなずいた。

「あっさり受け入れられた。アメリカは最初から独り占めするつもりだったからな。幹部だけ助かると知れれば、不満を抱く奴が出てきても不思議じゃない。シベリアに抑留されていた連中を通じて石井たちの行動を暴露したのさ。命を助けてもらうだけでなく、多額の報奨金までせしめてるって。そりゃ許せんとなるだろう。だから腹いせに細菌を使ったというのは筋書きとしても自然だ。しかし、狭い町内で赤痢が出たくらいじゃ、誰も驚かん。国内でも、世界でも同じだ。大騒ぎにするため、七三一部隊の名前を出した」

しばらく間を置いたあと、手書きの地図を指さして加茂が告げた。

「それでは最終確認を行う。まずは実行役の穂月が待機する場所だが……」

椎名町駅の改札を出た広四郎は目を上げ、柱にかかっている丸い時計に目をやった。午後二時二十七分。加茂が手書きの地図にある椎名町駅に指を置いていった。

『午後二時半を目処《めど》にここに到着するように』

駅前に出て、左にレの字に曲がれば、標的がある。だが、まだ早い。午後三時、閉店直後を狙うことになっている。交差点をまっすぐに抜けると舗装された幅の広い環状路に突き当たり、左に曲がった。道路の左側、向かい側ともに、まるで戦争などなかったかのように家が並んでいる。左にある家はかなり大きなお屋敷だ。

リンの家がある一帯は完全な焼け野原となり、家など一軒も残らなかった。目と鼻の先、数百メートルも北へ行けば、まるで見えない境界線でもあるかのようにその先は無傷だった。不公平だとリンはいっていた。リンの夫は焼け死に、自分も右手を失った。しかし、目と鼻の先に広がる街並みは今までとまるで変わりなく、多くの人が行き来していた。

もっともリンのいる病院はその燃えなかった地区にあったおかげで助かったのだが。

環状路を北に向かって歩き、左に斜めに入る狭い通りに入った。またしてもお屋敷が一つ、二つ、三つとつづく。どこも立派な庭を整えているようだ。高い塀をめぐらせているので中を見ることはできなかったが、立派な防空壕《ごう》でも掘ったのかも知れない。

丁字路にぶつかり、左に折れる。

今度は左に空き地があった。地面に焼きつけられたような狭苦しい路地の跡を見て、さほど広くない土地ながら棟割り長屋がびっしり並んでいた様子が想像できた。建物疎開という言葉を聞いたのは、東京に戻ってからだ。びっしり家の建ちならんだ路地など、焼夷弾一発ですべての家が燃えてしまう。防止するためにはあらかじめ家の間引きを行うしかないのだ。

周囲のお屋敷宅は庭木一本焼けていない。たまたま焼夷弾が落ちなかっただけなのかも知れないが、更地になっているのは長屋がびっしり並んでいた辺りだけということが広四郎の胸に重くのしかかってくる。

長屋の持ち主は、周囲に残っているお屋敷の一軒なのか。長屋に住んでいた人たちはどこへ行ったのか。

割を食うのは貧乏人ばかり……。

首を振り、広四郎は歩きつづけた。

割を食うといえば、当たり前のように平房に連れてこられた丸太たちの姿が浮かんでくる。スパイではなかったことが今ならわかる。トラックから降ろされたとき、丸太たちは目をきょろきょろさせ、中には明らかに震えている者もあった。

迎えたのは加茂だ。当時は軍曹としか知らなかった。丸太は一人ずつ引きだされ、加茂が声をかける。何といったのかはわからないが、加茂の声が落ちついていたので肩の力を抜く者も少なくなかった。

そして足枷を着けられ、鉄製のピンを差しこんで留め、その後ピンは叩きつぶされた。基地最後の日、重油で焼いたあと、燃え残った骨を集めてかますに詰める作業をやったときにも足枷がかちゃかちゃと音を立てていた。死して、なお外れない足枷。

加茂は任務に対してだけは実に誠実だった。

ペニシリンを求めたとき、二つ返事で請け合った。広四郎に仕事をさせるのが加茂の任務であるなら誠実に取り組むだろう。だが、仕事をやり遂げた広四郎にペニシリンを用立てるのは、加茂の任務に入るか……。

答えはわかっている。わかっているが、リンを救うためにはほかに手立てがない。リンの右腕の代わりはできても、広子の母親にはなれない。そして広子が生きていくためには母親が必要だ。

仕事を終えたあと、何らかの証拠を握って、警察に自首するぞと加茂を脅してみるか……、いや、作戦の目的はアメリカが七三一部隊が開発した強力兵器を独占していることを世界中に知らしめることにある。自首するといえば、どうぞといわれるだけだろう。

広四郎一人であれば、逃げだすのは不可能ではない。現に去年の十月から暮れまで誰にも見つからなかった。だが、一人ではない。リンがいる。広四郎の指を握って、広四郎の腕の中で眠った広子がいる。腕の内側に広子の小さな尻の温もりが蘇る。

どうすればいいのか、どうすれば……。

すぐそばをかすめるように車が通りすぎ、思わずむっとして顔を上げた。幌《ほろ》をかけた進駐軍のジープだ。

心臓がきゅんとなった。赤十字のマークはなかったが、ＧＨＱの衛生部隊かも知れない。

前方を見据えたまま、広四郎は歩きつづけた。数百メートル先の交差点でジープが止まり、心臓が激しく鼓動しはじめた。四人、降りた。離れすぎていて、顔かたちは判別できなかったが、全員が緑色の軍服姿なのはわかった。

慌ててはいけない。合図を待て、と自分にいい聞かせた。

ほどなく交差点の左側——赤痢菌を放りこんだ井戸のある方——から須賀が出てきた。何の合図もなく、広四郎のいる方に向かって歩いてくる。

合図のないのが合図だ。ＧＨＱが井戸の検査に入った、と。

広四郎はすぐ先で左に曲がり、狭い通りに入った。コートのポケットからアンプルを抜き、首を折る。手のひらにつつんだまま、口元に持っていき、嚥みくだした。

中和剤は喉を灼き、食道を刺激しながら胃袋に落ちていく。

3

速歩《はやあし》で歩きながら広四郎はコートの上から左袖に腕章を着けた。腕章には消毒の文字と東京都のマークが入っている。本物と聞いている。昨年秋に襲来した台風で江東《こうとう》区の川沿い一帯が浸水し、その後、伝染病が流行した。各家庭の溜めこみ式便所から汚物が流れだす事態となったためだ。東京都は消毒にあたったが、職員だけでは手が回らず、数多くの学生アルバイトを動員した。そのとき学生たちに配布された正式な腕章がきちんと回収されず市中に残された。

グレーの三つ揃いにワイシャツ、縞柄《しまがら》のネクタイをきちんと締めている。前頭部に手をやり、口元を歪める。シベリアではシラミ予防のため丸刈りにしていたが、日本潜入にあたって髪を伸ばすようにいわれた。リンと再会して、ふたたび丸刈りに戻していた。慣れているし、すっきりしているのが好きだったからだ。田町の拠点に戻り、また髪を伸ばすように指示されたが、前髪が少し伸びたに過ぎない。中途半端でむず痒い。

家々の間を縫う路地を左、右と曲がり、標的の裏木戸へつづく道へ出た。二十メートルほど先に塀が見え、手前で一ヵ所、その先にもう一ヵ所、切れたところがある。質屋だったころの名残だ。質屋には必ず二ヵ所出入口があり、人目をしのぶ客が多いので裏口の方がよく使われたものだと加茂が教えてくれた。

角を回りこめば、正面入口の前に出られるが、すでに閉店時刻を過ぎているので表口はしっかり施錠されているはずだ。裏の通用口から訪ねるしかない。塀に作り付けになっている潜り戸は開いていた。その先、裏口の曇りガラスがはまった格子戸はやはり施錠されている。

戸を叩き、声をかけた。

「ごめんください」

少しして曇りガラスの向こう側に人影が映った。

「はい、どちら様でしょうか」

「東京都衛生局の者です。支店長をお訪ねしたのですが」

「ちょっとお待ちください」

鍵を外す音が聞こえてきた。その間、このあとにつづけなくてはならない手順を思いだし、間違いなくこなしていくのに精一杯で恐怖や緊張は二の次になっていた。暗記し、何度もくり返したセリフを胸の内でまたくり返しながら待つ。

格子戸が少し開き、中年というか、初老に近い女が顔を見せる。割烹《かっぽう》着《ぎ》姿からすると行員ではなさそうだ。左腕を前に出し、腕章をつまんで持ちあげてみせた。

「東京都衛生局の者です。支店長に緊急の用件があってやってまいりました。支店長はいらっしゃいますか」

「はあ……」

ためらう様子を見せた女にたたみかける。

「速やかに処理しなくてはならない大切な用件なのです」

即興の言葉がすらすらと出てくるのに我ながら驚いた。女が引き戸を引き開け、どうぞといった。女に従って支店内に入る。閉店後なので客の姿はなかったが、左にあるカウンターの向こう側の事務室には十人ほどの男女がいた。男は背広、女たちも洋装をしている。

初老の女が声をかける。

「支店長代理、お客様です」

代理？　支店長は不在なのか、と思う。少なくとも女が躊躇した理由はわかった。

事務所の中央にある机で四十がらみの男が立ちあがった。紺色の背広を着て、ネクタイをきっちり締めている。

男がカウンター越しに広四郎の前に立った。

「あいにくと支店長は外出しておりまして、私、支店長代理でございます。どういったご用件でしょうか」

慇懃《いんぎん》無礼という言葉が広四郎の脳裏をかすめる。馬鹿丁寧な口調ながら鼻で笑っている感じだ。

あらためて背筋を伸ばし、コートのポケットから名刺を取りだしてカウンターの上に置いた。東京都衛生課と所属が記され、名前の上に医学博士と刷りこんであるが、もちろん真っ赤な偽物だ。

支店長代理が名刺に目をやり、広四郎は切りだした。意外にすんなり声が出る。ほっとした。

「長崎二丁目のアイダ方で赤痢患者が出ました」

行員たちの手が止まり、いっせいに広四郎を見る。支店長代理の間抜けな笑みが鼻の周りで凍りついた。

アイダという名は須賀が偵察した医院で子供が下痢と発熱の症状で診察を受けに来ていた。病院を出たあと、須賀があとをつけ、赤痢菌を投げこんだ井戸の斜め前の家に入っていくのを確認している。住所はすぐにわかった。

広四郎は冷静に言葉を継いだ。

「本日、アイダ方の主婦がこちらに現金を預けに来て……」

女性行員の一人が立ちあがり、はずみで机の上に置いてあった簿冊が落ちた。どの机の上にも簿冊が何冊も重ねて積みあげられている。

支店長代理がふり返る。

「どうした？」

その隙に広四郎はカウンターに置いた名刺を取りあげ、手の中で握りつぶしてコートのポケットに戻した。女性行員の唇が震えている。支店長代理が苛立《いらだ》ってもう一度同じことをくり返す。

「どうかしたか」

「たぶん、アイダさんの奥さんだと思います」女性行員がようやく声を圧しだした。「お昼過ぎに見えられて、私が応対しました。現金を預けに来たんじゃなく、下ろしていかれたんですけど」

「どっちだっていい」支店長代理がひたいにしわを刻んでいる。「間違いないのかね」

「先ほど、長崎……」

「二丁目」

広四郎は補ってやった。女性行員がうなずき、支店長代理に顔を向ける。

「住所からしてアイダさんの奥さんだと思います」

「応対したのか」

「はい」

行内のそこここで悲鳴が上がり、数人が立ちあがって、周囲を見まわす。まるで空中を漂う赤痢菌を探してでもいるように……。七三一部隊でも馴染みの光景だ。細菌が目に見えるはずはないのだが、作業場で一人が倒れれば、誰もがあてどなく視線をさまよわせたものだ。

広四郎は支店長代理に告げた。

「皆さんに落ちつかれるよう伝えてください。すでに都の衛生局とＧＨＱがアイダ方に消毒に来ております。今のところ感染の拡大は確認されていません」

「はい」

支店長代理の顔からはついさっきまで浮かんでいたせせら笑うような表情がきれいさっぱりぬぐい去られている。行員たちをふり返り、両手を広げた。

「皆、静かに。もうＧＨＱが消毒を始めているそうだから」

それでも行員たちの不安げな表情は変わらなかったが、さすがに声を出す者はなかった。支店長代理がふたたび広四郎に目を向ける。視線を受けとめ、うなずいた。

「私はGHQといっしょに来ました。GHQは患者が発生したアイダ一家を隔離しています。周辺を調査したところ、同家前の共同井戸が発生源として疑わしいので、ただちに使用禁止措置を取ると同時にアイダ方に聞き込みを行い、接触した可能性のある家々に都の職員が先行して予防措置を行うことになっています。GHQの……」

GHQとずいぶんくり返すじゃないか、とせせら笑う自分がいる。今やGHQは神様にも等しい存在になっていた。天下の御免状、かつての皇軍みたいなものだ。いや、それ以上かも知れない。

「消毒班は順次回ってきます。こちらにも当然、それも最優先で来ます。間もなく到着し、消毒を行うことになると思いますが」

広四郎はいったん言葉を切り、支店長代理が食い入るように見つめているのを確かめてつづけた。

「菌がどこに付着しているかわかりませんので、この支店内をくまなく消毒する必要があります。皆さんには、周りのものに手を触れないでいただきたい。すでに菌と接触している可能性はありますが、これから実施する予防策を完了すれば、心配は要りません」

「予防策というのは？」

「アメリカから送られてきた予防薬を服んでいただきます。その後、支店の消毒をGHQが行います」

「わかりました。とりあえずこちらへ」

「はあ」

広四郎は支店長代理に促され、事務室に入った。誰も座っていない机を指され、座るようにいわれた。腰を下ろした直後、若い男性行員が蓋のない木箱を手にして、支店長代理の席までやって来た。

　広四郎は背を向けた。ちょうど向かいあう恰好になった女性行員と目が合う。女性行員がさっと目を伏せた。じっと広四郎の様子を観察していたような気がした。そのとき若い行員が低い声でぼそぼそと支店長代理に報告するのが耳に入ってきた。

「……工業の入金、確認終わりました。十二万二千三百円三十銭、間違いありません」

「ご苦労さん。そこへ置いておいてくれ」

「はい」

　ふり返りはしなかったが、十二万二千三百円三十銭という金額は耳の底に残った。

「失礼しました」

　支店長代理が声をかけてきて、広四郎は向きなおった。

「それで次はどうすれば、よろしいでしょうか」

「現在、支店にいる全員を集めて、人数分の湯飲みにもう一つ増やして、ご用意ください」

「もう一つといわれますと?」

「私がまず手本を見せます。刺激の強い薬ですから、飲み方に少々コツが必要なので」

「わかりました」

　うなずいた支店長代理が作業服姿の初老の男を呼んだ。服装からすると用務員のようだ。

「二丁目のアイダさんの家で赤痢が発生したそうだ。ここにいらっしゃるのは、都の衛生局の係官で予防策を講じてくださる。全員の湯飲みを用意して……、そうそう、奥にいる君の家族もここへ呼ぶように」

るのか。

「かしこまりました」
家族？——広四郎は胃袋がひっくり返りそうになるのを感じた——家族で住み込みをしてい

湯飲みは二つの盆に分けてのせられ、用務員と裏口を開けてくれた女が運んできた。どうやら夫婦のようだ。二人の後ろには二十歳くらいの淡い草色のカーディガンを羽織った若い女と国民服によく似た制服を着た小学校低学年くらいの男の子がついてきた。手をつないでいるのを見ると間違いなく姉弟だろう。まだあどけなさの残る男児は、牡丹江の北で会った開拓団の生き残りの中にいた子供たちを連想させた。

二つの盆にはそれぞれ八個と九個、合計十七個の湯飲みが並べられている。形も大きさもバラバラだ。用務員夫婦が机に盆を置き、支店長代理がいった。

「用意できました」

うなずいた広四郎はゆっくり立ちあがり、肩から斜めに提げていた雑嚢を外して机に置いた。革バンドの留め具二つを外し、広口瓶を取りだす。瓶の中身は上部が澄み、下部は白濁していた。拠点としている病院を出る際、新型毒薬を薄めたものだ。さらに透明な液体——ただの水——の入った二本目の瓶を取りだした。

二本を並べて、あらためて顔を上げ、机の周りを囲んでいる男女を眺め渡した。男九名、女七名。このうち用務員一家四人は事務室の向こう側にある廊下に立ち、残りの十二人が机を囲んでいる。男性行員は中年が四人、あとは若い。女性行員にしても全員十九、二十歳くらいにしか見えなかった。

まっすぐ向けられたきつい視線に気がついた。さきほど支店長代理と話しているときに目が合い、すぐに伏せた女だ。

かたわらから支店長代理が声をかけてきた。

「お願いします」

声に焦りが滲《にじ》んでいる。広四郎を睨んでいる女と用務員一家をのぞいて全員がうなずいた。そのときに支店長代理の机に置かれた木箱の紙幣の山が目についた。こんもり盛りあがっているのは使い古されているためだろう。すぐに視線を行員たちに戻す。

十二万二千三百円三十銭──男の声が脳裏に蘇る。

広四郎は白濁が沈んでいる瓶を右手で持ちあげた。ちょっと振ってみせる。瓶の中にもやが立ちのぼった。

「これが第一薬です。さきほど支店長代理にご説明したので、聞いている人もいるかも知れませんが、もう一度くり返します。この薬はGHQが本国アメリカから取り寄せたもので、非常に強力です。これを服用したあと、一分後に……」

水の入った瓶を左手で取り、差しあげる。

「こちらの第二薬を服んでもらいます。両方の薬は一分の間を空けて服まなくてはなりません。第一薬は非常に刺激が強いことを申しあげておきます。また、歯の琺瑯質を傷めることがありますので、このように舌を出して」

広四郎は大きく口を開け、舌を目一杯伸ばした。いったん引っこめる。

「次に舌を下の前歯に被せてください」

出した舌で下の前歯を覆ってみせてから舌を引っこめる。

「こうして歯を保護したあと、一気に、我慢して……、いいですか、どんなに苦くても我慢して一気に服んでください」

新型毒薬を入れた瓶の蓋を取った。臭いはまったくない。次いで雑嚢から銀色に輝く金属製の医療器具ケースを取りだし、机に置いて蓋を開いた。中から駒込ピペットを取る。新型毒薬の瓶にピペットを差しこみ、そっと攪拌した。沈んだ白濁が掻き乱され、やがて全体に広がる。

五シーシーずつ正確に吸いあげ、湯飲みの一つひとつに注いでいった。誰もが広四郎の手元を凝視しているのがわかった。十七個の湯飲みに注ぎ終わるまで数分しかかからなかったが、支店長代理は神経質そうに左足の爪先で床を打っていた。

湯飲みに手を伸ばそうとすると支店長代理が一つを指さしていった。

「こちらをお使いください。お客さん用なので」

「わかりました」

指定された背の低い湯飲みを取る。

「それでは皆さん、ここに集まり、一個ずつお取りください」

真っ先に支店長代理が取り、次々に手が伸びてくる。形も大きさもバラバラなのは各人が自分用の湯飲みを持っているためだとわかる。四つの湯飲みが残り、用務員の妻が盆ごと持っていく。家族用なのだろう。

全員が湯飲みを手にしているのを確かめ、広四郎は告げた。

「まず私が手本を見せますので、私と同じように服んでください。刺激が強いのでびっくりして吐きださないように。吐きだしては予防薬の役目を果たしません」

舌を出し、前歯を覆うようにする。舌先が前歯と下唇の間に入ってしまったが、かまわず湯飲みを呷った。強烈な苦み、えぐみが舌に広がる。我慢して嚥みくだした。

大きく息を吐いて湯飲みを下ろし、周囲をぐるりと見まわした。顔をしかめる。

「良薬は口に苦しとはまさにこのことです。恐ろしい赤痢を防ぎ、また歯を傷めないように気をつけて、では、服んでください」

誰もためらわなかった。むしろ少しでも早く服もうとしているようだ。ついさきほどまで広四郎を睨んでいた女もすんなり飲みほした。

「飲み終えたらすぐに湯飲みをこちらに戻してください。今、舌も喉も辛いと思いますが、我慢してください。第二薬を配布します」

全員が湯飲みを盆に戻す。広四郎は落ちついた手つきで、しかし素早く第二薬と称する水を五シーシーずつ注いでいく。第一薬ほど正確である必要はない。自分が使った湯飲みには最後に入れた。

広四郎は右手に湯飲みを持ち、左手首の腕時計を見て告げた。

「あと十秒の我慢です。九、八、七、六、五、四、三、二、一……、第二薬」

広四郎は自ら飲みほしてみせた。全員が従う。しかし何人かは喉を押さえ、今にも嘔吐しそうな顔をしている。

若い男がいった。

「洗面所でうがいしてきてもいいですか」

「もう薬を服みましたからうがいをしても大丈夫です」

若い男が口元を押さえ、くるりと身を翻す。あとにつづこうとした若い女二人が腰高の棚のわきを抜けようとしたところで倒れこんだ。驚いて声をかけようとした支店長代理が喉を押さえ、目を剥いて、その場で昏倒する。行員と用務員一家はそれぞれ右と左に分かれて支店の奥に向かったが、彼らも次々倒れていった。

誰一人立っていないことを素早く確かめると広四郎は、東京都のマークが入った腕章を外し、二本の瓶、ピペットを戻した医療器具ケースといっしょに雑嚢に入れた。次に支店長代理の机に置かれた木箱に入った紙幣の山をつかんで、これも雑嚢に入れる。机上に一枚小切手があるのを見つけ、つまみ上げ、雑嚢に突っこんで、そこで雑嚢の蓋をして留め具を通した。

ぐずぐずしてはいられない。雑嚢を斜めに提げ、侵入した通用口をふり返った刹那、心臓が縮みあがって思わず声をあげそうになった。女性行員が一人、通用口の引き戸を十センチばかり開けようとして、そこでうずくまっているのだ。

駆けより、女性行員を抱きあげると支店の奥へ運び、廊下に寝かせた。

とって返し、通用口を出て、後ろ手に引き戸を閉めると潜り戸から首を出して左右を確かめた。通行人も車もない。

そのまま外に出ると左に向かって歩きだす。目の前に神社の石垣が見えていた。突き当たりの丁字路を右へ行けば椎名町駅、加茂が待ちうけている。

迷わず左に曲がった。


前や後ろを時おり警戒しながら三十分ほど歩いた。人通りが激しく、小さなバラックが密集している一帯に出た。

自分がどこにいるのか、椎名町からどれほど離れたか、広四郎にはさっぱり見当がつかなかった。ごみごみした狭い通りを歩くうち、一軒の古着屋が目についた。

はっとして左腕に手をやる。腕章は外してあった。銀行支店を出たのがずいぶん昔の出来事のように思え、記憶が曖昧になっている。

落ちつけ、落ちつけと自分にいい聞かせる。

着替えをしなくてはならない。服装はまだ支店を出たときのままだ。最初に目についた古着屋でソフト帽をよれよれの軍帽に、コートを毛布のような生地で作られた軍用外套に、爪先の尖った黒い革靴を古びた半長靴に交換する。差額は相手のいうまま受けとった。少し歩いて次に目についた古着屋で三つ揃いを階級章を剝ぎ取った軍服上衣、軍袴と交換する。軍帽並みに古びてよれよれだったが、またも相手が口にした差額を受けとり、闇市を抜けた。

省線の線路をくぐるガードを通り抜け、反対側に出たとき、めまいが激しくなり、食道を熱い塊がせり上がってきた。線路を支える石垣に手をつき、目の前の側溝に顔を向けたとたん、臭くて苦く、酸っぱい奔流が口中に湧きあがる。吐きだした。湿った音がいつまでもつづく。

胃袋が空っぽになるまで嘔吐し、ねばつく唾を何度も吐いてふたたび歩きだす。

道路が波打っている。足元が柔らかい物でも踏んづけているように安定しない。脂汗が全身を濡らした。

止まりかける足を励まし励まし、うつむいたまま、足を交互に出してつづけた。

ふと顔を上げる。

周りに墓石が並んでいる。果てしなく並んでいる。

俺、死んじまったのか――。

4

目が覚めた。

広四郎は寝そべったまま、目玉だけをゆっくりと動かした。暗かったが、真っ暗闇ではない。薄い板の壁にできた隙間や節穴から陽の光が射しこみ、ゆっくりと宙を舞う埃《ほこり》がきらきら輝いている。

ここはどこだ？　どうしてこんなところに寝ている？

思いだそうとしたとたん、脳裏に何冊もの簿冊を危なっかしく積んだ机の間で向こう側に倒れていく女の背中が浮かんだ。引きずられるようにその前にいる男も倒れ、さらに奥へ目をやると廊下に女があお向けになって倒れている様子がまざまざと浮かんでくる。右側からは突きだした足先がのぞいていた。

「おおっ」

声を漏らして、頭を抱えようとしたとき、腹に何かがあたっているのに気がついた。毛布みたいな軍隊用の防寒外套を着ていて、ボタンをきっちり留めている。震える手でボタンを外し、前を開いた。抱えていたのは雑嚢で広四郎は軍服を着ていた。

次々に記憶が蘇ってくる。銀行の支店を出て、加茂が待っている椎名町駅とは反対の方向へと歩いた。しばらく歩き、池袋の西口マーケットにたどり着き、そこでソフト帽、コート、三つ揃いのスーツを古着の軍服や軍用外套と交換した。外套のポケットに手を突っこむ。くしゃくしゃになった紙幣をつかみ出した。全部で二十円ほどか。古着屋の店主たちの言い値で交換した。

恐る恐る躰を起こし、板張りの床にあぐらをかいて座りこんだが、恐れていためまいはなかった。口の中が苦くて、臭い。

新型毒薬を使って、十六人を殺した。湯飲みが全部で十七個あったから間違いない。一個は手本を見せるからといって広四郎が使った。銀行を出て、歩いているうちに徐々にめまいを感じるようになったが、何とか我慢した。

着ているものをすべて古着に交換して安心したのか、そのときになって毒が回ってきたのかはわからないが、マーケットを離れ、省線電車の高架下を抜けたところで一気にめまいと吐き気がひどくなり、吐いた。一度や二度ではなく、とにかく胃袋が空っぽになるまで吐いた。悪寒がひどく、全身に脂汗が浮いた。

中和剤によって毒が完全に無害になったわけではなかったのだろう。だからめまいと吐き気を感じた。半ば意識を失いながらも歩きつづけられたのは、作用した新型毒薬が致死量に達しなかったためで、今、めまいが治まって座っていられるのは、マーケットを出たところで大量に嘔吐し、その後汗で毒が流れ出たせいかも知れない。

いずれにせよ、幸運以外の何ものでもない。

幸運？――せせら笑う自分がいた――昨日、死んだ十六人は運がなかっただけか。

とりあえず雑嚢を開き、中身を確認する。空の広口瓶が二本、銀色の医療器具ケース、その下に使い古した紙幣の束がぐちゃぐちゃになって入っていた。そのわきに折りたたんだ紙片が見える。引っぱり出して広げる。小切手。額面は一万二千五百円で標的とした銀行支店名の印判が捺《お》されている。

小切手を戻し、雑嚢の蓋を閉じた。留め具をしっかり掛け、ちゃんと掛かっているのを引っぱって確認する。どこで、いつやったのかはわからないが、雑嚢を左肩から斜めに掛け、その上から外套を羽織った上、すべてのボタンを留めてあった。そして腹に抱え、背を丸めて眠っていた。眠ったというより失神したといった方が近いだろう。

そろそろと立ちあがり、木戸を細く開けて、外を見た。

墓石が並んでいるのにぎょっとする。墓石群ははるか彼方《かなた》までつづいているようだ。何基あるのか、見当もつかない。

昨夜、墓石が並んでいる間を歩きながら俺は死んだのかと思ったことをぼんやりと思いだした。

木戸を開け、外に踏みだした。冷気に包まれ、首をすくめた。ふり返って、小さなお堂に潜りこんだのだとわかった。中には何も祀られていなかった。すでに使われていないのかも知れない。古そうだった。

少し離れたところに木立がある。広四郎は小走りに木立まで行くと、そのまま踏みこんだ。大きめの木の根元を前に立つと、軍袴の前ボタンを外し、引っぱり出して小便をする。湯気が立ちのぼってきて、鼻からの呼吸を止め、顔を背けた。

ずいぶん長い放尿だった。

そのとき前の方から二度鐘の音が聞こえた。

チンチン……。

ようやく目が覚めた理由を思いだした。鐘の音を聞いたからだ。市電が発車するときに鳴らす音は耳慣れている。

小便を終え、木立の中を鐘の音が聞こえた方向を目指して歩きだした。

鐘の音をたどって歩き、たどり着いたのが市電の雑司ヶ谷《ぞうしや》停留所だった。広四郎は広大な墓地をふり返り、納得した。リンの家に来て紙問屋で働くようになってから何度も市電に乗っている。雑司ヶ谷で降りたことはなかったが、車窓に広がる墓地は見ていた。

飛鳥山方面行きに乗り、車掌から切符を買った。瀧野川停留所で降り、リンの家に向かった。ものの十分も歩けば、たどり着く。家の前に立ったとき、リンも広子もいないのではないかという不安はあった。しかし、家の様子は広四郎の想像を超えていた。

入口の戸がなく、壁の板も半分以上剝がされている。家の中に家財道具はなく、ゴミや木片の散らばった床に欠けた茶碗《ちゃわん》が一つ転がっているだけだ。住人がいないとわかれば、泥棒する。むらむらと腹が立ってきた。必要ならば、盗んでもいいというのか、あまりに身勝手……。

笑いだした。

腹の底から笑った。

リンの命を救うためにペニシリンが必要だといわれ、進駐軍であれば、たっぷり持っていると聞いて、ふたたび須賀に合流したのではなかったか。加茂が現れ、ペニシリンを入手すると請け合った。だが、平房で加茂がどんな顔をして、何をしてきたかを思いだして信用ならなくなった。

それでも銀行で用務員一家の小学生の息子を見たときには、牡丹江の近くで出会った開拓団の生き残りにいた子供たちが過り、腰を浮かしかけた。すぐに戻るといって銀行を出るだけでいい。何とでも理由はつけられた。だが、動かなかった。若い男性行員の十二万二千三百円三十銭という声がくっきり頭の中に残っていたからだ。

必要ならば盗んでもいいとは、まさに自分のことではないか。

まだ笑いつづけていた。

大笑いしていた。

これほど笑える話はない。金を盗んだだけでなく、十六人に新型毒薬を服ませ、殺害してきた男が掘っ立て小屋のような無人の家から古びた家財道具を持ちだした連中に憤慨している。笑止、まさに笑止。

リンの家に背を向け、ふたたび市電に向かって歩きだす。

路地を右へ、左へ、自然と急ぎ足になる。市電の線路を横断し、空襲でも焼けなかった区画に入る。

医院の前に来て、また、不安が腹の底から湧きあがってくる。不安そのものは、ペニシリンを手に入れるため、拠点としている田町の病院に戻ったときからあった。ペニシリンが欲しいとはいったが、リンの名前を出すことはしなかった。不安は腹の底に封印して日を送り、ついに強盗決行となったが、須賀は失敗した。

今になって思う。もし、一月十九日に須賀が成功していたら広四郎はお役御免になっていただろう。だからといって解放されることはなかったはずだ。ソ連軍の謀略に加担し、すべてを知っている。その上、広四郎自身、日本に帰国したわけではなく、潜入の身、身分証も偽名だし、誰も……。

新たな恐怖が湧きあがってくる。

広四郎が日本にいることをリンだけは知っている。須賀、加茂にもリンの存在を知られていないはずだが、行方をくらませた広四郎を追うため、七三一部隊や出身地を調べれば、館長やリンにたどり着かないとも限らない。舞い戻った広四郎の軍服がきちんと洗濯してあるのを見て、女の存在を感じた須賀は意味ありげにせせら笑った。

一方、ソ連軍が自らの謀略を広四郎が漏らしたとしても気にもかけないだろう。アメリカの秘密兵器独占を暴くためならむしろ望むところだ。しかし、加茂、須賀、そして早瀬にすれば、陸軍への裏切り者となって、名誉だけでなく命さえ失いかねない。

「ええい」

声に出し、自らを叱った。ためらっているのは、リンの病状が不安だからにほかならない。屁理屈ばかりこねまわしていないで、さっさと医者を訪ね、まだ間に合うなら雑嚢の金をすべて差しだして、一刻も早く治療にかかってもらわなければならない。

リンの命さえ救えるなら、自分はどうなろうといい。むしろあっさり殺してくれた方がシベリアに戻されるよりはるかに楽だ。

短い石段を上がり、磨《す》りガラスのはまった医院ドアの取っ手をつかむ。引いた。鍵はかかっていない。玄関に入り、左側の窓口をのぞきこむ。

医者の妻が座っていた。医院は医者のほか、看護婦一人がいるだけで、事務仕事や雑用すべては妻が担っていた。

妻が目をいっぱいに見開く。

「穂月さん……」

「ご無沙汰しました。あの……」

すぐに察してくれた。

「リンさんは前と変わらず奥に寝ています。広子ちゃんは元気ですよ」

「先生は」

「今、患者さんを診ていますが、その方が終われば、ちょっと手がすくでしょう。待合室でお待ちください」

「お世話になります。ありがとうございます」

広四郎は半長靴をスリッパに履き替えて待合室に上がった。外套を脱ぎ、折りたたんでその上に雑囊を置くとベンチに腰を下ろした。貧乏ゆすりしそうになるのをこらえながら十五分ほど待つうちに老婆が出てきた。つづいて看護婦が顔を出し、広四郎を呼び入れる。

診察室では大きな机を前に医者が座っていた。向かいにある丸椅子を手で示した。

「久しぶりだな。ま、座って」

「ご無沙汰しております」

広四郎は外套と雑囊を膝の上にのせていた。医者が机の上に置いてあったタバコの箱を取りあげ、マッチで火を点ける。灰皿を動かしたとき、その下に新聞が折りたたんであるのに気がついた。

一面に出ている写真を見たとき、頭からざっと音を立てて血が引いていくように感じた。写真は標的である銀行の椎名町支店を正面から撮ったもので、看板に銀行名が大書されている。

「今のところは小康状態だが、だんだん悪くなっている」

医者が灰皿を見つめたまま、低い声でいった。広四郎は何とか新聞から目を離し、医者を見る。

医者がつづけた。

「病気が病気だからね。うちでも精一杯栄養をつけさせ、注射もしてるんだが、限界はある。あとはリンさんの体力次第だが」

「ペニシリンがあれば、治るんですよね？」

「一発打てば、それで完治というほど簡単じゃない。もちろん症状は大きく改善されるが、専門の療養所に入って、手術をして……」

「手術が必要なんですか」

「ああ。レントゲン写真を撮ってみないと詳しいことはわからんが、儂の診たところ、かなり症状が進んでいる。療養所に入れて、手術をして、ペニシリンを投与して……、それができれば、何とかなるかも知れない」

「十万円かかるわけですね」

　知らず知らずのうちに雑嚢を握りしめていた。

「それだけあれば、何とかなるだろう。本当なら十二、三万あれば、いいんだが」医者が新聞に目をやり、顎をしゃくった。「こういう奴もいるが、少し前の流行《はや》り言葉でいえば、まさに鬼畜だろう。十二人も殺して、奪った金は……」

「十二人？」

　毒を服ませたのはたしかに十六人だった。思わず声を発した広四郎を医者が怪訝そうな目で見たので、あわてて言い添えた。

「一度にそんなに殺したということですか」

「ああ」医者が新聞をぽんぽんと叩いた。「少なくとも新聞にはそう書いてある。支店内で死んでいた、つまり即死ということだろうが、それが十人。病院に運ばれて亡くなったのが二人、四人は命をとりとめたとある。だが、まだ予断を許さない状況らしい」

ハルビンで篠原が実験したときもその場で全員が死亡したわけではなかった。新型毒薬を服ませたあと、死亡するまで数時間かかった者もあれば、数日後に回復した者もいた。生きながらえても結局は丸太として別の実験で殺されたので、あの日新型毒薬を服んだ者に生存者はいない。

「それで犯人はいくら盗っていったのですか」

「ちょっと待って」医者が新聞を取りあげ、記事を読んでいく。「約十六万円と出ているな。そのほか小切手を一枚盗んでいったらしいが、金額は確認中ということらしい。しかし、小切手なんか盗んでいって、どうするつもりかね」

「どういうことです？」

「換金しなきゃならんだろ。どこの銀行に持っていくにしても、すぐに手配されるから換金すれば、私が犯人でございますと告白するようなものだ」

「そうですね」

広四郎は両手で雑嚢を握りしめていた。まだ奪った金をちゃんと勘定していない。新聞には十六万円以上と出ていた。

「それだけあれば、リンさんの……」

いいかけてはっとした。医者が険しい顔つきになって広四郎を睨みつけている。

「馬鹿なことをいうもんじゃない。リンさんが人の命を奪った金で治療を受けると思うか。あの人を見損なうな」

広四郎は首を振った。

「いや……、すみません。つい」

医者の目の光が和む。

「いや、気持ちはわかるよ」

そのとき診察室のドアが開いて、医者の妻が顔をのぞかせたかと思うと、そのわきをすり抜け、スリッパをぺたぺたさせて広子が駆けよってきた。

広子が走っている、いつの間に、と呆気《あっけ》にとられているうちに広子が広四郎の膝まで来ると両手で激しく叩きながら大声を上げて泣きはじめた。

抱きあげた。

広子は泣きやむどころか、広四郎の首に抱きつき、涙と鼻水でぐしゃぐしゃになった顔を広四郎の頬に擦りつけ、さらに声を張りあげた。広四郎は広子の尻を抱き、背中に回した手で撫でた。

何かいおうとした広子だったが、しゃくり上げるばかりで声にならない。さらにきつく抱きついてきた。

医者と妻、それに顔をのぞかせた看護婦の三人がそろって目をまん丸にしている。広四郎は訊いた。

「何か」

「初めてだ」医者がびっくりした表情で圧しだすようにいった。「うちに来て、広子が泣くのを初めて見た」

妻も呆然とした顔つきでいう。

「聞き分けがいいんです。お母さんは病気だから静かにしてなきゃいけないというと、リンさんが寝ている奥の部屋には入らずにいつも娘たちといっしょにいるんです。そして主人にお母さんを治してください、と」

医者も妻も看護婦も涙を流している。広四郎もこみ上げてくる思いを止めようがなかった。どれほど心細かったことだろう。どれほど……。

広四郎は広子を抱き、いつまでも背中を撫でていた。広子の涙とよだれと鼻水が首筋をつたって肩から胸へと濡らしていった。

これほど温かな液体がこの世にあるとは……。

くり返し嗚咽《おえつ》を漏らしながら広四郎は天を見上げていた。涙が頬を伝い落ちているというのに、その頬が緩んでいるのがわかる。

「ちょっといいかな」

声をかけられ、目を向けた。医者が胸の前にカメラを構えて上からのぞきこんでいる。

「物置に放りこんであったのをこの間引っぱり出してきてね」

広四郎は広子をゆすり、医者の方を見るようにうながした。

「ほら、先生を見て」

ぽかんとした顔つきで広子が医者をふり返る。軽やかな金属音が響いた。

広子がようやく落ちついたところで、広四郎は一人でリンの病床へ行き、枕許《まくらもと》に正座した。うっすら目を開いたリンが広四郎を認め、真っ先にいった。

「ずいぶんまぶたが腫れぼったいけど、どうして?」

「あ……、いや……」

声も鼻にかかっている。広子を抱いたまま、一時間あまりも泣きつづけていたのだ。言葉に詰まっているうちにリンがつづけた。

「それ以外は元気そう」

少しはよくなったかと期待したが、空《むな》しかった。リンの目の下にはくまができ、頬がこけている。死相という言葉が浮かんできて、あわてて打ち消す。

「この間、堀田さんが来たの」

「え？」

「堀田さんが満洲で行方不明になったというのはあなたから聞いている。それでも来た。私にはわかった。今、穂月さんが座っているのと同じところで私をじっと見つめていた」

リンが潤んだ目で広四郎を見ていた。

「そしてね、大丈夫だっていってくれた。きっとあなたはよくなるって」

堀田の面影が脳裏を過った刹那、あることがひらめいた。

広四郎は深くうなずいた。

「やって来られたのは堀田さんに違いないです。そして堀田さんがいわれる通り、リンさんは大丈夫ですよ」

絶対に、と胸の内で言い添えた。

5

リンのことで知り合いに相談に行くと告げると、医者夫婦はまず着替えていけといい、院長の古い背広、靴、コートまで貸してくれることになった。古着屋で手に入れた軍服はたしかにひどい代物だ。広四郎はありがたく親切を受けることにし、雑嚢だけはそのままぶら下げて医院を出た。

省線の王子駅まで歩き、東京駅で乗り換え、川崎、横浜を過ぎて鎌倉まで行って、さらに江ノ島電鉄に乗った。車中では扉にもたれ、ガラスを通して流れていく景色をぼんやり眺めながら途切れ途切れに堀田と酌み交わした、ハルビンの繁華街にある小さな料理屋での一夜を思いだしていた。

最初に浮かんだのは、堀田が唸るように歌っていた様子だ。ここはお国を四百里と替え歌にしていた。千葉県からハルビンまで千六百キロ、四百里になる。歌い終わったあと、哀調を帯びた歌が厭戦的だと禁止されていると教えてくれ、無粋だなといった。

そして鎌倉に住む太玄《たいげん》先生について教えてくれたのだ。目印が鎌倉権五郎を祀った神社だ。

電車の扉が開き、広四郎の追憶は掻き消えた。

鎌倉権五郎に呆れていた堀田は、昭和二十年八月十三日に攻防激しい牡丹江から南へ逃れることができたのか。そもそも平房から牡丹江へ行ったのか。

ホームに降りたち、看板を見る。江ノ島電鉄長谷《はせ》駅。改札口に立つ駅員に権五郎神社と訊ねるとすぐに教えてくれた。いったん踏切を渡って線路の向こう側に出て、右へ、あとは線路沿いを三百メートルほど歩けば、右にあるということだった。

もう一度踏切を渡ってくださいといわれた。礼をいって歩きだしたが、踏切を渡るつもりはなかった。太玄先生の屋敷に行くには、神社につづく参道から踏切を抜けて海に向かうと堀田に教えられた。このまま踏切まで行き、左へ曲がるのだ。そして海岸線を走る道路にぶつかったところで右を見れば、いやでも目につくといわれた。

『何しろ塀がずうっとずうっとつづいてる』

堀田の声が脳裏を過っていく。

神社に背を向け、歩きつづける。道路にぶつかったところで右を見るとたしかに木の塀がある。堀田がいった、ずうっとずうっとというほどではなかったが、一町はありそうだ。塀がひときわ高く見えるのは、高さ一メートルほどの石垣の上にあるからだ。

門へと回り、古びた表札に太玄先生の姓があるのを確かめた。門は閉ざされている。わきにある小さな木戸を叩き、広四郎は声を張りあげた。

「ごめんください」

二度、くり返したところで木戸の向こうから男の声が聞こえた。

「はい」

「先生にお目にかかりたくお訪ねいたしました。穂月広四郎と申します」

自分の名前が通るはずがないのはわかっていたので、館長の名前を出し、自分はその弟子だといったあと、つづけた。

「実は館長の孫娘、リンさんのことでご相談にあがりました」

「少しお待ちください」

十分か、十五分ほどして木戸が開いた。灰色の作業服を着て、ゴム長靴を履いた小柄な老人が立っている。

「どうぞ」

「お邪魔します」

老人のあとにつづいて庭の敷石を踏み、立派な玄関までやって来た。案内されるまま、玄関で外套と靴を脱ぎ、雑嚢とともに抱えて脇にある四畳半ほどの部屋に入った。作り付けになった段違いの棚の前に黒くて艶々した座卓が置かれている。

少しして襖《ふすま》が開き、両膝をついた男が声をかけてきた。

「失礼します」

広四郎は会釈を返した。太玄先生でないのはひと目でわかった。三十歳前後、広四郎とそれほど違わない。明るい青の詰め襟でボタンの見えない上着を着ている。顔立ちが歌舞伎役者を思わせるほどに端整だ。

部屋に入った男は座卓を挟んで広四郎と向きあった。

「穂月広四郎さんですね」

「はい」

「私は先生のところで書生をしております進藤《しんどう》と申します」

名乗ったあと、進藤が館長の名前を口にして、弟子かと訊ねられ、さらにリンについての相談に来たことを確かめられたので、その通りだと答えた。確認のためだろう。ほかに頼るところは思いつかない。死相漂うリンの面差しが脳裏にこびりついて離れない。

「失礼します」

進藤に断り、雑嚢を引きよせると中から現金を包んだ手拭いを取りだして座卓の真ん中に置いて広げ、その横に皺だらけの小切手を並べた。

進藤の表情には髪の毛一筋ほどの変化もなかった。

広四郎はさがり、畳の上に両手をついてひれ伏した。

「昨日の午後三時過ぎ、椎名町にある銀行支店で十六人を騙《だま》して毒を服ませ、現金と小切手を奪ってきたのは私です」

「ご事情があるようですね。それと館長のお孫さんのことで相談があるとか」

「はい」

畳に手をつき、上体は伏せたまま、顎だけ上げた。相変わらず進藤の表情は変わらない。すっかり気を嘸まれていた。勝負はとっくについている。それだけはわかった。広四郎はひれ伏したまま、ひたすら喋りつづけた。

千葉県に生まれ、二十歳で入営、二年間の軍務を果たしたのち、実家に戻って百姓をしていた。しかし、戦況の悪化から再召集が始まり、それから逃れたい一心で満洲に渡って七三一部隊に入ったことから、そこで堀田と出会い、太玄先生について教えてもらったこと、不躾《ぶしつけ》ながら押しかけてきたのは、リンが結核にかかり、命の危険があるからだということを並べたてた。

さらにシベリアでの抑留と収容所での七三一部隊でいっしょに勤務した軍医大尉須賀との再会、その後紹介された早瀬という元参謀の計略に乗って日本へ戻ってきたこと、一度は逃げだしたもののリンと出会い、その病状を知って須賀たちの元に戻り、行員を毒殺するという極悪非道の方法で強盗を働いたこと……。

広四郎は声を励まし、願いを告げた。

「リンさんの病状は日に日に悪くなっております。命が危ないのでございます。それでもペニシリンを投与できて、手術を受け、療養すれば、助かるのだそうです。ソ連軍に取り入ってペニシリンを分けてもらうか、十万円余を用立てるか……、愚かにも私はこうして恐ろしい犯罪に手を染めました。私自身がどのように断罪されても当然の報いではございますが、幼い広子が哀れでございます。リンさんが失った右手の代わりなら多少なりともできるかも知れません。しかし、広子の母親の代わりはできそうもありません。ところが、医者にリンさんが奪った金、それも人を殺《あや》めて奪った金で治療を受けるものかと大喝されました。高潔なリンさんを穢すところでございました。いえ、大それた犯罪を起こしてしまったのですからもう穢してしまっておりましょう。しかし、広子に母親を失わせたくない。どうしたものかと考えあぐね、こうして身の程もわきまえず参上した次第にございます。どうか、先生にお力を貸していただき、リンさんを、広子をお助けくださいますようお願いいたします」

ひと通り話しおえても進藤の表情には微塵《みじん》の変化もない。

「お話は承りました。先生に相談して参ります。こちらはお預かりしてもよろしいですか」

進藤が金と小切手を手で示した。

「はい。どうか、よろしくお願いいたします」

進藤が部屋を出て行った。

どれほど待ったのか、広四郎にはわからなくなっていた。畳の上にひれ伏したまま、待ちつづけ、ついに進藤が戻ってきた。

元のように座卓を前に端座した進藤がいった。

「顔を上げてください」

「はい」

座りなおした広四郎の前に進藤が黒い革の表紙がついた手帳と立派な万年筆を置いた。

「先生に報告申しあげました。ついてはこの手帳にあなたが生まれたときから本日、こちらへ来るまでの間に起こったことをすべて書き出すように、との仰せです。それを読んだ上でご判断される、とのことでございました。それでよろしいか」

「はい。お願いします」

「では、最初に一昨日、あなたが実行された椎名町の銀行の件を記してください」

「はい」

　並大抵ではなかった。時おり進藤が顔を見せ、書き上がったページを読み、過不足を指摘した。書き直しは再三に及んだ。気持ちは焦ったが、どうにもならない。とにかく故郷でのこと、館長やリンとの出会い、小作人暮らし、満洲へ渡るに至った経緯、石井部隊での日々、シベリアへの連行、須賀との再会から日本潜入、新型毒薬——篠原から教えられた遅効性とその目的については書いたが、それ以外はわからないと正直に書いた——、銀行を狙った犯罪、二度の失敗、三度目は広四郎自身が実行したこと、最後にリンの病状を詳細に記した。

　結局、三日がかりとなった。

　すべてを書き終え、進藤に手帳を渡すと先生に渡すといって出ていった。数時間後、戻ってきた進藤が訊いた。

「リンさんを助けるため、できる限りのことをすると先生はおっしゃっています」

「ありが……」

　礼をいおうとする広四郎を進藤が制する。

「あなたは二度とリンさんにも広子にも会えなくなるが、それでもいいか確かめるようにいわれております」

「もちろんかまいません。リンさんと広子さえ無事であれば、それ以外は望みません」

数日後――。

門番夫婦の家の一室、広四郎にあてがわれた部屋にやって来た進藤が封書を一通差しだした。すでに封は切られており、宛名は太玄先生になっている。住所はなかった。見てもよいといわれたので取りだした。封書の宛名を見た瞬間から誰からの手紙かはわかっていた。

リンの字だ。嫌いだという左手で書いた字だろう。そこには、無事療養所に入れたことへの礼と、広子は引きつづき医者宅で預かってもらっていると書かれていた。リンの療養所入りを手配した人が受けとり、太玄先生のところへ持ってきたものだろう。ひょっとしたら進藤かも知れない。

手紙を封筒に戻し、両手で丁重に進藤に返した。

「わざわざありがとうございました。心底、ほっといたしました」

「出かけます。いっしょに来てください」

江ノ電の線路を渡って鎌倉権五郎神社に参拝したあと、その裏手の山に分け入った。たどり着いたのは小さな寺だった。高齢の住職が一人いるだけで、そこでしばらくの間寺男をするようにいわれた。

何もかもいわれるがままだが、リンの手紙を読んだ以上、すべての希望はかなえられた。もう思い残すことはない。


昭和二十三年五月。

寺男としては、毎朝、午前四時半に起き、境内を掃き、本堂の拭き掃除をする。それから厨《ちゅう》房《ぼう》で一日分として一升の米――麦が半分――を炊き、午前六時に住職が本尊の前で朝のお勤めをするので、後ろに正座して手を合わせた。経を読む必要はないといわれた。その後、一汁一菜の朝食になる。

昼はほぼ毎日蕎麦《そば》を茹《ゆ》でた。

午後はふたたび境内を掃き、住職にいわれて庭の手入れをすることもあった。夕方には風呂をわかした。住職が入浴し、午後六時には夕食となる。菜は朝、夜兼用ということが多く、大半は野菜の煮物と漬け物だ。夕食の後片づけを済ませると今度は広四郎が風呂に入り、掃除をして出てくる。自室に割りあてられた部屋に入って、机に向かい、眠くなるまで写経をしていた。

新聞もラジオもない生活で、銀行の事件についてはなにも知ることはなかったが、時おり進藤が寺に来てリンや広子の様子を聞かせてくれた。順調に快方に向かっている様子で、それさえわかれば、広四郎には充分だった。

写経は住職にいわれ、寺に来た初日から始めた。紙と筆、手本となる経本は住職が貸してくれたが、要領はちっとも教えてくれなかった。そのため文字の形を見て、真似するだけだ。眠くなるまでといわれたが、毎朝午前四時半に起きているため、午後十時を回る頃には目を開けていられなくなった。

写経を始めた頃は、銀行支店内で自らが毒殺した人たち、牡丹江近くで自決に手を貸した開拓団の人たちの顔が浮かんだが、そのうち自分でもすっかり忘れていた丸太たちの様子が浮かんでくるようになった。

詫びたところで、誰も帰っては来ないといったのは住職だ。なるほどその通りで、日々経文を写しとっていくうちに頭には何も浮かばなくなった。ひたすら書き写すだけである。

規則正しい生活は案外時間の経つのが早い。季節は春になり、五月に入って、梅雨の近づく季節となった。その日、住職にいわれていた庭木の枝を払い、片づけを終えて庫裏《くり》の前を通りかかったとき、縁側に黒い着物姿の男が座っていた。七十年配かと思った。長い顔をしている。細い竹の杖《つえ》を股の間に立て、ちびた下駄を突っかけていた。

住職を訪ねてきた近所の檀家《だんか》かも知れないと思い、広四郎は一礼していった。

「住職は法事がありまして、出ております。夕方には戻りますが」

「だいぶすっきりした顔つきになった」

確信した。この人こそ、太玄先生に違いない。広四郎はその場に正座し、両手を地面につけて頭を下げた。

「大変お世話になりました」

「リンさんも健康を取りもどしつつある。何よりだ。だが、まだ時間はかかりそうだ。肺の療養所は短くても一年はかかるそうだ」

「もう、それだけで充分でございます」

「娘も元気らしい」

広子を思いだしたとたん、泣きそうになり、目をしばたたく。

「わざわざお知らせくださいまして、ありがとうございます」

礼をいいながらも広四郎はいやな胸騒ぎをおぼえていた。

「もしかして……」

「うむ」太玄先生がうなずく。「警視庁に古くからの知り合いがおって、そいつが報せてきたんだが、銀行の一件で旧軍関係者を調べているそうだ」

太玄先生の眼光が鋭くなる。

「石井部隊と登戸に絞って」

「そうでございますか」

「落ちついているな。怖くないのか」

「怖くないわけではございませんが、自分がしでかした恐ろしいことの数々を日々省みておりますれば……」広四郎ははっとして見返した。「先生のところにも警察が？」

「いやいや」太玄先生が首を振った。「警視庁の知り合いが千葉県警にも連絡がいったと報せてきただけだ」

千葉と聞いて心臓が縮みあがる思いがした。石井部隊長の出身地であるだけでなく、周囲にはハルビンに渡った者も多い。広四郎もその一人だが、わざわざ太玄先生が寺に来たということは館長にも捜査の手が伸びているということではないのか。館長はとっくに亡くなっているが、その子孫は……。

広四郎を見ていた太玄先生がいった。

「リンと娘は何があっても儂が守る」

広四郎はふたたび深々と頭を下げた。

「ありがとうございます。もう何も思い残すことはありません。あとは私の手ですべて決着をつけます」

とっくに我が命はないものと覚悟を決めていた。自殺したところで須賀や加茂、ソ連の作戦は止まらないだろうし、GHQ、そして警察の追及は止まらないだろうが、リンに捜査の手が伸びるのだけは止めなくてはならない。

広四郎の思いは伝わったようだ。わずかに間があって太玄先生が静かにいった。

「そうだな。それがよかろう。悔いはないか」

「ございません」

即座に答えることができた。

「私が手をかけて命を奪った方々、とくに銀行で殺した人たちには、命を引き替えにしてお詫びしても届くところにありません。それでも悔いはありません。私の、この汚れた手に顔を埋めて眠ってくれた子のあったことで何もかも取り戻した気がします。救われました。皆さんには申し訳ないが、私は幸せでありました。もう一度同じことがあっても、あの子のためならば、私はふたたび鬼になります」

「鬼か」つぶやいた太玄先生が宙に目をやった。「お前、泣いた赤鬼という童話を知っておるか」

「尋常小学校の教科書で読みました」

太玄先生が広四郎に目を向けた。

「青鬼は村の人に乱暴をしたな?」

「はい」

「何のためだ?」

「赤鬼が村の人と仲良くなるためです。乱暴者の青鬼を赤鬼が懲らしめれば、村人が感謝すると考えたからです」

「そう。そして赤鬼は村人と仲良くなった」

童話では、最後に赤鬼が青鬼の家を訪ねると誰もおらず、置き手紙があった。そこには二人が仲良くしているのを村人に見られたのでは、赤鬼まで悪い鬼にされてしまうから自分は旅に出るとあった。

手紙を読んだ赤鬼は、家を飛び出して泣く。それが題名になった。

太玄先生が重ねて訊いてきた。

「青鬼は、村人を殴るのは悪いことだと思っていなかったか」

意外な問いに窮してしまった。だが、太玄先生はかまわずつづけた。

「誰かを殴ったり、殺したりすることは悪いことだ。それは青鬼だってわかっていた。だが、赤鬼のためだ。赤鬼を助けたかった。そうだろう、穂月？」

「はい」

「さて、村人は青鬼のことなど、いつまで憶えていたろう？」

いきなり矛先の変わった問いに戸惑い、言葉に詰まったが、太玄先生は言葉を継いだ。

「すぐに忘れちまったろう。青鬼がやったことだけじゃなく、青鬼がいたことさえ。昔は儂も青鬼だった。戦争だよ」

広四郎は唇を震わせたが、言葉にはならなかった。

太玄先生の表情がおだやかになる。

「皆、青鬼になろうとして戦争に行った。我が子のため、家族のためにな。お国のためでもなければ、ましてや自分のためではなかった。一兵卒はそんなもんだ。お前だけじゃない。皆、そうだった」

広四郎はふたたび地面に両手をついた。とめどなく涙があふれ、流れつづけている。赤鬼だけでなく、青鬼もまた泣いたに違いなかった。

終章　家族

手帳のページをめくった。次の見開き二ページには何も書かれていない。次の見開きも、また次も……。

数ページめくったところで、はらりと紙片が落ちた。つまみ上げる。変色した小さな新聞記事の切り抜きで、余白に小さく一九四八・五・二八と手書きされている。交通事故を報じたもので、新橋で酔っ払った米兵の運転するジープに日本人がはねられ、死亡したと書かれていた。死亡者の身元は不明となっている。

手記は広四郎さんが地面に両手をつき、太玄先生に深く頭を下げているところで終わっていた。いつしか沙里は、さん付けで呼んでいた。

一応、最終ページまで空白がつづくのを確かめてからさかのぼって手帳を繰る。広四郎さんが満洲から戻り、穂月家の墓に自分の名が刻まれているのを見たあと、リンさん――曾祖母と出会ったところをもう一度読みかえす。広四郎さんと曾祖母が再会したとき、すでに祖母は曾祖母に背負われていた。広四郎さんは祖母の父親ではなかった。

ふうとため息を吐いてカーテンを外された窓を見た。午後いっぱい夢中になって読みふけっていた。外はすっかり暗い。夕方、うす暗くなって手帳の字が読みにくくなったときに天井から吊り下がっている蛍光灯を点けていた。

銀行に行くといって出かけた父からは、その後、何の連絡もない。手帳を置いてスマートフォンを取りあげた沙里は父の電話番号を表示し、発信ボタンをタップした。すぐにつながった。

「はい」

「まだ、銀行?」

「すまん。銀行の手続きが意外と大変で、夕方までかかった。すっかり草臥れて、とりあえず一杯と……」

「今、どこ?」

「お袋の家へ行く途中にこじゃれた和食屋があったろ。そこにいる」

「わかった。行く」

「了解。鍵は下駄箱の上に置いてある」

一つだけはっきりした。父には、最初から戻ってくるつもりがなかった。電話を切った沙里は正座して仏壇に手を合わせた。わずかの間目をつぶる。手を下ろし、仏壇に並んだ位牌の左端の一つを見た。裏に俗名穂月広四郎とあるのを確認している。

手帳とスマートフォンをトートバッグに入れ、立ちあがって蛍光灯を消した。玄関に出て、下駄箱の鍵を取って外に出た。ドアをロックして、もう一度、祖母の家を見上げてから歩きだした。

和食店まで来て、のれんを分けてアルミ格子の引き戸を開けた。いらっしゃいと声をかけられ、ちょこんと頭を下げて店内を見まわす。店内は真新しく、右にカウンター席がある。

「こっちこっち」

左側から声をかけられた。角のテーブル席に座った父が手を上げた。向かい側に腰を下ろす。

店は新しいようで、まだ木の香りが漂っている。父の前には生ビールのジョッキ、焼き鳥を載せた皿が並んでいた。たぶん女将だろう。中年の女性がおしぼりを持ってきて沙里の前に置いたので生ビールを頼んだ。父が切りだした。

「昔、同級生といっしょに来た焼き鳥屋とは関係なかったけど、居心地がよくて料理もなかなかうまい」

生ビールのジョッキを運んで来て、沙里の前に置いた女将がにっこりしてありがとうございますといった。沙里と父はジョッキを取りあげ、献杯といって少し飲んだ。

ジョッキを置いた父が訊いてきた。

「新聞記事の切り抜き、気がついたか」

うなずくと父が沙里の顔を見て言葉を継いだ。

「お前はたぶんお袋と同じことを考えたんじゃないかと思う。ジープにはねられて亡くなったのは穂月広四郎じゃないか」

「広四郎さん」

訂正すると父は一瞬目を見開き、なぜか嬉しそうに笑みを浮かべた。目尻のしわが年齢相応に深くなっている。だけど、胸の内でつぶやいた。

まんざら悪くないな……。

すらりと背が高くクールな面差しの父は、大学生の頃、女学生たちの間で評判になっていた。そうした中、『パパが選んだのがママ』というのが数ある母の自慢でも最上級にランクされる。大学を卒業して出版社に入った父は二十代前半から先鋭的な雑誌の創刊スタッフに抜擢《ばってき》され、沙里が生まれる頃には二代目か三代目の編集長になっている。

当時の父の写真を見たことがある。細身に黒いスーツ、緩めたネクタイにくわえタバコで眼光鋭く、いかにもトガっていた。今はあの頃よりさらに痩せ、目尻のしわは深く、白髪《しらが》混じり、目つきは柔らかくなっている。沙里には今の父も好ましい。

「肝心なのは、日付だ」

「書き込みがあった。一九四八とあったから昭和二十三年、たしか五月二十八日」

そうだとうなずいて父がとなりの椅子に置いたショルダーバッグから三冊の大学ノートを取りだし、テーブルに置いた。表紙にマジックインキで①、②、③と書いてある。

「これもあの古本屋のオヤジに渡されたんだ。手帳といっしょにね」

「何？」

「①と②は読書ノートかな。あるときからお袋は帝銀事件や七三一部隊について手当たり次第に本を読むようになった。ここには本の感想だけでなく、その時々にお袋があれこれ考えたこと、推理……、まあ、妄想に近いのも多いけど、そんなことが書いてある」父が③のノートを取りあげ、表紙を見せる。「こっちは日記というか備忘録だ。これによるとお袋が広四郎さんの手帳を手に入れたのは、十二歳のとき、昭和三十三年だ。曾祖母《ひいばあ》ちゃんといっしょに鎌倉の太玄先生のところに行った。先生は臨終の床にあって、そこで初めて手帳を渡され、広四郎さんが医院を出て以降の行動を教えられた。手記の字が途中で変わってるのに気づいたか」

「わかったよ。似てたけど、微妙に違った」

「どこから？」

「広四郎さんが寺男になったところ」

「そう、その通り。広四郎さんが手帳に手記を書いたのは、太玄先生を訪ね、進藤氏に命じられたからだ」

　進藤氏、太玄先生、広四郎さんという呼び分けがいい。

「だから広四郎さんが書いたのは事件の翌々日までの出来事で、寺男になってからの部分はお袋が太玄先生から聞いて書いた。広四郎さんの字に寄せて、丁寧に小さな文字で書いたけど、そっくりそのままとはいかなかった。お袋の字には癖があった。はっきりいって下手だ」

「ひどい」

「そうだな」父が苦笑して言葉を継ぐ。「寺男以降の部分をお袋がいつ書いたのか、俺にはわからない」

　父が③のノートを置き、生ビールをひと口飲んでから話をつづけた。

「太玄先生が亡くなったあと、顕彰会として財団が設立されたんだ。進藤氏が運営にあたった。先生の遺言だからとお袋が高校を卒業するまであれこれ面倒を見てくれたそうだ。それで曾祖母ちゃんとお袋は盆暮れには鎌倉に行って、進藤氏に会っていた。ここまではいいか」

　目を上げて父がまっすぐ沙里を見て訊ねてきた。うなずき返した。

「太玄というのは号だが、お袋は太玄先生の名前を書き残していない。また進藤氏が何者かも同様だ。お袋が高校を卒業したのは、昭和三十九年三月で、そのときに母子で鎌倉に行っている。それが最後になった」

　父が言葉を切ったので沙里はふたたびうなずいた。

「そのとき初めて進藤氏が事件について語った。ただし、あくまでも見立てとしてであって、真実だとはいわなかったそうだ。進藤氏の見立てについて、お袋が書き残している。経歴はわからないが、警察や旧軍に通じていたようだ」

「憲兵隊にいたとか」

沙里の問いに父が首を振る。

「軍や警察にはいなかったと思う。階級に縛られる世界だからな」

「それじゃ、どこに？」

「内務省じゃないかな。あくまで俺の想像だけど」

それから父が説明してくれた。内務省は日本最大の行政機関で、警察、公衆衛生、労働、地方自治、公共事業、果てはすべての国民の精神を一つにして盛り上げるために宗教、道徳、文化、娯楽まで統制……、つまり名称通り内政すべてを仕切っていた。しかし、あまりに権力が集中している点を危険視したＧＨＱが解散命令を下し、昭和二十二年いっぱいで解体されている。

父はちらりとカウンター、厨房を見たあと、ひと言ひと言圧しだすようにいった。

「あの事件だが、前半と後半に分けられる。立案から手配、実行までをお膳立てしたのはソ連、事件後、すべてを隠蔽すると決めたのはアメリカ、どちらも手足となって動いたのは旧日本軍」

「前半についてはわかる。広四郎さんの手記を読んでるから。でも、後半は本当にそうなのかな」

沙里の疑問に父が首を振る。

「進藤氏にしてもあくまでも見立てだとしている。おそらく誰にもわからないだろう。手記の最後……、といっても書いたのはお袋だけど、広四郎さんが太玄先生にすべて自分の手で決着をつけると告げた。そのときの様子はおそらく太玄先生から聞かされたんだろう。それが昭和二十三年五月二十六日だ。新聞記事に書き込まれていた日付は二日後の五月二十八日、おそらく掲載日だ。だとすれば、身元不明の日本人が酔っ払った米兵の運転するジープにはねられて死んだのは、それより前でなければならない。そうなると寺を出たその日か翌日には事故に遭ったことになる」

ジョッキを持ちあげた父がひと口飲むのを見て、沙里もビールを飲んだ。猛烈に喉が渇いている。ふたたび父が話しはじめた。

「進藤氏は軍医大尉の須賀を追った。実は須賀は事件直後から消息不明になってる」

沙里は思わず口元を手で覆った。父は声を低くして早口でいった。

「口封じのため、消された可能性があった。戦争が終わって三年近く経ったとはいっても日本はまだ占領下だったし、今ほど平和でもなかった。だけど、見つけた。事件から十六年後にね」

「それをお祖母ちゃんたちが最後に鎌倉に行ったときに話してくれたってこと?」

「そう。須賀は名前を変えて……」

父が有名な医薬品メーカーの名を口にして、名を変えた須賀がその会社の役員になっていたとつづけた。身を乗り出し、口を開こうとした沙里を押さえるように父が手のひらを立てる。

「見つけにくかったのは、名前を変えたためばかりじゃない。七三一の表看板は防疫と給水で、石井部隊長は実際に浄水筒を発明している。これがなかなかの優れものだったらしい。石井から請け負って生産したメーカーだが、戦中だけでなく、戦後になっても作りつづけて、これが結構なヒット商品になった。会社は大いに儲《もう》けたそうだ。その資金を元手に社長は手を広げ、さっきいった医薬品メーカーを創業してる。まだ日本が占領されている時代だから金の問題だけじゃなく、ＧＨＱにも認められなくちゃならない。だが、石井が背後にいれば、話は通りやすい」

「ちょっと待ってよ、そのメーカーって、石井を通じてＧＨＱとつながっていたってこと？　おかしいでしょ。須賀って、広四郎さんといっしょにシベリアから日本に来たわけよね？　ソ連の作戦を実行するために」

「須賀がソ連からアメリカに乗り換えたと進藤氏は見た。事件後、七三一周辺に捜査の手が伸びてきたとき、ひょっとしたら須賀の名も浮上していたかも知れない。逮捕され、裁判となれば、アメリカが細菌兵器を用いた人体実験のデータを独り占めしていることを暴露できる。つまりソ連としては目的達成なんだ。そもそもソ連に須賀や広四郎さんを生かしておく気があったかどうか。だけど、須賀は助かりたかった。ソ連に狙われた命を守ってくれるとしたらどこか」

「アメリカしかない」

「手ぶらでというわけにはいかない。そこへ広四郎さんが連絡してきたとすれば、まさに天の助け、いい手土産《てみやげ》になる」

「ひどい」

「何の証拠もない。新聞記事には、事故現場が新橋とだけあった。広四郎さんたちが日本に潜入して拠点としたのは田町近辺にあった病院だ。そこを出て、新橋に向かったとして、その先には有楽町、ＧＨＱの本部が置かれたビルがある。広四郎さんの目的はあくまでもリンさんと広子を守ることだ。幸い須賀には二人のことは知られていない」

沙里はどうしようもなく胸が締めつけられ、かすかに痛みすら感じていた。沙里の顔を見ていた父が小さく首を振る。

「さすがに広四郎さんが自らジープの前に飛びこんだとまでは進藤氏もいわなかった。でも、須賀はリンさんと広子については知らなかったが、あの事件の実行犯が誰で、画策したのが何者かすべて知っていた。つまりアメリカは事件の実行犯がすでに死亡していることをつかんだわけだ。だから安心して捜査方針の転換を図れた」

「捜査方針の転換？　被疑者死亡のまま書類送検とかあるんじゃないの？」

「死亡したのが元七三一部隊関係者だと明かすか」父が首を振る。「それだけは絶対にない。実はお袋が読んだ中に事件を最初から担当した警視庁捜査一課係長の日誌があった。そこに昭和二十三年六月下旬に捜査対象の中心を旧軍関係者から名刺の追跡に転換したと書かれてあった」

いきなり名刺といわれて、沙里は戸惑い、目をぱちくりさせた。

「何、それ？」

「事件の前に似たような未遂事件が荏原と中井であった。最初の荏原のとき、犯人は厚生省技官という肩書きの名刺を出している。その名刺だ。俺も沙里も手記を読んでるから須賀がびって新型毒薬を使わなかったことを知っている。だけど、荏原のとき、広四郎さんは予行演習だからお茶を使うと聞かされていた。実際には歯科用の麻酔薬が使われたんだけど、まあ、それはいい。とにかく広四郎さんは何も……、つまりは名刺を使うことも知らなかった。この名刺は実在の人物のものだけど、本人は当時仙台にいてアリバイが成立した。警察が追ったのは、この名刺を渡した相手なんだ。何でも名刺は百枚刷って、渡した相手をちゃんとリストにしていた」

「ずいぶん几帳面な人ね」

「そういう性癖の人もいるだろう。ところが、この名刺の主が防疫給水部に所属していた軍医で、配属されていたのは満洲じゃなく南方だった。これでがぜん怪しくなってくる。あえてこの名刺が使われたのは七三一に目を向けさせようという工作の一つだったんだろう。そして隠蔽に動いた連中は、これを逆手に取った」

わけがわからず沙里はめまいが起こりそうに感じた。

「どういうこと？」

「どうして、六月下旬だったか。前の月に広四郎さんが死亡しているのがわかって、それから約一ヵ月をかけてさまざまな工作をした。名刺のリストもそのうちの一つだ。大きく変わったのは捜査方針じゃない。真犯人が死亡しているんだから安心して犯人を仕立て上げられる。アメリカが生物化学兵器を独占しているという秘密を守るためなら冤罪《えんざい》でもかまわない。犯人を逮捕して、死刑判決を下せば、事件は解決、その後は誰にも調べさせないようにするための大義名分になる」

父が祖母のノートに目をやって、言葉を継いだ。

「捜一係長の日誌には、方針転換まで主眼は旧軍の新型毒薬のセンだった。それが急転直下、傍流に過ぎなかった名刺追跡班が一躍トップに躍りでて、わずか十日後には名刺を渡した一人とされる著名な画家が逮捕される。わずか十日だ。それこそ事前に工作が進んでいた何よりの証拠だと進藤氏は考えた」

父が人差し指を立てた。

「もう一つ、椎名町の銀行で盗まれた小切手が翌日板橋の銀行で換金された点についても進藤氏は見立てをお袋に話している。たまたま事件の翌日、板橋の銀行で換金されたのが椎名町支店名義で、これを犯人が現金とともに盗んだものだとされた」

「嘘ぉ、そんなことできる？」

「小切手について証言できるのは、椎名町支店の事件で生き残った四人だけ、それもおそらくは支店長代理だけだろう。その代理がこれがあのとき盗まれた小切手だと証言すれば、誰も反論できない。支点の帳簿は手書きの時代だし、いくらでも改ざんできるだろう」

「怖い」

「ああ、俺も恐怖を感じる。この捜査係長が残した日誌には、捜査方針変更にあたって旧軍の参謀本部にいた将軍に呼びつけられたとあった」

「もう日本には軍隊なんてないでしょ」

「その将軍はＧＨＱで働いていた。そしてこれ以上新型毒薬について調べるのは、ＧＨＱの意に沿わない。忖度《そんたく》しろってね」

　ふんと小さく鼻を鳴らしたあと、父がつづけた。

「この事件から一年半後、一ヵ月半のうちに三件もの列車事故を装った殺人事件が起こってる。いずれも国鉄がからんで……」

　父が目を上げ、沙里を見た。

「日本国有鉄道、今のＪＲでしょ。それくらいわかる」

「その頃、国鉄の労働組合にソ連共産党が浸透しようとしていたといわれてるんだ。それを阻止するためというなら、ＧＨＱ、つまりアメリカにとって立派な動機になる。だけど、十二人も殺して、十六万円ちょっと、現在の貨幣価値にするとざっと百倍というから千七百万弱か、たしかに大金であるにしてもGHQが動くにしてはみみっちいと進藤氏はいったそうだ」

父が目を伏せ、口元をゆがめる。沙里は父の顔をのぞき込んだ。

「どうしたの?」

「これはお袋が備忘録に書いてたんだけど、妄想もいいところなんだ」

「何?　気になるじゃない」

「帝銀事件の犯人とされた人物は死刑判決を受けたけど、いつまでも執行されなかった。九十五歳で肺炎で亡くなっている。三十九年にわたって監獄に入れられたままだった」

父が目を上げ、沙里を見た。

「どうしてだと思う?」

「警察とか政府もさすがに後ろめたかったから?」

父が首を振った。

「お袋は、アメリカに対する保険だったんじゃないかと考えた。死刑判決を受けた男が真犯人じゃないことをアメリカも日本も知っている。アメリカが日本を何らかの形で裏切ろうとしたならいつでも引っぱり出してきて真実を証言させるぞ、と」

「そんなぁ」

「たしかに、そんなぁ、だよな」

ジョッキを持ちあげ、飲みほした父が沙里に目を向けた。うなずいてカウンターの中にいる店主をふり返った。

「生、二つ、お願いします」

「はーい」

厨房にいる女将が明るく返事をした。

運ばれてきた生ビールをひと口飲み、ジョッキを置いた沙里は切りだした。

「手帳が入っていた封筒の宛名、私宛だった。あれ、パパの字だよね。お祖母ちゃんの字じゃなかった」

「へえ、よくわかったな。お前、お袋の字を知ってるのか」

「お祖母ちゃんとは年賀状のやり取りをしてたから」

父が片方の眉をつり上げる。

「いつから？」

「小学校の一年生のときから」

今年のお正月まで、という言葉は嚥みこんだ。父があっさり認める。

「そう。そもそもあの古本屋を先に見つけたのはお袋じゃなく、俺だった。東京外国語大学《がいだい》が近かったから昔は書店とか古本屋とかが結構あったんだ」

外大といわれたとたん、写真すら見たことがないハルビン日本領事館のリュウやナホトカにいた通訳が浮かんだ。東京外大など今までまるで関わりがないと思っていたが、ちょっと身近に感じられる。

「店主《オヤジ》とは、かれこれ四十年ちょっとの顔なじみかな。お袋が行くようになったのは、ずいぶんあとだ」

「へえ」うなずいたあと、沙里は訊いた。「で、どうして今になって手帳を私に？」

すぐには答えず父はビールをひと口飲み、目を伏せた。沙里は待った。やがて父がテーブルに目をやったまま、ぼそぼそと話しはじめた。

「この一週間、ずいぶん迷った。何もいわず、手帳も見せない方がいいんじゃないかって。だが、お袋が死んだ今というタイミングを逃すと二度と話せなくなるのはわかっていた」

父が目を上げた。穏やかではあったが、真摯な眼差しにたじろぎそうになる。

「ごめんな、ショックだったろう」

「当たり前でしょ。でも、ちゃんと話してくれてよかった。お祖母ちゃんが古本屋さんに行くようになったのがずいぶんあとということだったけど、何かきっかけがあったの?」

「親父が死んだことだ。俺は大学生だった」

祖父について、祖母や父からあまり話を聞いたことがなかった。亡くなったのは、かれこれ四十年近く前になる。

「親父はいい人で……、実はそこが俺には気に入らなかった。お袋より十歳《とお》も年上なのに婿養子だったし、何でもお袋の言いなりになっているようにしか見えなかった。俺がそんな風に思っていることに気づいていたんだろうけど、俺にも何もいわなかった。親子で遠慮ってどうよって感じだ」

父がうっすら笑みを浮かべる。

「親父の通夜の時、俺とお袋は二人だけで祭壇の前で飲んだ。たくさんじゃなかったけどね。そのとき、空襲でここいら辺が丸焼けになったたって話が出てね」

「東京大空襲というのはテレビで見たことはあったけど、こんな身近にもあったのね」

「二十三区だけでも六十回以上、小笠原《おがさわら》なんかの島まで含めたら百回以上も空襲を受けたらしい」

「そんなにたくさん……」

父が②と書かれた大学ノートを取りあげ、ぱらぱらとめくったあと、開いて沙里の前に置いた。そこには左のページに地図のコピーが貼ってあり、右のページには祖母宅の周辺が拡大して手書きされていた。両方の地図は部分的に淡いピンクで塗られている。色鉛筆でていねいに均質に塗られていた。

「左の地図は、お袋が近所の区立図書館で見つけてコピーしてもらったらしい。色を塗ったのはお袋だけど。昭和二十年前後の古地図に、被災した人たちの証言で火災のあった地域を描いてあるそうだ」

火災が発生した部分がピンクなのだろう。祖母の家だけでなく、昼に父と待ち合わせをした都電滝野川一丁目停留所から王子駅の手前まで焼け落ち、池袋、高田馬場まで火災は広がったようだ。

右ページの手書き地図を見る。こちらも火災に遭ったところが色鉛筆で塗られている。都電の周辺まで燃えているのに、祖母の家から百メートルほど北へ行くと白いところが残っていた。○印が二ヵ所にあった。一つには自宅とあり、もう一つには病院とあった。祖母宅はピンクの中、病院は白い部分にあった。

病院とある丸印を指さして沙里は訊いた。

「ここが曾祖母ちゃんが行ったかかりつけのお医者さん？」

「そうだ。そこまで火災が広がらなかったおかげで曾祖母ちゃんは生き残ることができた。お前、憶えてないか」

「え？」

「その病院の前に行ってるんだよ。院長先生は平成二年に亡くなっているんだけど、奥さんが亡くなったのは、その六年後なんだ。お前は四つだったかな。ママが同窓会だかで京都に行ってるときに祖母ちゃんのところへ連れてきた。院長が亡くなって閉院したんだけど、奥さんが生きている間は病院はそのままになってた。だけど奥さんも亡くなって、さすがに建物も老朽化して、取り壊しになった。その工事をしているときにお袋が見に行きたいっていい出して、俺も付き合うことにした。もちろんお前の手を引いて」

灰色の建物が重機の大きな爪で突きくずされている光景がふいに浮かんだ。腹の底に響く重い音やアスファルトの路面が震動するのが怖くて、父の足にしがみついて……。

「あのときお前は大泣きしてさ」

沙里は黙ってうなずいた。

「とにかくこの周辺はそんな状態で、区役所も丸焼けだった。戦後の混乱もあったし。そのとき曾祖母《ひいばあ》ちゃんが穂月広四郎、倫子《りんこ》、長女広子で戸籍を作り直した。ただし、死亡した戸主の名前を入れ替えただけで、本籍や生年月日なんかはそのままだから広四郎さんは一気に二十いくつも歳をとっちゃったけどね。役所の方はすんなり通ったらしい。親父には結婚のときに戸籍のからくりを話したらしい。たぶん満洲での話はしなかったと思うけど、終戦間際に広四郎さんがお袋とリンさんの命を救ってくれたことはいった。それでどうしても穂月の姓を残したいって」

「お祖母ちゃん、いくつだった?」

「十九」

「ずいぶん若かったんだね」

「高校を卒業して半年くらいか。たしかに若いな。でも、曾祖母ちゃんの体調がひどく悪かったらしい。結核もやってたから丈夫な人ではなかったんだろう。それで昭和三十九年に結婚して、翌年俺が生まれた。曾祖母ちゃんは俺を抱っこして、数日後に亡くなった。もちろん俺は何も憶えてない。親父はすべてをのみこんで、死ぬまで何もいわなかった。それが俺にはお袋の尻に敷かれっぱなしの情けない奴に見えたわけだ。お袋は広四郎さんに救われ、親父にも救われたといってたよ」

二人ともジョッキが空になった。父がビールからウィスキーハイボールに変えるといい、沙里はグラスの赤ワインを頼んだ。

ハイボールをちびりと飲んだ父が話をつづけた。

「お袋が事件や七三一や戦争に関する本を読むようになったのは、親父が死んだあとだ」

祖父が亡くなったとき、父はまだ学生で京都に住んでいた。祖母が古本屋に通うようになったのは、その頃からだというのだろう。グラスの縁ごしに沙里を見た父がにやりとする。

「お前、昔々のお話のつもりで聞いてるだろ？」

「まあ、歴史だよね」

「さっき警視庁の捜査をストップさせた将軍の話をしただろ？　あの将軍が死んだのは、平成四年、お前が生まれた翌年だ」

背筋がぞくっとしたが、沙里は言い返した。

「かなりな高齢でしょう。失礼な言い方かも知れないけど、そんなお年寄りに影響力なんてあったのかな」

「死んだときには九十六歳だったけど、生きてさえいれば、担ぐ連中はいる」

背筋に寒気が走ったのは、曾祖母が結核の治療を受けた病院といい、捜査をストップさせた将軍といい、今まで遠い昔だったことがリアルに自分とつながったからだ。

父がぼそぼそと語りつづけた。

「ところで、どうしてお袋が片っ端から事件や旧軍、戦争の本を読みまくったと思う？」

「どこかで広四郎さんの無実を願っていたんじゃない？　手記が嘘で、実は何もしていないって」

「最初は俺もそう考えた。だけど逆じゃないかと思うようになってきたんだ。膨大な歴史のどこかに穂月広四郎の爪痕が記されていないかを探したんじゃないかな」

「そうかなぁ」

沙里は首をかしげた。納得できるような、できないような、したくないような……、とにかく微妙に気持ちが揺れた。

ふいに思いだしたように父がいった。

「そうそう、堀田中尉だけど、曾祖母ちゃんが実家だか親戚だかから聞いたようだ。昭和二十年八月十三日、牡丹江で戦死と公報が来たって」

「広四郎さんたちを迎えに牡丹江までは行ったんだね」

少し救われた気がする。締めにのり茶漬けを食べて店を出た。

沙里は父と並び、都電滝野川一丁目停留所に向かっていた。ほどよく酔いがまわり、ふくらはぎがだるい。父はそこから大塚に、沙里は王子に向かう。

「お祖母ちゃんのおうちはどうなるの？」

「売却する。仕方ないよ。誰も住むわけじゃないし」

「そうだね」沙里は父の横顔をうかがった。「一つ、訊いてもいい？」

「何だい」

「お祖母ちゃんが穂月という姓を残したくて、お祖父ちゃんに婿養子になってくれって頼んだでしょ」

「ああ」

「パパとママも離婚してるよね。私が穂月姓じゃなくなることは何とも思わなかった？」

「考えなくはなかった。俺たちが離婚したとき、お前はもう二十歳《はたち》を過ぎていたから、ママがこさえた新しい戸籍のどちらでも選ぶことが可能だからね」

両親が話し合っているのを自分の部屋で聞いた夜のことが脳裏に浮かんだが、ふり払い、できるだけ明るい口調でいった。

「結果的にママが穂月姓を選んだから問題はなかったんだけどね」

「あれ、俺が頼んだ」

「え？」

「離婚の条件に俺が持ってる現金もすべてママに渡す代わりに姓はそのままにしてもらいたいって。ママは実家とうまくいってなかったから可能性はあると思った」

父が沙里に目を向ける。

「でも、お前が結婚するときに相手の姓を選ぶのは自由だ。そこまで縛らない」

「そうなんだ」

少し拍子抜けした。父がにやにやしながらいう。

「俺の名前って、ちょっと変わってるだろ」

「そうね」

父はヒロヤだが、広い野と書いて、広野だ。

「沙里の沙は沙漠という言葉にも使われる。砂という意味だけじゃなく、純粋とか清いというのも表す。名前に使うときには、広い心を持って欲しいという願いをこめる。ママには、いつかお前が国際的に活躍するときにはサリーなら通じるっていったんだけどね。満洲は沙漠ではないけど、広い土地だ。お袋が俺に広野とつけたのと同じさ。沙という字を里《さと》とする子というのは、名字が変わっても変わらない」

「広四郎さんのことがあったんだね」

「お袋にも俺にもね。広四郎さんは青鬼だったけど、お袋を救ってくれた。お袋が生きのびてなければ、俺もこの世に生まれていない」

「私もね」

そして祖母の思いをのみこんだ祖父は、優しくて人の好い赤鬼だった。もう一人の曾祖父は燃えて崩れそうになっているお隣さんに飛びこんでいったのだからやっぱり赤鬼だろう。

ふいに太玄先生の言葉が浮かんだ。

『すぐに忘れちまったろう。青鬼がやったことだけじゃなく、青鬼がいたことさえ』

私は名もない村人だけど、忘れない――胸の内で広四郎さんに宣言した。

路地を歩きながら知らず知らずのうちにピンクに塗られていた地図と重ねていた。八十年前、この辺りは真っ平らな焼け野原だった。片側一車線の道路に出て、右に曲がると滝野川一丁目停留所わきの踏切警報機が見えた。

「広四郎さんは、あのあと、あそこへ戻ってきたんだね」

なぜか父がふっと笑っていった。

「違うよ。あそこに停留所ができたのは昭和三十一年、広四郎さんが戻ってきたのは」父が左の方を指さす。「となりの西ヶ原四丁目停留所だ」

「え――――っ。まぎらわしい」

「俺もずっと勘違いしてた。お袋のノートに貼ってあった古地図が今と違ってる気がして、ネットで調べたんだ。ひと駅だし、そっちを見に行くか」

一瞬、考えたが、沙里は首を振った。

「いや、やめとく。滝野川一丁目の方にお祖母ちゃんの思い出があるから、それでいい」

「そうか……」いいかけた父が足を止め、ショルダーバッグに手を入れる。「いけね、大事なことを忘れてたよ。お前に見せなきゃと思って、持ってきてたんだ」

「何？」

父が差しだしたのは、名刺サイズのモノクロ写真だ。予感があった。受けとってしげしげと眺める。顔をくしゃくしゃにした泣き顔の幼児を両腕に抱いた男がにかっと笑っていた。

「広四郎さん？」

「裏に昭和二十三年一月とある。曾祖母ちゃんが書いたんだろう」

広四郎さんはお祖母ちゃんを抱いて、幸せそうな顔を見せている。

父が訊いた。

「広四郎さんと血がつながっていないとわかってほっとしたか」

「それはない。でも、がっかりもしなかった。広四郎さんはお祖母ちゃんを自分の娘とは思っていなかったみたいだけど、お祖母ちゃんにとって広四郎さんは間違いなくお父さんだった」

「俺もそう思う。お前がまだ赤ん坊の頃にさ、もの凄く暑い日にエアコンが壊れたことがあった。扇風機しかなくて。お前も俺も汗まみれだったんだけど、いっしょに昼寝したんだ。不思議だった。どっちも汗でべとべとしているはずなのに、お前は俺にくっついて眠ってるし、俺も暑いと感じなかった。むしろお前の温かさが気持ちよくてさ」

踏切が近づいて来た。沙里は渡って、向こう側のホームから乗る。父はここから右へ曲がる。

「たぶん広四郎さんも同じだったんじゃないかな。血のつながりだけが家族じゃない」

「そうだね」

「早瀬という中佐が戦争が終わったと浮かれているのは脳天気な日本人だといったろ」

「うん」

「俺は終戦でいいと思う。戦争は終わった、これからは平和だ。脳天気だって？　大きなお世話だっての。世界中で戦争が起こって、日本も無関係ではいられないだろう。だけど、そういうときこそ脳天気に平和な国であろうとしなきゃいけないんじゃないか。こうなると脳天気も結構しんどい」

父からそんな話を聞いたことがない。ちょっとびっくりして見返していた。沙里の表情を見た父が照れくさそうな顔をして付けくわえる。

「お袋が書いてた部分だけど、太玄先生の村人は忘れるってのがあったろ？」

ついさっき考えていただけにドキッとした。

「うん」

「あれが刺さってさ。同調圧力って奴を考えると、戦時中も、泣いた赤鬼の村も、今もあまり変わってないような気がしてね」

父が照れ笑いを浮かべ、踏切の手前で立ちどまった。

「それじゃ」

「うん」

父が右のホームに向かい、沙里は踏切を横断しながら母校のそばにある生田の陸軍研究所跡に一度行ってみようかと考えていた。父が待つホームの方に先に電車が入り、乗りこむ。車窓から沙里を見た父が手を上げた。

沙里は精一杯手を振りかえした。

主な参考文献

和多田進　『ドキュメント帝銀事件』（ちくま文庫）
青木冨貴子　『731—石井四郎と細菌戦部隊の闇を暴く』（新潮文庫）
太田尚樹　『満州裏史　甘粕正彦と岸信介が背負ったもの』（講談社文庫）
半藤一利　『ソ連が満洲に侵攻した夏』（文春文庫）
越定男　『日の丸は紅い泪に—第七三一部隊員告白記』（教育史料出版会）
伴繁雄　『陸軍登戸研究所の真実　新装版』（芙蓉書房出版）
松本宗堂　『終わりなき帝銀事件　GHQの策謀と戦後史の迷路』（批評社）
太田昌克　『731免責の系譜　細菌戦部隊と秘蔵のファイル』（日本評論社）
ディビッド・ウルフ、半谷史郎訳　『ハルビン駅へ　日露中・交錯するロシア満洲の近代史』（講談社）
山田朗　『帝銀事件と日本の秘密戦』（新日本出版社）
西所正道　『上海東亜同文書院風雲録　日中共存を追い続けた五〇〇〇人のエリートたち』（KADOKAWA）
岡部伸　『消えたヤルタ密約緊急電』（新潮選書）
中央檔案館　中国第二歴史檔案館　吉林省社会科学院編、江田憲治　兒嶋俊郎　古川万太郎編訳　『証言　生体解剖　旧日本軍の戦争犯罪』（同文舘出版）
中央檔案館　中国第二歴史檔案館　吉林省社会科学院編、江田憲治　兒嶋俊郎　松村高夫編訳　『証言　人体実験　七三一部隊とその周辺』（同文舘出版）
宮嶋茂樹　『ウクライナ戦記　不肖・宮嶋　最後の戦場』（文藝春秋）

助川俊二『ノブレス オブリージュ・瀬島龍三の大罪　公文書改竄のルーツであった「軍人官僚」』（編集工房朔）
西澤泰彦『図説「満洲」都市物語　ハルビン・大連・瀋陽・長春』（河出書房新社）
蓑口一哲『開拓団の満州　語り継ぐ民衆史Ⅲ』（新生出版）
宮脇淳子、岡田英弘監修『日本人が知らない満洲国の真実 封印された歴史と日本の貢献』（扶桑社新書）
山室信一『キメラ―満洲国の肖像　増補版』（中公新書）
木下健蔵『日本の謀略機関　陸軍登戸研究所』（文芸社）
松本清張『新装版 日本の黒い霧』上・下（文春文庫）
松本清張『小説帝銀事件』（角川文庫）
共同通信社社会部編『沈黙のファイル―「瀬島龍三」とは何だったのか』（新潮文庫）
嵯峨隆『東亜同文会初代会長 近衛篤麿評伝 ―その四十年の生涯―』（霞山アカデミー新書）
工藤胖『諜報憲兵　満州首都憲兵隊防諜班の極秘捜査記録』（光人社ノンフィクション文庫）
保阪正康『参謀の昭和史　瀬島龍三』（文春文庫）
ユン・チアン、土屋京子訳『ワイルド・スワン』上・中・下（講談社文庫）
ロナルド・シェイファー、深田民生訳
『新装版 アメリカの日本空襲にモラルはあったか―戦略爆撃の道義的問題』（草思社）
新多昭二『秘話陸軍登戸研究所の青春』（講談社文庫）

その他インターネット上の資料も多数参照しました。

鳴海 章　なるみ・しょう

1958年北海道帯広生まれ。日本大学法学部卒。91年航空小説『ナイト・ダンサー』で第37回江戸川乱歩賞を受賞し、デビュー。近著『竣介ノ線』（集英社文庫）をはじめ、アクション、警察、歴史、SF等、幅広いジャンルの作品を発表。映画『風花』『雪に願うこと』、Wドラマ『俺は鰯』の原作者でもある。

装幀　國枝達也
写真　毎日新聞社提供

※デザイン上モノクロ写真を弊社の責任において一部彩色・加工しています。
なお、当時の色みを忠実に再現するものではありません。

鬼哭 帝銀事件異説

二〇二五年一月二十七日　初版第一刷発行

著者　鳴海 章
発行人　庄野 樹
発行所　株式会社 小学館
〒一〇一-八〇〇一
東京都千代田区一ツ橋二-三-一
編集 〇三-三二三〇-五九五九
販売 〇三-五二八一-三五五五
DTP　株式会社昭和ブライト
印刷所　萩原印刷株式会社
製本所　株式会社若林製本工場

ISBN978-4-09-386746-7